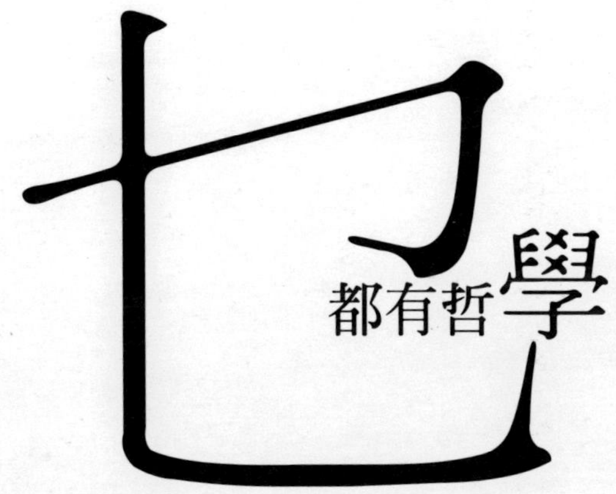

乜都有哲學

紀文鳳／吳文芳編

Contents

序一：Philip Chen

點只哲學咁簡單

我認識紀文鳳和吳文芳多年了，一直非常欣賞他們兩位，看他們的作品、文章及節目通常都有啟發。最近聽他們主持的電台節目，每次都請來一位極具分量的嘉賓，來個三人對話，言簡意深，對我多有體會(遺憾的是他們不接納我提議的節目名稱「兩文(文芳與文鳳)三語」)。吳文芳上月跟我説他們會把這輯訪問編錄成書，提到要我寫序，我趕緊答應，因爲我想藉這機會表達我對他們這個項目的支持和致敬。

紀文鳳和吳文芳都是香港有名的創意大師，種種成就毋須多説。今次他們邀請的訪談嘉賓亦都是成就非凡。十多個嘉賓裡面，每個人背景不同，風格各異，奮鬥歷程亦不一樣。每人重點著眼的地方也不相似，深刻的記憶由女朋友至父親都有。雖然都是創意至尊，他們的事業和殿堂也是各有分別。但這些人都是香港七、八十年代開始帶動本地創意事業的英雄人物。當年亦是香港起飛的年代，我們對當時許多新思潮、新嘗試還是記憶猶新。這批人物亦反映了許多這些我們引以爲傲的事與物。

當然每個人的成功秘訣各有千秋，例如努力不懈：「追夢的腳步不能停」；用盡心力：「做一個用心的園丁」、「對未來的執著」；也求正確價值觀：「為滿足做事」、「承諾誓言和責任」、「悟者回到根源」、「毋倚才而玩世」，不能盡數。

但我覺得還有一個總論，就是他們的堅持，不接受「現況已是最好的」，而是如何把目前的一切再觀察、思考、提升，而達至善。對我來説這就是創意。創意沒有一個標準答案。創意不是只限於藝術或表現式的工作，而是我們每一個人都必須有的心態和要培養的能力。如何把一些因循的工作提升，把一些老大機構更新，把公司轉虧為盈，把嶄新事業、新產品引進，其實都要創意。社會要進步，全靠人民是否能夠不斷創新求進。

想深一層，這不單是基於熱誠和努力的工夫，而是需要極致的好奇心和求知慾。學會從別人的角度看到不同的機會和方法；不斷地考量、聯想、求進；再同時又能夠把這一股幹勁保持幾十年。此外，還需要極多自信和勇氣，因為創新、改變從來都不是簡單容易的。

看這些訪問，亦知道成功沒有一蹴而至的，都是長年累月，自我提升的結果。用心看他們的故事，讀他們的經驗感受，真是得著良多。

這真是「點只哲學咁簡單」！

胡言亂語的邏輯

序二：吳文芳

這個電台節目...
在現在這個社會中，廣告就像是一個攪拌器，將社會當年最流行的一句話、一套電影、一則新聞、喇叭褲、迷你裙、a-go-go、筷子姊妹花、綠寶橙汁、維他奶、泛美旅行袋、香港小姐、半島下午茶等等等等...毫不客氣地攪拌起來。節目中，我們說的就是香港人如何在這攪拌機中長大，從小孩、大孩、年輕、成人，到長者。
50年中，大家跟廣告生活和生存的一些信任和不信任，拉拉扯扯，扯扯拉拉的...
奇妙關係。

「廣告冇真理，只有歡喜唔歡喜」，記憶中這句話應該是Jimmy Lam（林俊明）說的，包含了這個行業不少的甜酸苦辣。這個行業，大家都是以個人的主見去判斷一個創意是否可以製造出效果。我們的確是於無中生有的情況下，去創造一個意念出來，但無中生有又絕對不能靠想到甚麼就信手拈來去採用，還是會經過計算，加減乘除才得到一個概念。

客戶有他們的任務，要刺激在市場上的佔有率就不可以兒戲，可是他們也沒有一條方程式去量度一個創意可以產生多大的作用。大家都是憑心去構思，去組合，去營造價格，去定位，去選擇銷售網絡和渠道，去塑造品牌形象等。我一生中見過多少個不知道自己的要求、沒有目標和方向的客戶呀！聰明、有見地的好客戶可遇不可求。所以一個相信「顧客永遠是對的」的客戶，一個唯命是從的廣告創意，絕對不會是石破天驚的好廣告。創意不會經過層層妥協而出現，那純屬天方夜譚是也。

二十個星期三過去了，我們也算是完成了我們兩人之間的默契，訪問了十八個比我年紀大、比我年紀小、十分有個性和自我的朋友。根據外面朋友和聽眾們的反應，百分之八十三的人喜歡我們的節目，希望我們可以繼續下去。紀小姐和我放下心頭大石。紀小姐堅信見好就收，我比較討厭廣告，所以也沒有甚麼意見。

我的一生，朋友不多，這個節目於我而言，也算是個很好的機會，讓我接近了一些以前沒有機會接觸的老前輩和可能有代溝的壯年創意英雄。

自己頭髮都白了，以後還想幹甚麼？

那一年的愚人節，我中風了。黃昏的時候，醫院告訴我家人十二點之前我就會在昏迷中說再見。家人、朋友、老闆都盡力地用不同宗教的經文祈禱，希望我得到安息，而大概忽略了我還有回來這個世界的機會。舊老闆更加老實不客氣地請來天主教的神父為我領洗，好讓我可以在天堂等待她自己的百年歸老。神父是愛爾蘭人，他去過台灣，聽得懂我媽媽用閩南話念的觀世音菩薩經。他停了下來，建議各門各派的祈禱人士，集中火力要求我不要告別這個花花世界。我竟然走不了，保持了呼吸。兩天後還睜開了眼睛。

我又重新學習用腳走路、伸手拿杯子的訓練。感謝加拿大回港的一個朋友教導我學太極，天天練習，天天都有進步。九個月後，我重拾做人的信心。在工作上，我發現自己機能出現了改變。記憶力減少百分之六十七，大部分的名字都記不起來了。可是我看事情的分析力卻上升了最低限度百分之四十。我往東區醫院覆診，和彭醫生觀看MRI的圖像時提出了疑問：「為甚麼我記性差了百分之八十四，而分析速度及清晰度又快了百分之二十七呢？」彭醫生指著屏幕上我的大腦說：「我將這條神經線從這裡搬去了那裡連在一起，所以得到這個效果了。」我趕緊說了一聲謝謝！

二十集過後，感覺若有所失（紀小姐也有同感）。最後的那個星期三，跟Ivory、Freddy和Mellissa在RTHK停車場道別後，載紀小姐回家途中，我們又談到了香港，談到了以前，談到了以後，回家後我寫了這些文字。

色彩

1966年10月1日，香港《南華早報》的頭條新聞內容是香港很快就會播放彩色電視節目，告別只有黑白畫面的年代，整個香港為之歡騰。偉大的愛情將會因為有了顏色而更感人，有一個當年十分有朝氣的年輕人大叫：「上天不會只為人而設計，那是不夠的，還要為萬物而設計！」萬物是七彩繽紛的。在附近走過，剛剛要去上課的一個中學生看到年輕人的興奮，不知不覺給感染了，那個星期六，他在日記簿上寫了四個字：「隨心而為」。兩年後他搬家，匆忙中留下了日記簿。

在那個年代，大家都很珍惜生活中的一張紙、一支筆。一個情竇初開的小女孩擁有了日記簿，數一數，啊！還有一百多頁空白的紙！可以將心中的想念寫給去了英國讀書的男朋友！她拿起男朋友臨走前送給自己的Cross筆，流著眼淚寫下了三個字：「活出愛」。男朋友在回信中，結尾套用了姨媽說的一句話：「人生要活得精彩，一個人一次機會，因為『生命無take 2』。」愛一個人很艱難，但愛一個人是快樂的泉源。

圓規、三角尺

1971年8月23日，電腦還是很遙遠的東西，畫一條直線要用尺，畫個圓圈要用圓規，但想與創意捆綁的年輕人心中總是思潮澎湃，不會是一條直線，更不想在一個圓圈上一成不變。他們說：「天外一定有天，做事要為興趣而做，做到自己滿意為止。」「做事要細心做大事。」大家繼續七嘴八舌地發表自己對未來的想法：「口袋可空空如也，但腦袋一定要有東西，要有材料。」今年在一個場合裡，他們又見面了。他摸著一頭白髮，自言自語：「好玩才不老，老才不好玩」。

白紙

2021年10月26日，不賭博是他生命中的IP，所以他並不避忌有人在自己面前說「輸」和「書」。他喃喃自語，在白紙上寫了幾個字：「不怕書，書得喜」。有人曾經告訴他：「每個人都有自己的IP，must discover yourself。」在臉書上有人回應：「做好人，做領導，做例子」、「寂寞是最豪華的享受」。在WeChat上，一個老外在一張白 A4 紙上塗鴉，用紅色的箱頭筆寫下：「Think twice before you lose your temper!」他拍了張照片發給上海的畫家朋友，她畫的東西永遠從一幅空白的畫布開始，提醒自己完美就是不多一筆一劃，要懂得「見好就收」。她隨心隨意，畫筆跟紙張和畫布接觸的一剎那，就是隨緣。

電腦

我同時有電腦熱愛和電腦恐懼症，做JWT的ECD時，極力提出studio電腦化，找人安裝Barco投影機代替Kodak的幻燈片做presentation，可是我駕馭不了用電腦去畫一條直線，更不要說用倉頡或拼音打字了。過去了幾十年，我用手指在iPad上一個字一個字地寫，仍然畫不了一條直線，卻用手指頭寫出了兩本書，一、二百期的雜誌專欄。

朋友

我有沒有熱愛過廣告？太久了，忘記了。因為我是一個不安於室的人，還沒有做完一件事情就已經在想明年今天我會在幹甚麼事情。跟其他因同樣不安於室而認識的人士當中，有很多吵架後沒有來往了，有些是不同派別的，有人說我是一個攻心計的人，不太喜歡我。上星期四，想起了不知道是不是朋友的黃老闆Spencer。他的不安於室跟我不一樣，他是企業性濃厚的那種，但頻率差不多。打了電話給他，坐下談起未來，他的看法，我的看法，找到唯一共通點是年紀不該是一個藉口，大家都安於繼續不安於室。

序三：Chris Kyme

我所知的史前歷史

廣告的基石

幾年前，我和業內朋友鄭之樂（Tommy Cheng）寫了一本名為《Made in Hong Kong》的書，探討香港創意廣告的黃金時代。那是一個創意達到頂峰的時代，廣告公司實力不相伯仲，競爭非常激烈。

所有故事發生在1980年代和1990年代之間，大約是我來到香港並加入本地廣告界的時候。

《Made in Hong Kong》這本書採訪的許多人都是我認識的朋友，因此我們比較容易打電話給他們，甚至有時間坐下來把酒話舊一番。美酒當前，縈繞心頭的回憶漸漸浮現。

《Made in Hong Kong》旨在向為行業作出貢獻、為後世奠定創造力基礎的先驅者致敬，不論華人或西方人。這本書同時也講述了一代本地人才如何在前人的啟發下，發掘、探索香港本地獨有的粵語風格和特色。

於我而言，寫這本書是一次發現之旅。因為關於行業早期的發展，是Tommy和我以往都未曾研究過的範疇。旅程帶我們回到過去，回到戰前年代。如果要去探究廣告業於某個地區或國家的起源，隨之而來的會是各種有趣的發現。我們的探索就是這樣開始的……

1920年代的香港，有一位Betty Church女士，人們又稱她為The Church Lady。Betty的人生經歷就像一部大電影的材料。1906年的某個颱風日，她在往來香港和新加坡的一艘船上出生，原名是比阿特麗斯·瑪麗·威爾斯（Beatrice Mary Wells）。母親去世後，Betty在天津和上海由父親撫養長大。

後來她在英國上學，1918年來到香港拔萃男書院，開始了職業生涯。結婚並返回英國後，Betty於1922年生下兩個女兒。不久，丈夫離世後，她回到香港，開始從事記者、廣告經理的工作。

Betty的客戶向她尋求營銷和廣告設計方面的建議。在洞悉到英國製造商可以利用廣告向中國銷售產品的商機後，Betty成立了APB（Advertising & Publicity Bureau，湯臣廣告公司）。

1930年，APB擁有五十名員工，並於1931年在新加坡成立了一個大型辦事處。Betty於1934年與Charles Jocelyn Church結婚，成為Betty Church。1940年，APB將自己描述為「遠東最大的廣告公司」，擁有令人印象深刻的世界知名客戶名單，包括Ovaltine、Bovril、 H.J. Heinz、Brand's和Rothmans。然而，隨之而來的第二次世界大戰擾亂了Betty的生活。在戰爭中，她的丈夫被監禁，兒子被殺。Betty乘船逃離了新加坡，途經德里和孟買，在南非度過戰爭時期。

戰後回到香港，Betty重組APB，四十名員工中只有七人是歐洲血統。由1940至1960 年代，APB不斷成長壯大，寫下彪炳史冊的壯麗篇章。

1950 年代後期，隨著香港的蓬勃發展，在國際客戶節節上升的需求推動下，美國大型廣告公司通過合資和收購進入香港市場，吸引不少中國創意先驅者，尤其是來自上海的林氏兄弟。具備美國廣告經驗的林振彬（Ling Chen Ping, C.P. Ling）1926年成立華商廣告公司（China Commercial Advertising Agency, CCAA），並將CCAA發展成在中國營運的最大和最好的廣告代理機構之一。

1949年，林氏全家移居香港。1950年，林氏兒子林秉寬、林秉榮在香港成立了CCAA，包括旗下媒體公司China Commercial & Star Ferry和Ling Advertising。

秉持服務與進步並行的宗旨，林氏兄弟不斷壯大，為香港和遠東其他市場的國際客戶提供服務。1963年，林氏兄弟與美國廣告業巨頭麥肯（McCann-Erickson）攜手成立了華美廣告（Ling-McCann-Erickson）。這段期間正正是香港現代廣告興起的繁榮時期，國際著名廣告公司紛紛入駐香港，包括格蘭廣告（Grant Advertising）和達彼思廣告（Ted Bates Advertising）。

1957年，廣告代理商協會（4A）在香港成立，擔當行業標準守則的制定和執行者，以及代理商之間仲裁者的角色，維護商業道德。

香港的廣告行業由此一步一步走向輝煌。

1969年，Betty Church將她在APB的所有股分出售給一位國際客戶——Rothmans的Patrick O' Neil-Dunne；該部分股分於1971年再次出售給一位名叫Mary Shih Wang 的女士和她的丈夫Tim Wang，並最終於 1980 年，落在美國代理機構D'Arcy-Macmanus &

Masius（最終為 DMB&B）手上。

一路走來，廣告業還有許多偉大的先驅者，例如鄭航（全名為Cheng Fei-Hong），他在1960和1970年代創立了勝利廣告（Victory Advertising & Trading），為香港領先的華資廣告公司之一。此外，澳大利亞籍的創意總監Peter Thompson和藝術總監Jenny Wong與另一位澳大利亞人Ken Kiernan，共同創立了堂煌廣告（Thompson, Wong & Kiernan）；文學和音樂界的著名藝術家林燕妮（Eunice Lam）和黃霑（James Wong）創立了黃與林廣告(Wong & Lam)，後期售予盛世廣告（Saatchi & Saatchi）。

還有我們在《Made in Hong Kong》書中介紹的一些人，例如精英廣告（People Advertising）創始人、著名的華語文案大師和創意總監紀文鳳（Leonie Ki）；曾任DDB廣告香港主席的謝宏中（Phillip Tse）；以及朱家鼎（Mike Chu），創立了前身為本地廣告公司Synergy、後名為博文廣告（The Ball Partnership）——一間在1980 年代香港最炙手可熱的創意企業。

除此之外，還有許多由異國遠渡重洋而來、經驗豐富的商業和創意領袖，為香港培養了出色的本地人才，例如麥肯的Stoney Mudd、奧美的Harry Reid和博文的Mike Fromowitz，不能盡錄，無法在此一一致敬。千言萬語匯成一句話，偉大的前人為本地的廣告行業取得了輝煌的成就，啟發了新一代盡展所長。

我很自豪能成為這段美好時光中的一員。

（資料來源：香港集團工業史）

戰前香港

湯臣廣告公司(The Advertising & Publicity Bureau Ltd, APB)
崔治夫人(Mrs. Betty Church)
1939年,湯臣廣告公司於英國伯明翰英國工業展覽會(The British Industries Fair)的展覽攤位。

戰後香港

擺脫日佔陰霾 | 美國風氣盛重(美國品牌、音樂、電影等) | 本地電影業崛起 | 人口增長

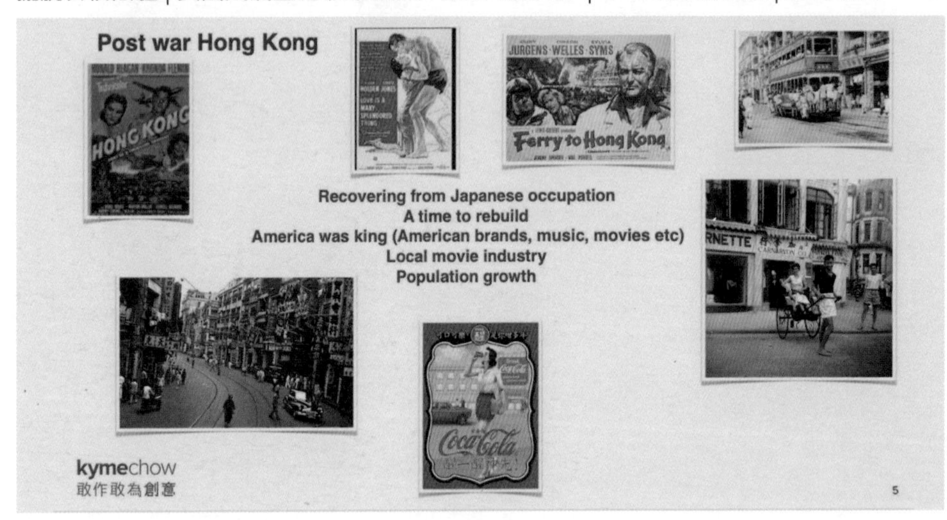

戰後香港

1926 年，具備美國廣告經驗的林振彬（Ling Chen Ping, C.P. Ling）成立華商廣告公司（China Commercial Advertising Agency, CCAA）
公司宗旨：服務與進步並行。

Post war Hong Kong

China Commercial Advertising: Founded 1926
by C.P Ling
CP Ling - US trained ad man

"Service & Progress"

戰後香港

五十年代後期：上海林氏兄弟
林秉森（Charlie Ling）：China Commercial & Star Ferry
林秉寬（Ronnie Ling）：Ling Advertising

1963：華美廣告（Ling-McCann-Erickson）

格蘭廣告（Grant Advertising）｜ 達彼思廣告（Ted Bates Advertising）

Post war Hong Kong

Late 1950s: Ling Brothers from Shanghai
Charlie Ling: China Commercial & Star Ferry
Ronnie Ling: Ling Advertising

1963: McCann Erickson - Ling Advertising

Grant Advertising
Ted Bates

戰後香港

香港廣告代理商協會（4A）成立於1957年

- 專業的本地團體
- 制定及維護商業道德
- 執行標準守則
- 作為代理商之間的仲裁者

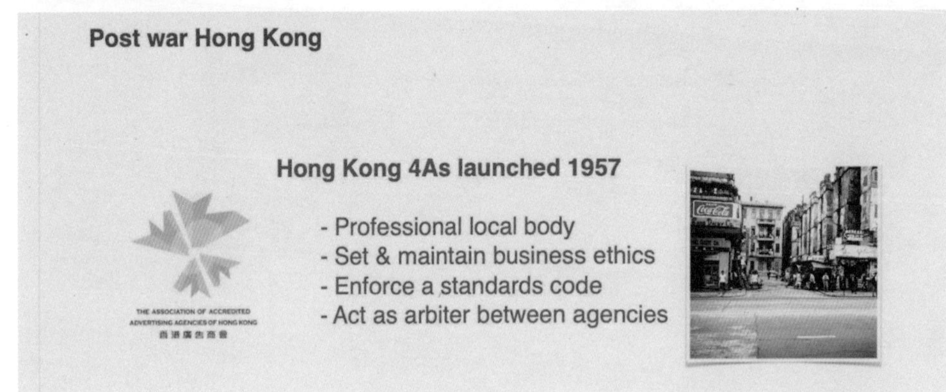

戰後香港

本地娛樂事業嶄露頭角

1959年8月成立的商業電台是本地首間接受廣告宣傳的電子媒體

1960 年代的香港

中產階層增長
形成新的香港本地特色
本地娛樂新興

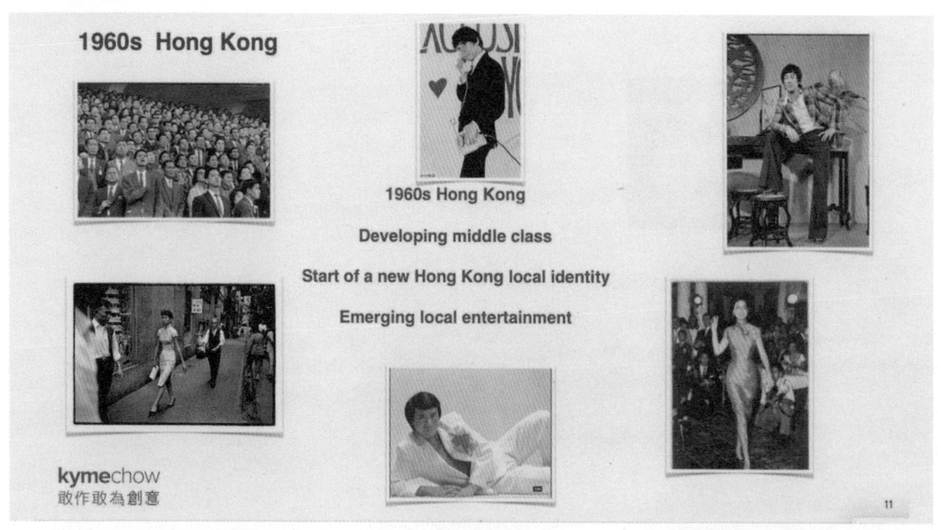

1960 年代的香港

由鄭航（全名鄭斐航）創辦的勝利廣告（Victory Advertising & Trading）是六、七十年代香港領先的華資廣告公司之一

1960 年代的香港

1957年，收費電視台麗的映聲正式啟播（1973年易名「麗的電視」）
麗的映聲：兩萬名用戶，每月繳付二十五元
（後改名為「亞洲電視」）

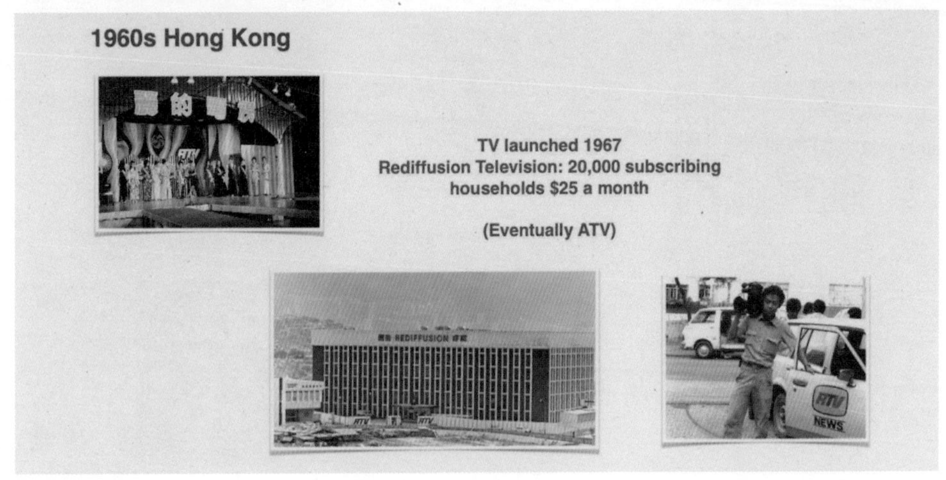

1960 年代的香港

由邵逸夫創辦的香港無線電視於1967年11月啟播
為香港首間免費電視台
《歡樂今宵》為旗下長壽節目

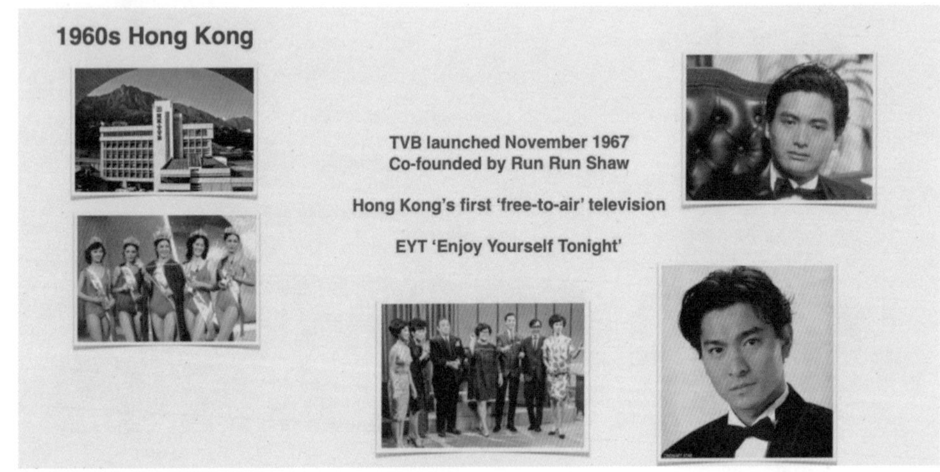

堂煌廣告公司

由 Peter Thompson 和 Jenny Wong 創立
與葛瑞(Grey)廣告合夥
後期再發展為 Thompson, Wong, Kiernan K & E

Yesterday, Today, Tomorrow. Leonie Ki
紀文鳳的昨天今天明天
勞雙恩走訪紀文鳳
龍吟榜 96.11

序四：紀文鳳

當「必然」遇見「偶然」

Sunday Morning Post
Magazine
28 APRIL 1991
LEONIE KI
SUPERWOMAN
AND
GIRL NEXT DOOR

一九九一年《星期日南華早報》雜誌選了我做封面故事

有人說：人世間沒有無緣無故的遇見。看似偶然，卻是必然。似乎所有遇見，冥冥之中自有安排！而我們稱之為緣分、命運、定數、際遇，有可能全部都是「命中註定」。中國諾貝爾文學獎得主，作家莫言先生曾說過：「人有四然，來是偶然，去是必然，盡其當然，順其自然。」簡而言之就是既來之則安之，隨遇而安而已！我現在正步入感悟人生的最後一里路，驀然回首，竟然發現在我生命裡，「必然和偶然」不時巧妙地相遇。起初我會懷疑世界上那有這麼多的巧合，見怪不怪之後，也得欣然接受「命運的安排」！

其實我對哲學一竅不通。因為我是一個感性用事、不去思考理性邏輯的人！故此我從來都沒有去理會必然和偶然的關係，直至吳文芳的再出現(1987年我們在精英廣告公司共事了短短三個月)，並且共同主持了一個二十集的香港電台節目《乜都有哲學》，這才令我開始細味箇中的玄妙！

工商忙人談出門公幹經驗

2020年8月準備退休前，我下定決心進行「斷捨離」的清理行動，並為人生做個不定期的盤點，就在整理過去儲存的剪報時，赫然發現我收藏了三十年（1992年8月30日）的《明報》星期日特刊（圖一），在左上頁的頭版，我和梁振英先生及唐英年先生同時出現，我叨了他們的光！那時鄧小平南下，推行經濟改革，市場開放，為了打開和拓展廣告公司跨國客戶在中國的商品市場，我要不停地穿梭北京、上海、廣州和香港，並且為精英廣告公司在內地尋找合作夥伴。

也許是冥冥中註定，二十年後（2012年3月25日）我幫CY競選香港特首！而對手就是唐英年！這張周日彩報真的別有意思！我於是傳了給梁振英。CY很快回覆：Leonie，歷史有偶然性，也有必然性。

2012年梁振英特首出席了由新世界集團贊助的新年煙花匯演（圖二）。

從此，我對「必然」和「偶然」特別敏感！

2021年1月，吳文芳（Willde）約我午飯。席間他送我他的最新廣告大作《癮》，然後叫我揭到最後一頁，竟是刊登了我1987年寫給他的函件。事緣他在我公司做了三個月創作總監就決定蟬過別枝。我是個愛才若命的人，非但沒有生氣，反而給他一封挽留信，內容是歡迎他任何時間回來，他要多少薪金報酬假期，我一定有求必應！令人意外的是，Willde是位男士，竟然可以那麼「長情」，保存一封信件三十四年之久！令我驚訝之餘，心存感激。

期間，我無意中遇見香港電台台長何重恩先生，提到我這一代早期的香港廣告人，從七十年代香港經濟起飛以來，或多或少為香港繁榮出過一分力，至今也有半個世紀，故此希望有個電台節目，可以訪問同輩，分享每位嘉賓的人生哲學和心得，以便啟發和鼓勵香港年輕一代對未來的投入。於是港台為我們開了個訪談節目《乜都有哲學》，吳文芳創了一個別開生面的電台製作，由頭帶到尾，我則負責邀請嘉賓。我們只做二十集，因為我堅持「見好就收」！

就這樣三十四年前短暫的「必然」工作緣分，就因「偶然」而重生，靠收音機再續前緣！

紀文鳳 吳文芳 電台談廣告哲學

找正向嘉賓同探香港新出路

上世紀七十年代以來，香港曾出現過許多膾炙人口的經典廣告語，維他奶的「點止汽水咁簡單」、生命麵包的「熱愛生命」、港鐵的「唔好意思」系列等等，堪稱一代人的集體回憶。簡單一句廣告詞，緣何得以家喻戶曉？其實，無論是廣告界還是其他行業背後，都蘊藏着無限的哲學意念。香港電台就於早前開播節目《乜都有哲學》，由資深廣告人吳文芳、紀文鳳擔任主持，與不同領域的嘉賓對談，從他們的人生經歷中尋找工作、處世的哲學，試圖為香港的未來找到一絲靈感。

●採：香港文匯報記者 張岳悅、黃依江
攝：香港文匯報記者

開播至今，《乜都有哲學》已迎來謝宏中、勞雙恩，未來還將有陳幼堅、劉小康、倫潔瑩等嘉賓，從嘉賓陣容已可窺見節目內容的多元性。而節目的萌生，緣起於身兼主持、嘉賓二職的紀文鳳，與香港電台中文台前台長何重恩的一次會面，紀文鳳回憶道：「當時提及今年是我入行50周年，因一路走來有很多經驗心得，想到不如做一個節目叫做『半世紀廣告人』。」既然廣告人的故事可以照見許多處世哲理，為何不與更多不同界別人士分享他們的人生哲學？在吳文芳建議下，節目主題由「廣告」轉向「哲學」，自此打開了別開生面的視野。

34年後「再續前緣」

吳文芳早於1987年在紀文鳳公司就職，兩人曾短暫做過3個月同事。在他新書《癮》的末尾，還珍藏着34年前他決定辭職時，紀文鳳寫給他的「挽留信」，稱他可以隨時回來，薪資任他決定，幾時返工收工都隨他心意，惜才之心瀰漫字裏行間。紀文鳳獲贈書籍後見到該信驚喜又感動，而從吳文芳離開廣告行業後豐盛的人生經歷中，她發覺這位人才依然寶刀未老，於是決定邀請他一同參與節目策劃：「他仍很有創意，心中有『火』，仍想做很多事，所以我說你不如再做多一樣好了，電影、電視你都做過，唯獨未做過電台，今次讓你做主持！」

兩人的「再聚」，也令紀文鳳對人生況味有了更深感知：「做節目前我也思考過自己有何人生哲學，我覺得自己的人生裏有很多必然和偶然，比如我們曾經本應做長遠的同事，這是必然；但後來未做到，而這緣分在34年後因為做節目而再續，這是偶然。」

過去經驗照亮前路

加入策劃後，吳文芳決定將節目名定為《乜都有哲學》，並專程為節目設計LOGO，他覺得哲學其實並不似大眾所認為的那樣遙遠。1992年，他離開創意總監的職位去開廣告製作公司，身份的轉變起初令他很不習慣：「廣告是一個很主觀的行業，但做製作就變成很客觀的事，你要用有限的資金、時間，做出最佳的效果，主見背後又有很多被動，是很矛盾的。所以你必須要有自己的見解，甚至哲學的想法。」反觀當下，他覺得香港目前很需要找回屬於自己的能量，找到一條更好的路，比起自亂陣腳，不如回望來時路，反思昔日輝煌的成因，不同行業、從業者的過去經驗之中，其實都有很多養分可以汲取。

而除了要令觀眾明曉哲學無處不在，還要讓他們相信哲學並不難懂。為此，吳文芳也為節目設計了一個相對深入淺出的形式，他戲稱節目形式如同一個「漢堡包」，開頭邀請小朋友講一些他創作的或趣味或勵志的故事，故事與之後展開的嘉賓對談的主題也頗有關聯，最後再以他的總結收尾，帶出主持與嘉賓做人處事的態度。他笑說：「我對嘉賓的了解可能僅有三成，還需要朋友幫手做一些資料搜集工作。另外，我要訓練自己像一個真正的主持，控制節目時間，說一些『現在又到了聽歌的時間』這樣類似的話，這些都令我感到緊張。」

吳文芳為這個節目付出的心機有目共睹，節目總監張璧賢也對他的熱忱讚不絕口：「Willde（吳文芳）非常投入，是真的很有熱忱和好奇心，不僅是把這當作一份工作來做。希望觀眾可以從這個節目架構中，了解到不同界別人士是如何在工作中貫徹自己的人生哲學的。」

商業品牌不再着重本地廣告

資深廣告人猶活躍在業界，優秀廣告新人同樣輩出，緣何如過去般簡潔明了又令人印象深刻的經典廣告愈來愈少？對此，紀文鳳認為，比起上世紀七十年代，如今的香港廣告業已風光不再，而且已遠遠落後於內地廣告傳媒行業的發展。「這些年來廣告從靠文字傳播，到靠圖像傳播，再到現在靠更加多樣化的媒介，以KOL、網紅帶貨等形式在互聯網上傳播，而香港廣告業對傳播形式的變革、互聯網的威力卻後知後覺。」因此，愈來愈多的客戶不再立足於本地，轉將資金投放內地，導致本地廣告行業愈發少有大筆投資，去打造擲地有聲的經典廣告。「其實我們要承認，內地進步比我們快，『滿招損，謙受益』，香港也是一樣。」她說。

紀文鳳回憶起1996年曾接受勞雙恩訪問，那時自己就提示他如想要在廣告業大展拳腳，還是必須北上發展：「那時我就說，將來的廣告市場是屬於內地的，無論是人口、投資預算，香港都比不上。」時光荏苒，勞雙恩已成為享譽香港及內地的廣告大師。她也提及，做這樣一個節目，其實也是希望香港的廣告行業有所反思，自強不息，「若問到什麼是香港人獨有的哲學，我想就是這四個字——自強不息，代表着獅子山下的精神。」

或許就如同節目介紹中所寫的這句話：「香港永遠是一個充滿韌力的傳奇之地！香港乜都有！以前係，喺家係，將來都係！」

●吳文芳首次做電台主持，為節目精心策劃。

●紀文鳳稱「自強不息」是香港人獨有的哲學。

吳文芳新書講述廣告背後的秘密，書中附錄印有連結他與紀文鳳的信件。

●紀文鳳（左）與吳文芳34年後因節目「再續前緣」。

廣告人倡用軟手法 塑造中國形象

早前習近平主席在主持學習會議上強調，講好中國故事，傳播好中國聲音，展示真實、立體、全面的中國，是加強中國國際傳播能力建設的重要任務，又指出要展示真實、立體、全面的中國，努力塑造可信、可愛、可敬的中國形象。那應該如何塑造中國形象？記者不由請教兩位資深廣告人。

「我一直想做關於國家形象的廣告。」原來紀文鳳早於1992年開始進入內地發展，正遇上北京第一次申辦奧運會，她的廣告公司當時拿下了800萬元的宣傳推廣項目，可惜由於與美國總公司利益衝突等原因，她最終無法以公司的名義來接這個項目。於是，她決定自己義務助北京申奧，奔波於北京、香港兩地，和北京負責申奧的團隊一起努力。「雖然那時不成功，但已經看到了國家的發展、改變，以及不足之處，也得到了學習的機會。我們現在需要做的，是用軟性的手法塑造一個進步而文明的形象。我傾向於一手硬一手軟，用軟實力、軟手法輸出，如使用電影等文化輸出的方式，先確定重點和主題，再用一些公關手段去包裝，使人更容易接受，也使全世界了解中國。」她說。

吳文芳篤定地表示這件事「當然有得做」，但同時坦言自己需要更長時間去觀察和了解，才有信心給出方案。

▲左起：紀文鳳、嘉賓陳幼堅、吳文芳。 香港電台提供

▲劉小康（中）也在節目嘉賓之列。 香港電台提供

▶左起：嘉賓倫潔瑩與紀文鳳、吳文芳在錄音室。 香港電台提供

▲左起：張璧賢、紀文鳳與吳文芳講述節目趣事。

籲年輕人初出茅廬要「抵得諗」

訪問中，紀文鳳與吳文芳分別談起自己的人生座右銘。

紀文鳳稱自己的座右銘是「見好就收」，「當我最終去到一個沒辦法再進步的高峰，那時就會說再見，因為我不想看到自己落山。」由此延伸，她笑稱所以節目做到20多集就可以收工了，在高峰時刻戛然而止，確是很多人做不到的豁達。

與紀文鳳的直截了當不同，吳文芳反而慢條斯理地講述了一個自己在泰國芭堤雅酒店閱讀英文佛經的故事。「與中文版相比，英文版佛經反而更容易理解，我還記得裏面有一句這樣的話：Smart people know how to calculate，wise man refuse to calculate，即是說『聰明的人懂得如何去計數，而有智慧的人拒絕去計較』。的確，如果整天都在計較，那生活就不會太寫意，不會感到快樂。」

由此聯想到吳文芳於中環威靈頓街街邊開設的一人圖書館，小小的鐵皮屋，蘊含着他對啟發年輕人在書本中找到自由人生哲學的寄望，又的確足夠寫意。

關於「計數和計較」的話題，紀文鳳同樣提出了自己的看法：「所以我經常告訴年輕人，第一份工作要『抵得諗』，什麼都去做，什麼都去學。那時的價錢不重要，學到很多東西才重要，有人肯教你就等於賺到了錢。」

▶吳文芳在威靈頓街開設一人圖書館「先書後贏」，邀紀文鳳在此合影。 香港電台提供

踏出校門後，我一共工作了五十年，首二十五年是從事廣告行業，一共做過四間4A國際廣告公司：格蘭廣告、奧美廣告、威雅廣告和精英廣告（後三間我是開荒牛和創辦公司成員），1992年我帶領精英廣告公司進入內地，與中信國安廣告成立合資精信廣告公司。

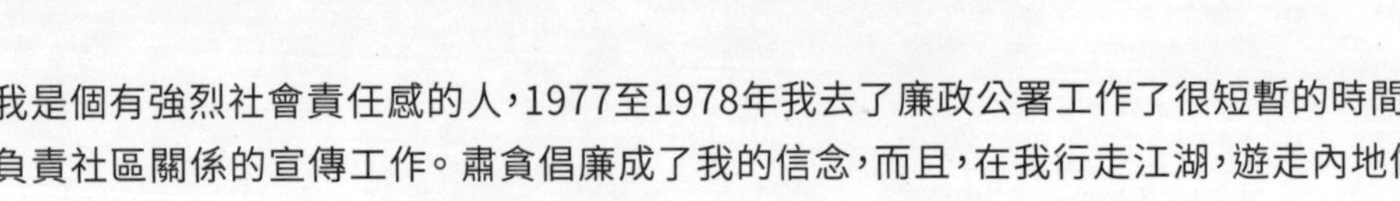

我是個有強烈社會責任感的人，1977至1978年我去了廉政公署工作了很短暫的時間，負責社區關係的宣傳工作。肅貪倡廉成了我的信念，而且，在我行走江湖，遊走內地做廣告和投資時（特別是早期國家改革開放初期），ICAC 成了我的護身符。

我從小醉心作育英才，從事廣告業其間，我致力培訓人才，1974至1980年在浸會書院任兼職傳理系廣告公關講師，九十年代有幸參與將之升格為浸會大學。

八十年代末與Henry Steiner、施養德、歐陽英和黃瑞良（已故）共同創立「傳藝學校」培訓廣告人，可惜大家都是為理想而兼職做，捱了六年，終於經營不善關門大吉！

1984年出版全球第一本華文廣告入行書《點只廣告咁簡單》，影響中港台廣告界。其後受天下出版社殷允芃社長邀請出台灣版，改名為《進入廣告天地》，隨即於1990年台灣金石堂暢銷書榜排行第八位，後期廣東省廣告協會也發行了大陸版。一紙風行，中港台一共賣了二十版，發行了約二十萬冊。

我是第一位香港廣告人到台灣交流，並大膽播放了內地的得獎廣告片。講座是由滾石有聲出版社段鐘沂社長（見圖二左一）邀請，台灣葛瑞廣告公司協辦，主席是郭承豐先生（圖二左二），並由台灣才子詹宏志先生（圖二右二）介紹我出場演講。台灣方面，我無親無故，當年迎迓我的花牌擺滿全場，感覺飄然！

我也不時到內地演講和培訓當地廣告人才，希望促進內地廣告發展，可以盡快與國際接軌。

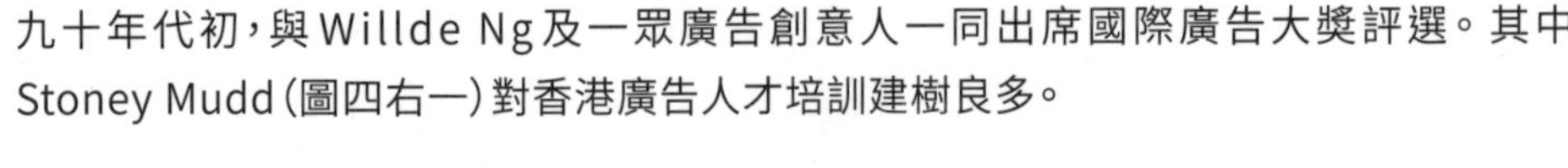

九十年代初，與Willde Ng及一眾廣告創意人一同出席國際廣告大獎評選。其中Stoney Mudd（圖四右一）對香港廣告人才培訓建樹良多。

1986年香港4A廣告協會頒了個Ronald Ling Advertising Award給我，以表揚我對廣告行業的貢獻。（圖五）左起為林秉榮先生和林俊明先生。遺憾的是兩位傑出的廣告人已故。林俊明是我教浸會書院時的學生，青出於藍，對廣告行業獨具抱負，創辦了《龍吟榜》雜誌和龍璽大獎，團結華文廣告界，創造出不可磨滅的貢獻和影響力。

嫁了給廣告的紀文鳳

紀文鳳，香港大學畢業，一心致力於世界和平工作，曾去信聯合國總部及美國和平部隊應徵即時傳譯及義工，却失望收場。也曾經考獲助理教育官一職，但誤打誤撞下被廣告公司錄用，由「抄稿妹」開始成爲今日的廣告界奇才。

在台灣廣告界，知名度最高的香港廣告人，是紀文鳳。

「你認得LEONI嗎？」

「我跟紀小姐熟！」

這類國語對白，我聽過不知多少。

也難怪。香港廣告人，這一代，第一位寫書談廣告的，就是她。而書，是極好的傳媒，越過時空，征服了寶島行家。

紀文鳳是二十四小時為廣告行業奉獻的女強人。不但主理廣告公司，還辦廣告學校。凡有廣告創作課程，幾乎必以她為首選講師。

我在食肆碰見紀文鳳，幾乎十有九次，都見她和客戶在一起。我懷疑，如果一天有四十八小時的話，文鳳也一定無時無刻，不在想着，說着，談着廣告。

她根本是嫁了給廣告的小姐，而且矢志不渝。到她的拍檔伙伴全都對這行業意興闌珊，紛紛退股的時候，只有文鳳這位女將軍，仍然高舉大纛，緊守崗位，絕不退縮。

我在廣告行廿多年，全世界大大小小廣告人，遇見過無數，論對這行業的熱愛，無人能出紀文鳳之右。

飛機大炮

紀文鳳寫過的好廣告，多得數不清楚。她其實是「無厘頭」始祖。早在周星馳還沒有進「無綫」訓練班之前，就寫過一個我認為非常精彩的「無厘頭」廣告「飛機大炮」。

廣告的內容，是男的叫女的猜背後藏着的商品，女的說：「飛機大炮」！

這是「無厘頭」之先。但戀愛中男女，對白通常都「無厘頭」得很，這句話，言簡意賅地捕捉了青年男女心情，馬上成為香港流行語，令產品銷路直線上升。

除了很能抓目標顧客心理之外，紀文鳳令我敬佩的是她的工作態度。

她肯定不放過任何細節，事事跟足。對製作的要求，非常嚴格。而她老早便是創作總監了，今天，更是貴為跨國集團香港公司主席。她的態度，依然未改，廣告製作公司裡，仍舊常見紀小姐芳蹤。

她穿旗袍穿得非常好看，大方而雅緻。中國旗袍，極考女人。文鳳卻從未讓旗袍考起。

她有個嗜好，非常喜歡研究命理和風水。這方面，她中西兼收並蓄，而且興趣極高，這倒叫我出奇。因為文鳳是非常現代的女性，若然對這些古老的傳統東西，如此入迷，也真是妙事。

稱我爲師

不過，她倒不是沒有傳統性格的。她進廣告行，第一位創作上司是謝宏中。對謝兄的尊敬，行家人人有目共睹。她人前人後，都稱謝兄為「師傅」。這種尊師傳統，今日的新一派廣告人中，很難找到。

文鳳也稱我為師傅。但這只是她抬舉我。我不過是為她創作的名句，改過一個字而已。

那是多年前的事。

那時，「維他奶」正在找廣告公司。紀文鳳加入的外資新公司，也在應徵之列。她們想出了個極好的「市場定位」，預備建議，「維他奶」與汽水正面硬拼，把汽水的常客挖過來。

「維他奶」是豆漿飲品，營養成份，高於汽水，文鳳寫了一句，「唔止汽水咁簡單」。

「我那時辭了任職的廣告公司，籌拍我的第一部電影，閒時也FREELANCE找點外快。文鳳找了顧嘉煇兄寫廣告歌，邀我寫詞。

以身相許

對他們的創意，我很欣賞，但對「唔止汽水咁簡單」的「唔」字，我有意見。

這字是鼻音，用作唱詞，不易聽得明白。於是提議改「唔」為「點」。這樣，會好唱一些，而且似乎也多一些氣勢。

文鳳考慮後接納，以後一見我，就叫「師傅」。其實我不過是把一個字動了一動而已，那裡算得是師？

她對廣告行業的愛和專注，我自問差一大截，廣告行於我，不過是吃飯工具。我雖然也在這行混了多年，都一直志不在此。文鳳對廣告，卻真的全面投入，簡直是以身相許，委身下嫁，不棄不離。

黃霑

為要證明霑叔「估錯」，我於一九九五年轉行了。

1995年離開廣告界，因為94年我有個末期癌病絕症的疑雲，可幸是醫生判錯症虛驚一場！當接觸死神那麼近時，人自然會反覆思量人生的意義。隨後我毅然賣掉廣告公司加入「香港明天更好基金」，為香港在海外向國際政商學界宣傳九七回歸祖國，建立平穩過渡的信心。

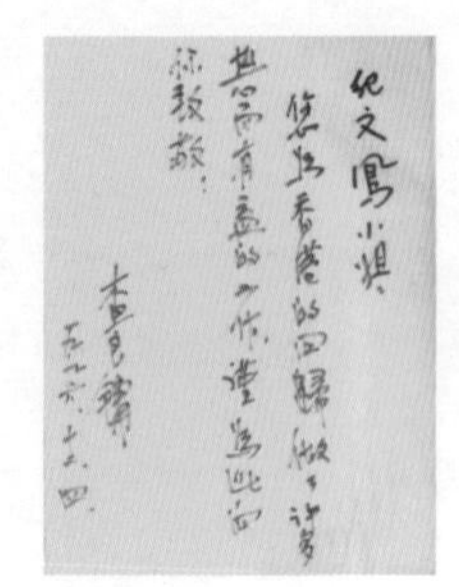

1996年查良鏞先生（金庸）送我他的著作《香港的前途》，還寫上贈言，令我受寵若驚！

我和「明天更好基金」的信託人一同向商界籌募了一億元製作費，於1997年7月1日晚上九時，面向全球，首次用了維多利亞港作為表演舞台，策劃和舉行「萬丈光芒慶回歸」花船煙花大匯演，當晚是香港有史以來歷時最長、最輝煌的海上匯演，共七十五分鐘，並發動在海濱兩旁觀賞的六十萬港人齊唱Karaoke，打破健力士世界紀錄。

七一回歸當晚，（圖一左起）方黃吉雯女士、錢其琛副總理、董建華特首、我（創意和執行總監製）、中聯辦周南主任、港澳辦魯平主任、董特首夫人趙洪娉女士一同合照。

1997年後，我加入新世界集團做中國私募投資基金，引進亞洲開發銀行，美國利寶保險公司和新世界發展有限公司為國企投資改造，建立品牌和加強公司治理架構後上市。

新世界利寶公司在北京成立，出席的有（圖二右起）Liberty Newport保險公司總裁Alex Fontaine、新世界發展主席鄭家純博士、國家財政部項懷誠部長、我及亞洲開發銀行幾位代表。

在1998至2016年期間，我協助新世界集團策劃了「新世界哈佛學者計劃」，一共派送了超過二百多名國家省部級官員去哈佛肯尼迪學院進修，致力加強中美官員交流和溝通，促進世界和平。

新世界集團鄭裕彤、鄭家純和鄭志剛三代人都是熱心公益，關懷社群，使我可以在內地和香港參與不少為青年人的工作，如文化發展及慈善公益。九七以來，我都義不容辭為每屆特首統籌了不少團結香港的大型社會活動(圖四)。

2007年我有感人心未回歸，發起成立「無止橋慈善基金」，除了在內地偏遠山區為村民築便橋，改善民生，更重要是為內地和香港的大學生搭起心橋，加強溝通和諒解。

2014年我為香港扶貧委員會策劃和推廣「築福香港」關愛基層活動（圖一），團結社會，照顧弱勢社群，獲得各界支持，當時政務司司長林鄭月娥女士公開稱我為「香港大義工」！

我一直關心年輕人，由2014至2019連續六年為YO協青社舉辦大型Hip hop歌舞秀（圖二：2016年青年事務委員會主席劉鳴煒來客串跳舞義助），發掘他們的潛能及設立獎學金計劃保送他們去美國和日本進修，培訓有素，其中有學員可望入選代表香港參加首次有霹靂舞的2024年巴黎奧運比賽。

不知是偶然還是必然，去年七月中，我應邀去北角K11 Atelier大廈參觀新世界五十周年紀念的展覽，因我早到，無聊地跑去看大廈公司水牌，竟然發現在同一屋簷下，見到WPP國際廣告集團佔了十多層單位，這裡有我曾經參與創辦的三間中外合資國際廣告公司（奧美、威雅和精英），這時感覺很奇妙，碰巧新世界又選擇在這座新大廈裡展示公司五十年的歷史和發展，剛剛好在這剎那，我體會到我人生四分一世紀從事廣告，另四分一就在新世界做基金投資和社會公共事務，前後加起來五十年，驚覺我半世紀工作生涯全濃縮在這棟高樓裡，震撼之餘，感嘆時光溜走，不勝唏噓。

還有一個偶然必然的玄妙經歷，是發生在2010年，我跟隨「香港敦煌之友」大隊去甘肅省敦煌為饒宗頤老師祝壽。我一踏上這片土壤，就有個強烈的感覺：這是香港的前世今生。

無獨有偶，敦煌位於絲綢之路通往西方國家的咽喉之地，正是唐朝中西文化交流匯聚的國際城市，絕對比今日香港的國際地位有過之而無不及。我希望用敦煌來做香港的文化教育基地，除了體會盛唐的大都會都有衰落時，我希望港人用以作為借鑑！

然後在2017年一個很偶然的機會，我在芬蘭遇上兩位素未謀面的香港演藝學院學中樂的學生茹健朗和陳韻妍，閒談中鼓勵他們組織中樂團，因為我曾發願要重組失傳了的敦煌壁畫音樂，作為推廣文化教育的奇想。其後發展真的不可思議，我們遇見不少菩薩，一年後我創辦了香港天籟敦煌樂團（圖三：2018年5月28日在饒宗頤文化館舉行成立典禮）。

四個月後我們更創造奇蹟，成為第一個在敦煌莫高窟著名的「九層樓」前演出的香港樂團（圖四），我們有八位優秀的樂師及兩位不可多得的作曲家：甘聖希和朱啟揚。

當晚敦煌研究院的王旭東院長，現為北京故宮博物院院長（圖五左二）和樊錦詩名譽院長（圖五左三）都親臨到場欣賞，支持年輕一代，為他們打氣。

突然想起，我在細說自己半世紀的工作經驗，怎可不提童年？人家說「三歲定八十」、「性格決定命運」，是有一定的道理！

我有一個不尋常的童年，從我呱呱落地那刻，我的人生就充滿戲劇性。我是生在重男輕女的潮州家庭，我已有兩個姊姊在前，嫲嫲從汕頭跑到香港要抱男孫。誰知道生出是個「蝕本貨」，氣得幾乎把我掉落街，幾經辛苦爸爸把我留下來，原本改了名字叫文龍，唯有「偷龍轉鳳」，變成文鳳。由我出世至六歲，我要扮男孩。姐姐可以上幼稚園，懲罰性地我只能留在家中自學，小小心靈好大感觸，小學第一張貼堂畫是「花木蘭代父從軍」！從小獨立自主，學懂堅毅不屈，念大學要靠半工讀才能完成！這種磨鍊，造就我在七十年代大學畢業後進入極少女性從事的廣告行業。

圖一左邊是我二家姐紀鳳裳，右是要扮男孩子的我！這張照片從未公諸於世！

二十歲的我（圖二左一）在香港大學念書，和二家姐合照。

我做甚麼都全情投入，因為生命無常，回顧一生努力，自問已經超額完成做人的任務。雖然我還有很多地方要向大家學習。

然後Yvonne Ho上我們的電台節目，描述參與張藝謀大導演執行北京奧運會開幕典禮的景況，我深受Yvonne那份謙卑感動！她指出，港人自大，入到國內，才知道「天外有天」！需知道能夠在張大導身邊工作十五個月，有這個寶貴機會和經驗，真是羨煞旁人。但Yvonne 卻能保持那份謙卑和感恩，實屬難得。

1978年精英廣告（ People Advertising ）新成立，Yvonne 負責電視製作（圖三左一），而施養德是合作夥伴和股東之一（圖三最前右一）。

與李樂詩閒聊時，發現這位享受孤獨的女人，竟然用一種大無畏的精神，勇闖三極，征服了南極、北極和珠穆朗瑪峰，此刻我才知道自己好渺小，因我從來不敢挑戰大自然，南北極一次都未去過！

吳鋒霖在我離開廣告界時，在廣告片剪接方面才嶄露頭角，現在是行業首屈一指，最優秀的「金較剪」，他虛心做實事，靠著自己的努力和真誠的處世態度，應付各類的客戶，甚至最刁鑽的，他都是不亢不卑，機智過人，他的金句「蝕底就是著數的開始」也是他成功的硬道理，可以給當下的年輕人作為借鏡！

我是誤打誤撞闖入廣告公關和大眾傳媒的行業，使我人生充滿姿彩。鐵板神算董慕節先生曾經為我批命，正正有這兩句：「廣招四方客，告及萬眾友」！我不期然撫心自問：這是「必然」還是「偶然」？個人的機會和成就，是上天注定，還是後天努力？

和吳文芳拍檔共同主持《乜都有哲學》最大得著就是可以會晤失散幾十年的廣告界「老」朋友，大家坐在香港電台播音室內全無機心，暢所欲言，一同回顧過去人生打拼的經歷和累積的心得。

做完二十集之後，我終於得出個結論：從事過廣告行業的人，求知慾強，好奇心大，涉獵層面廣，十八般武藝有幾樣通，大多熱愛生命，喜歡出人頭地，而且適應能力強，也「好」強！故此當他們邁出廣告界投身其他專業的時候，都是成就非凡，幾乎個個成「師」，獨領風騷！

我們都有個共通點：我們的際遇在緣起緣滅之間，交織出「必然」與「偶然」碰撞出來的人生經歷，每個人都譜出自己不凡的故事！

C'est la vie !
這就是人生！

紀文鳳
GBS SBS JP
(金紫荊星章，銀紫荊星章，太平紳士)
全國政協委員 (2013-2018)
雲南省政協委員 (2003-2018)

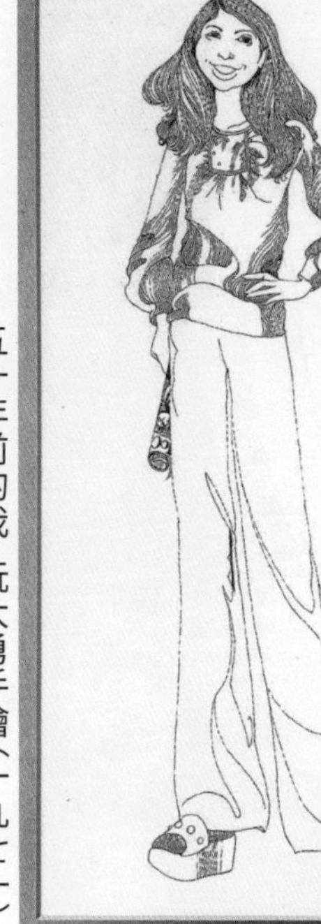

五十年前的我，阮大勇手繪（一九七一）。

在香港電台第一台的節目《乜都有哲學》中，我們兩人跟另外的十八個嘉賓談做人，談成長，談愛好。談功利，談際遇，談運氣。因為不想浪費這麼多的話題，就有了這本書的概念，在這十八個英雄英雌的豐富談話中，我們一個字一個字地寫了下來，大家當時談話的速度奇怪地差不多。所以每個英雄人物都有五頁的談話內容。為了給大家更容易知道他們做了甚麼，幹了甚麼，所以我們預留了空白的五頁，邀請他們填上他們想放進去的東西，他們喜歡的一首歌，一個得意的作品等等，我們兩人就成為了最懂得坐享其成的人了，而毫不後悔。

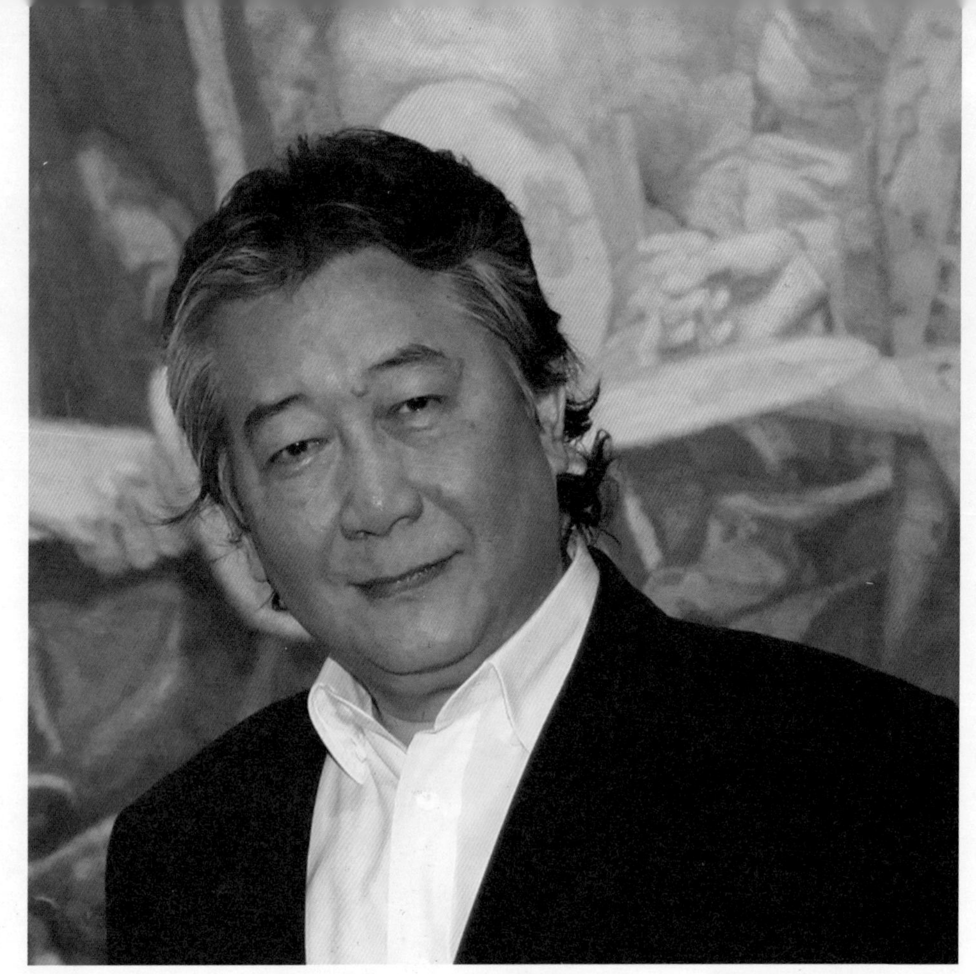

隨心、隨意、隨緣

謝宏中

搏一搏冇頻撲　唔搏輸硬！

「那時我還沒吃過麥當勞，連奶昔是甚麼也不知道，但我知道只要讓我拿到這張入場券，門後的風景必定會更廣闊，是一個不可錯過的機遇。」麥當勞在上世紀七十年代中進軍香港時廣發英雄帖，邀請香港各大國際知名廣告公司擔任廣告策劃，其時謝宏中（Philip Tse）創辦的「恒美廣告」仍然是小店一間，在第一輪競爭中已被剔出待選名單。他當時下了一個決定：Off chance 親自飛往美國尋找機會。

謝宏中連續三天待在紐約Pan Am Building麥當勞分店，嚐遍餐單上的食物，細心觀察美國麥當勞的運作，並把握機會向餐廳經理Dicky虛心請教，同時分享自己在中國和東方各地的所見所聞，他們十分投緣並迅速成為無所不談的好朋友。

麥當勞國際市場部主管
Mr. Tom Gruber

Dicky對這個遠渡重洋而來只為了親自體驗麥當勞的香港小伙子感到萬分佩服，熱心的他立即幫忙聯絡美國麥當勞市場部主管。謝宏中至今仍然記得，當時自己拿著電話筒時顫抖的雙手和激動的心情。「電話那邊的Mr. Tom Gruber，是國際市場部主管，他好奇地問：『你就是Philip Tse？飛來美國就是為了和我見面？』我回答說：『是，我用三天吃遍麥當勞的食物，十分希望可以見你一面。』Tom不但答應，還叫我第二天就去芝加哥設在Oak Brook的總部找他，他請我吃午飯。」儘管四十多年過去，此時此刻的謝宏中提起當時的情形，仍然不禁得意洋洋，揚起眉眼笑說。

這是一場賭博

辭別餐廳經理Dicky後，謝宏中立即飛往芝加哥。麥當勞市場部主管Tom充滿好奇心地接待了這個從香港貿然而來的年輕人，問了很多問題，將老謝個底起清。分別時，Tom說：「本來我們並沒有考慮你的公司，但看你這麼有誠意，回香港後你會收到一份十七頁的文件，看過後你也來參加我們香港公司的簡報會吧。只要你的presentation做得好，你的公司仍然有機會取得我們的廣告代理。」就在這句話的鼓舞下，謝宏中直飛回港，等著那十七頁的文件。

在謝宏中與團隊的努力下，公司終於取得香港麥當勞的廣告策劃項目。「最後一關時，麥當勞負責人伍日照先生Daniel Ng問了我兩個問題：第一，是否能夠放下香港的生意，自費到美國漢堡大學就讀他們的培訓課程；第二，能否保證香港麥當勞的廣告都由我親自跟進。」幾乎不用考慮，謝宏中便應下這兩個條件，並在正式取得麥當勞項目後，依約拋下香港的生意，前往美國漢堡大學進修為期數星期的培訓課程，了解麥當勞漢堡製作到管理，特別是市場推廣全套哲學。

「這是一場賭博！要爭取客戶，誠意固然重要，但做廣告比其他行業更需要新奇的主意。所謂奇兵突出，當時在毫無把握的情況下放手一搏，卻成為我們扭轉大局的一招。」隨後幾年，謝宏中帶領著團隊，陸續取得大陸、台灣、新加坡麥當勞的廣告項目，業績節節上升。「麥當勞這個客戶，絕對是我在七十年代可以將恒美推向國際化，成為地區性廣告公司的最大助力。有了這個核心客戶，恒美才會得到國際企業的青睞，後來才會有人願意合併。」

的確，我這輩子在國內損失的時間、心血和金錢，永遠沒法彌補。

謝宏中將恒美廣告併入DDB後，有人問他：「你做廣告公司的最終目的是否看能否高價售出？」謝宏中絕不認同。他不諱言，要成為市場上有價值的廣告公司，有幾個元素不可或缺。「公司必須要做大，必須在創意上獲得很多獎項，這樣才能吸引大客戶；有大客戶才能吸引更多的人才，將公司做得更好。每次我跟客戶或合作夥伴見面時，最重要的考慮點還是『人』。第一是看人，第二也是看人，第三還是看人。無論你的客戶名單有多厲害，你公司帳面的數字有多好看，最終決定是否跟你繼續合作的，還不是人？做廣告的始終是人，廣告公司中最有價值的一定是人。」

人生路向改變，就靠一個「追」字

我們見慣了在廣告界意氣風發的謝宏中，卻鮮有人知道，這位廣告界的大才子其實是因為十幾歲在廣州就讀高二時，於學生報文化版發表其時較為敏感的文章後，急急忙忙逃到香港來的。

「那時的風向是『東風壓倒西風』，但年少的我從往來香港探親的經驗中，對當時屬於西方社會的香港有不一樣的體驗，於是寫了〈東風「追」到西風〉的文章，犯了時代的禁忌。廣州市第一中學（省級）校長萬騏召見我時直斥我吃了豹子膽，連主席的話都敢改，並問我考大學的志願是甚麼，我答中山大學，他說：『甭想啦，遼寧吧！』原本還一頭霧水的我，聽見校長怒氣沖沖地問我是否想去遼寧(勞改)時，嚇得冷汗直流，回家後立即修書一封，著家父儘快安排我來香港。幾經波折下，我終於到了香港，那是一個 long story。」

就是一個「追」字，將謝宏中帶到香港，改變了他的一生的同時，也為香港廣告界發展添上了濃重一筆。這個十幾歲的少年，剛到香港時連二十六個字母也不認識。「我初到香港每天都捧著字典做人，巴士，小輪，在家在外 Pocket 小字典隨身。又去『易通』夜校上英文課，還刻意認識英國女仔，旨在學會話。如此這般一年半後，由聖若瑟轉到喇沙書院F3插班。當年膽子大到這邊廂上課學了新的英文知識，下課後就去做中英數私人補習老師，每月每位學生七十大元。」說到這裡，謝宏中哈哈大笑。

中學畢業的謝宏中沒有考大學，決定進入社會工作。他的第一份工便是在紐西蘭公署擔任薪高糧準的翻譯。喜愛寫作的他更下班便到《星島晚報》將當日外電新聞譯中。因緣際會認識將他帶入廣告界的第一位伯樂 Michael Wong。「《讀者文摘》的其中一位負責人 Michael 是廣告部的，通過公署的關係他邀請我在業餘時為《讀者文摘》的英文廣告做英譯中的工作，那是我第一份踏足廣告的工作，每篇五十元，每期十至二十篇。」

機遇總是環環相扣，一個經歷一個點，構成人生的點、線、面。在紐西蘭公署舉辦的酒會上，謝宏中認識了格蘭廣告客戶經理 Mr. Stephen Li。李雪盧得悉《讀者文摘》內的廣告文案是謝宏中翻譯，隨即拋出橄欖枝，邀請他做格蘭廣告的 copywriter。謝宏中為他人的欣賞頗感驚喜，卻並沒因此立刻放棄領事館體面的工作。「當我跟公署的總領事 Sir Charles 閒聊提及這件事時，他說了一句「I believe you are a gifted adman」，就是這一句話觸動了我，定下了我的一生廣告生涯。」

七十年代香港經濟起飛，百業興旺，無論衣食住行或文娛康樂，均呈現生氣勃勃的景象，為香港的廣告行業帶來了機會。「廣告是源於西方的概念，英國、美國、澳洲等地的廣告發展比我們早。在七十年代的香港，人們根本不知道甚麼叫『廣告』。有朋友問我，阿中，你做廣告，哪間戲院的廣告牌是你畫的呢？」謝宏中苦笑著回憶道。原來廣告就係電影院廣告牌！

「其實，我們那一代廣告人好努力將西方那一套廣告專業本地化，包括 research、市場研究、購物人士分布、購物習慣和心理分析，所謂 psychographic 同 demographic，媒體有效的運用和支配等等。這一切都要考慮到創意上，才能令廣告收到預期的效果。」

1971年創立「恒美廣告」

原來廣告人現在的專業地位並成為備受社會尊重的行業，有那麼一段經歷。今日很多大學都有傳理系，年輕一代要入行容易得多。「對呀，當年我們紅褲仔出身，邊學邊做。雖然很多時候是『床下底破柴』，credits 全歸高管洋人，但係冇計較啦，反正廣告學是洋人帶來的文化。」Philip 豁達笑道。

古語曰：「寶劍鋒從磨礪出，梅花香自苦寒來」，是有道理的。

廣告人是誠實人嗎？

作為一個廣告人，往往會用誇張手法去表達。那麼廣告人是誠實人還是不誠實人呢？廣告人是謙讓的人還是招積的人呢？這些問題在廣告圈一直有所爭議。「我的 answer 是，」謝宏中不假思索便答：「誠實同 humble 這類形容詞不可以亦不適當直接去 define 廣告人。何以見得呢？廣告不可以亂吹，必須 based on facts，即是說要誠實，否則，便不會是一則有說服力的廣告。」

他頓了一下，好像在記憶中尋找甚麼，接著說：「舉個例，當年在油麻地的渡海小輪，是

" THE RIGHT OF ABODE "
SERIES - 1996

英國式的誤會？

她不會為自由而憂心，因爲她深感到這是與生俱來的。

她在英式傳統下成長。她是幾百萬香港市民的一分子。雖然對任何國家而言，他們都是可貴的人才，但是他們都以香港為家，並會繼續在香港生活下去。

他們要求的只是對未來的保證，而最具意義的保證就是擁有英國的居留權。道義上，英國責無旁貸。

否則，這一切英國式的生活形態，對她來說只是一場可笑的誤會。

可以駕車上船那種小輪。那裡有一幅很大的廣告牌，現在想起也覺得得意。那廣告牌很簡單，上方四個大字：『不准吸煙』，中間是總督香煙的 packshot，下面矚目一行字：『總督都唔准！』呢個 poster 就係 based on facts。全部文字都係 statement，後面一句有冇誇大呢？有！不過亦是事實，真係連總督也不准在渡輪上吸煙。但一語相關的手法便大大增加了廣告的力度。看到的人皆會會心微笑。這個例子是否解答了廣告人是否誠實人的問題呢？哈哈哈哈。」

謝宏中解答了問題了嗎？看官自有定論，不過這個總督香煙 poster 的信息一定入腦。其實，誇大不等於不誠實，只不過是一種手段以期得到共鳴而已。

近年好多廣告引導年輕人借錢，是對或錯？

香港很多財務公司在電視大賣廣告，鼓勵年輕人借錢，先使未來錢。好多人真的借到成身債，令不少人對這類廣告反感，認為其禍害比香煙廣告更甚。

「冇錯，這類廣告的確有爭議性，特別從道德觀念的角度而言。」謝宏中好肯定地說：「但問題是財務公司是合法行業，只要不是有『貴利』成分，很難禁止他們賣廣告。就譬如你請人入馬場賭馬，難道又是錯嗎？當然不是。所以無論是甚麼廣告，接受與否，還是要看個人的把持與分析。」最後他補充一句：「每每這類廣告出現，我都會行開……」

【乜都有哲學 之 隨心 隨意 隨緣】 —— 謝宏中

……「Philip Tse，你上過兩間『大學』，一間係芝加哥嘅麥當勞漢堡大學McDonald's Hamburger University，除咗實習做漢堡飽就研討市場和廣告創作，只為期三週啫。另一間北京清華大學，來頭很大但又係為期三星期嘅管理進修課程。咁嘅學歷，你乜識得學人家講哲學咩！」

使唔使左一巴右一巴摑埋嚟呀？個題目好清楚喇：乜都有哲學吖嘛！

況且，哲學philosophy，希臘文philia係愛，sophia係智慧，原意就係知識嘅追求，包括世界萬物嘅知識。所以乜都有哲學真係非一般人以為咁深奧。

我馬上諗起我一世人信奉嗰六個字，隨心 隨意 隨緣。
就讓我從這角度，以我親身嘅經歷去談談「乜都有哲學」吧。

【N次結婚擺酒，I mean N次，有甚麼哲學？】

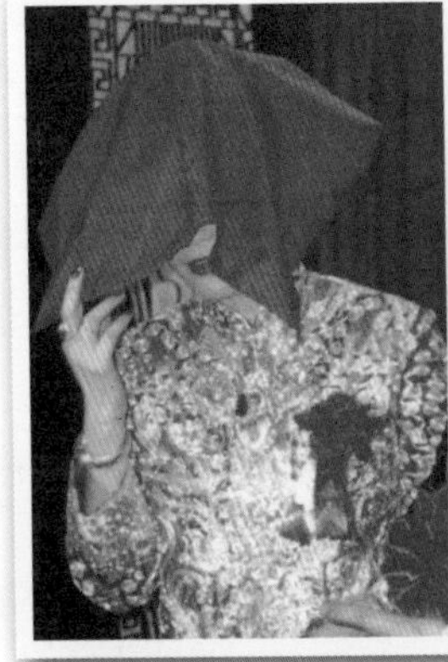

揭起那紅蓋頭

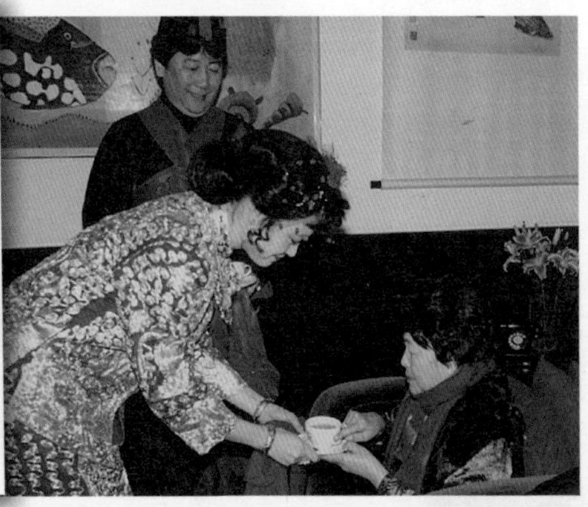

16 January 1993, China Club, Central

27 January 1993, The New York Plaza Hotel

4 February 1994, Grand Hyatt Hotel, Hong Kong

19 December 2007, Meguro Gajoen, Japan

哈哈，大哲學乜！最起碼是自我感覺超級正！

結婚擺酒是公開嘅大家happy！
結婚擺酒主人家有絕對話事權，得意得很，
鍾意請邊個就請邊個(人家俾面與否是另一回事)。
特別係擺酒嗰晚，可以四圍同老友飲杯，
可以上台帶點酒意衷心直說幾句良心話，
可以在掌聲下高歌一曲，可以……
總之係隨心隨意嘅極致!係一世人難得不帶負面嘅自我moment。
點解咁正嘅事一生只做一次呢？

我嘅哲學係鍾意嘅事就做N次，
次次用心去做！仲一定要做得開心！

【藝盟起與落，箇中的哲學】

【值得一記的藝盟成立往事】

35年前某日，一班文化藝術界朋友，有畫家，有寫文章的，有搞雕塑的⋯ 聚集在皇后大道中9號討論一個議題："如何組織起來爭取政府撥地建藝術村⋯"。

我不是參與者，9號是施養德和我合作的一個展場，經常借予朋友聚會。我在旁邊聆聽，咦，討論愈來愈熱烈，你一言她一語，但似乎沒有什麼具體方案嗚。不知道是什麼上身，我突然走到寫字間推出一塊黑板，在上面將成立一個民間團體的步驟逐點寫好，然後推到他們面前說："各位，可容我這位外人插句話，依我看各位可按這些步驟⋯"這一插話，大約幾分鐘，全場鴉雀無聲。片刻，有人說"謝先生，不如你揸旗代表我們組織吧。"施養德也在旁邊煽風，陳餘生、周綠雲等人附和。我亦如此這般答應接受這任務，十分樂意，躊躇滿志！

（這份畢生難忘的義工，只幹了十一年，箇中原因令人十分遺憾。）

沒多久，我便得到好友黃霑、何弢、靳埭強、周志波、施養德、林燕妮等首肯，一同成為董事，正式註冊成立"Hong Kong Artists' Guild"「香港藝術家聯盟」簡稱「藝盟」。時年1987年11月。我們明白，「藝盟」需要一位德高望重，具號召力的帶頭人參與，多番考慮後成功邀請了鍾逸傑爵士成為藝盟創會主席。成立執委會，訂立會綱，旨在團結本港不同藝術範疇的藝術工作者，共同推廣及提高本地藝術家的地位。

由1988年「藝術家年獎」至1999年，成功舉辦了7屆，選出103位實至名歸的獲獎藝術家。執委會每屆自資籌辦大型頒獎禮，通過電視及各大報章雜誌廣泛宣傳。

藝術家年獎對知名度高的得獎人，是錦上添花。但很多得獎人是默默的藝術從業員，沒人認識。因年獎而能獲傳媒宣傳，受社會注意，那是雪中送炭。那正是年獎最有意義的所在，也是我們做義工的原因。

「藝盟」所有活動經費皆由努力籌款所得，全部「藝盟」董事及委員出錢出力，從來沒有怨言。97至99年社會經濟出現問題，贊助人難求，加上2000年被藝發局所累，跣了重重的一交，「藝盟」便沉寂了下來。近年不斷有類似年獎的活動出現，好得很，那是藝盟當年工作的延續。誠心希望香港藝術家們依然有水銀燈照耀的平台，發亮發光！

【當隨心隨意變成遺憾和傷痛，那還有什麼哲學可言！】

【《淡淡幽情》· 不捨的絕響】

《淡淡幽情》的創作和製作，肯定是這輩子最得意的一件事，
無奈成為絕響，可惜，可嘆，可悲！
明報周刊2011年1月在第2199期，
用六頁篇幅刊登了瞿浩然的一篇文章，題目是：

跨世紀最佳概念專輯
《淡淡幽情》絕響的誕生

經典，源自堅持。要不是謝宏中忽發奇想，恪守信念鍥而不捨，終於遇上鄭東漢慧眼識英雄，華語音樂史上，不會出現一張跨世紀的最佳概念專輯、以古詞入歌的《淡淡幽情》！

聽謝宏中與鄭東漢道出整個誕生過程，令傳奇再添一筆－《淡淡幽情》續篇拍板未幾，鄧麗君卻猝逝異鄉，頓成絕響，鄭東漢語帶依依："能有這般的演繹，只得一個鄧麗君！"空前絕後，但願人長久。

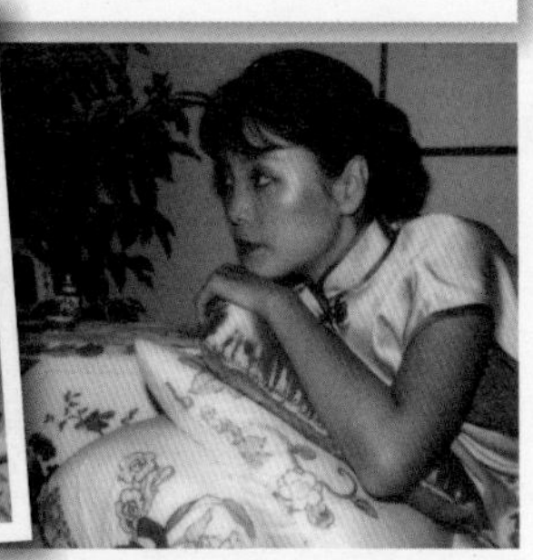

這輯相片我用寶麗萊相機拍攝，
迄今仍色彩依然。

那是80年某星期日練書法時偶爾冒出來的一個唱片概念，那跟傅聰合作，一手一腳製作出版5張"傅聰鋼琴獨奏"唱片不一樣，是一個詩詞、攝影、繪畫、作曲和歌唱的結合，有我參與的空間，亦有大公司寶麗金鼎力支持。當然，因為主唱者是鄧麗君，她獨一無二的音韻，加上她的滲透力，唱片很受歡迎，推出三天便獲金唱片，不到兩星期便獲白金唱片。暢銷繼續到今時今日。她曾說："這是我最滿意的作品"。

遺憾是《淡淡幽情》第二輯，因她的離開而不能面世，就借 瞿兄文章最後一段為本文補筆。

誰能料到，那是鄧麗君一生之中，在香港度過的最後一夜！別過好友，翌日她便跟保羅出發往泰國度假，八日後噩耗傳來，鄭東漢立即致電她在台灣的家人，確證屬實後轉告謝宏中，眾人均感難以置信；《淡淡幽情》續篇的計劃，也隨之淡然而去，問鄭東漢，有沒有想過找他人頂上，例如當年仍在新藝寶的王菲？"如果完全站在商業角度，這的確值得考慮，但我從未想過讓王菲去唱，直至離開這間公司，我丁點兒都沒有想過；能有這般的演繹，只得一個鄧麗君！"

煉成傳奇的素材， 或許都需要遺憾，以及傷痛。

【曾經擁有，這四個字太多太多哲學了……】

【夢幻之屋 The Dream House in Toronto】

就算不可能將這Dream House搬到香港，那曾經擁有的歡悅一生一世。

佔地10畝，兩個私家湖，一隻大龜經常冒出湖邊晒太陽。一大片森林，裡面有一家五口的鹿群每天傍晚到廚房尋食物。兩隻紅狐狸早上必坐在大閘口通道等我出門打個招呼。三層大屋逾萬尺，首層樓面高28尺，地下層有跳板的溫室室內泳池...。

Judy 每次到多倫多最長住3個月，我則兩個星期。Upkeep 貴到驚人，Keep 咗5年捨不得也要捨得，因為我決定放棄加籍，結果落在俄國人手裡。拜拜！
此宅在多市也罕有，多希望能搬回香港，Judy話我痴人作夢！

安慰自己一句：總算隨心隨意地，曾經擁有！惜緣。

【曾經擁有之－大師名畫】

陳逸飛．冷軍．陳衍寧

一組四款運到香港途中有輕微損花，
大師專程到寒舍補筆，十分專業！

寫實浪漫大画家 陳逸飛生前，人前人後都說："謝先生是收藏我作品最多的人"。誠然，我先後收了18幅他的大作。包括前年 Christie's 拍出逾八千萬的《麗人行》，我追踪整個作画過程並親身赴京參加嘉德競投勝出，場面刺激精彩！成了國內拍場一時佳話，那是1997年冬。

超現實大師冷軍先生作品令人目瞪口呆，因為你可能分不清畫與實物，他筆下的人物纖毫畢現，精緻入微連毛孔也躍然画布上，那真切的張力你何只拍案叫絕，簡直心魂蕩溢！90年代初我在他武漢画室取第一幅開始，連續三年包下他的作品逾25幅……。當然，那時画價十分相宜，沒有炒作成份，付擔得起。

廣州也出了一位跟陳逸飛齊名的高手，陳衍寧先生。他也是寫實浪漫派，他更是肖像画大師，1999年獲邀到白金漢宮跟英女皇及皇夫肖像寫生。期後英女皇舉起大拇指 thumbs up！把兩幅肖像畫擺放在她的芸芸由世界各地各師肖像中最前面，以示特別嘉賞。陳衍寧應引以為榮！

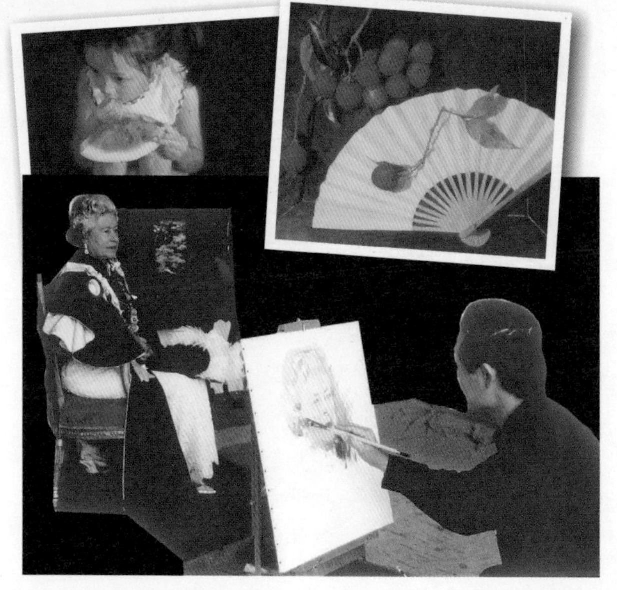

有一年，衍寧夫婦到寒舍晚飯，我把15幅他的作品掛滿客廳飯廳，賓客們故然激賞，陳兄亦頗激動。那是值得懷念的一夜，永誌難忘。"真的太意外太高興了"，陳兄說了一晚。

俱往矣，"曾經擁有"是開心的，曾經擁有頂尖的更證明自己的眼力，更開心，那便足夠。

不回望不遺憾，這其中就有太多太多哲學，簡言之：隨緣！

“我們，都是時代的作品”

在這裏分享和拍檔團隊在創意路上的作品前，想先追溯「我」如何受益於香港廣告圈的傳承。

在「乜都有哲學」節目中，經常提到香港廣告發展，但很可惜我們沒有訪問到本人的恩師林俊明先生（雖然節目多番邀請）！我聽到紀文鳳提到謝宏中的知遇之恩。而紀小姐在浸會廣告系又執教過林俊明，那加上我這個小輩，那就可以「四代同堂」了。

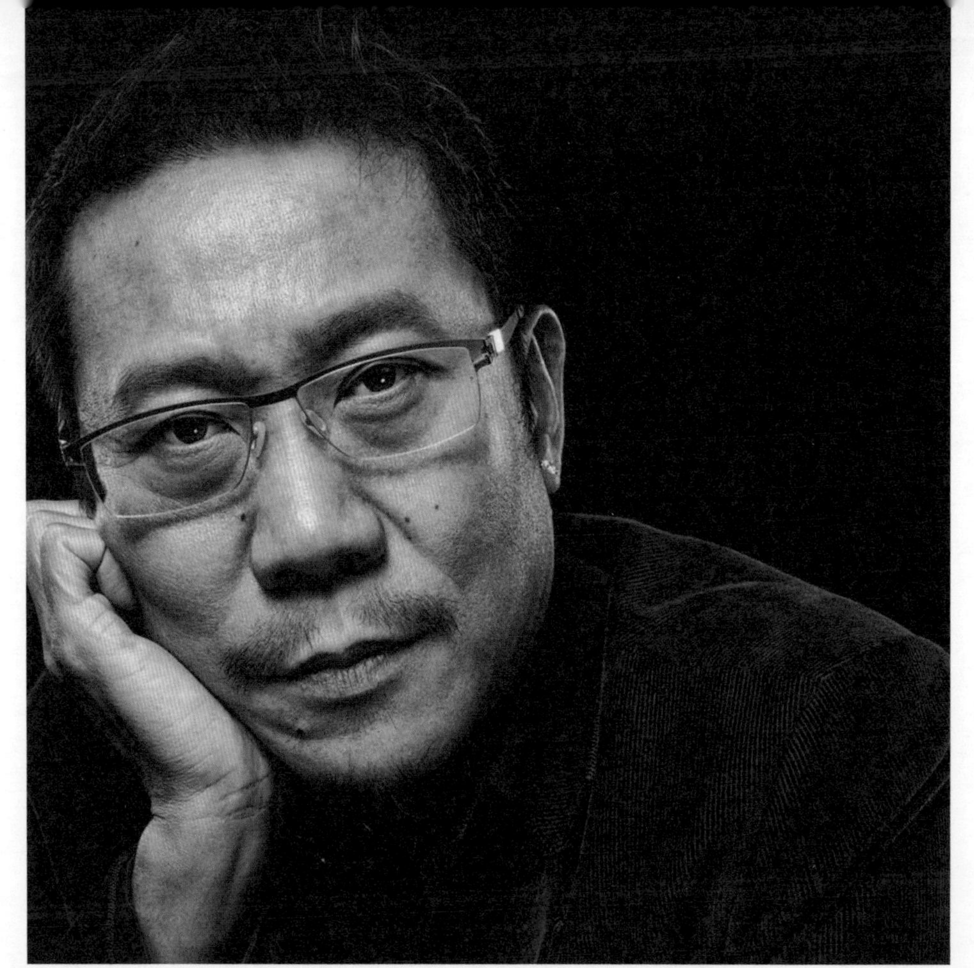

活出愛

勞雙恩

廣告界有一則傳說——被譽為中國廣告第一人、現任偉門智威亞太區首席創意長的勞雙恩，日薪高達三萬！「這絕對絕對是一個傳說，把我神話化了，令大家對這個行業有點憧憬罷了！」勞雙恩哈哈大笑。儘管他一再澄清，這傳說就如另一則傳聞，說他創作經典廣告語「鑽石恆久遠，一顆永留傳」一樣，深深烙在行業中人的腦海裡，每每被問及，都教他頗感無奈。

1988 年，原本任職中學教師的勞雙恩投身廣告界，先後加入香港奧美、靈獅及靈智廣告公司；1996 年，三十三歲的勞雙恩拋下香港冉冉上升的事業，奔赴其時廣告業正處於發展初期的內地，加盟上海智威湯遜（J. Walter Thompson, JWT）。

「在靈獅工作的那段時間，我們會支援內地的姊妹公司去上海參加提案，那是我第一次萌生去上海工作的想法。後來我幫其中一位伯樂林俊明（Jimmy Lam）做《龍吟榜》華文寫手時，有一期採訪香港廣告界前輩紀文鳳，對內地廣告業加深了不少了解，更堅定了『我想在中國廣告的發展道路上留下一點腳毛』的想法，想到上海闖一番新天地。」

「睇開啲」哲學

勞雙恩在上海一留就留了二十多年，從創意總監、執行創意總監，做到東北亞區執行創意總監兼管澳大利亞區域市場的創意長，及至現時的偉門智威亞太區首席創意長。他帶領的創意團隊，無論在地區或全球廣告大獎均屢獲殊榮，讓全球廣告界對來自中國內地的新興創意力量刮目相看，也為中國廣告業多次創立先河，例如拿下中國的第一座克里奧國際廣告獎（Clio Awards）金獎，2011年助中國取得首座康城廣告節（現稱康城獅子國際創意節）全場大獎，2012年成為首位擔任康城廣告節戶外廣告類評委主席的華人等。

在勞雙恩毅然放下香港事業踏足內地廣告業的那刻，他的生命軌跡已完全改變；同樣地，他也如自己的初衷，為中國廣告業的發展帶來了巨大的改變。「在上海打拼的過程中，我一點一點領略到生命的意義。與其說我影響了中國廣告業，我更想分享的是，當你進入某個新市場的時候，不要覺得自己有多了不起，而是要更加謙卑。現實中的猛人太多，我們一定要擺正自己的態度，互相交流總比自以為是好。這是我至今也非常受用的做人態度，令很多事情都水到渠成。」

無論是自己主動改變，迫於無奈被動改變，或為人們帶來改變，那些改變的過程對勞雙恩而言永遠不只是生命中的一個點，而是一個旅程。「在接受改變或主動去改變的狀況下，你可以有多點時間和空間做準備。當自己接受改變時，心情相對來說更會有一種嚮往、期待的感覺。被動的改變多數發生得比較倉促，人們會較難去接受，心情愉悅程度一定較低。我覺得如果自己設立一個高一點的目的或使命感，那麼無論是主動或被動的改變，都有收穫。」

"沃土，不能缺用心的園丁"

為了讓大家多知道香港廣告的土壤，如何培育出一代又一代的華文廣告人，容許在這裏介紹一下林俊明先生。

當年林俊明的作品，人頭馬VSOP"香港幾好都有，點捨得走"，緊貼時代脈搏，充滿前瞻性。

「廣東人有句話叫『睇開啲』。『睇開啲』就是一種哲學，意思是不要把你的目標放得太短期、太切身，不要經常用自己的個人利益去計算。我們做人要看長遠一點，不要只看自己個人的價值，應該放眼去看更大的未來，那麼無論是主動改變或被動改變，都會是一個很愉悅的經驗。」

勞雙恩不否認，在他幾乎孤注一擲跑到上海面對未知的改變時，自己也難免有點忐忑。在未正式上班前，他已按捺不住特意到新公司探路。「我跟上海當地的同事聊天，再一次肯定自己不只是上去做自己擅長的工作，更加重要的是交流。上海同事對外面市場或者對外面廣告知識的如飢似渴，令當時的我很受觸動，很想自己成為中國廣告旅程的其中一部分。」

就是這樣，在香港土生土長的勞雙恩，從上世紀九十年代便與林俊明、倫潔瑩等著名香港廣告人在內地努力耕耘，一一成為中國廣告業的代表人物。

在上海打滾的二十多年，勞雙恩見證很多當地廣告公司在毫無國際4A理論實踐經驗的情況下各師各法，成功開拓客路，並製作了許多符合當地環境的好廣告。「通俗點的講法叫土法煉鋼，而他們煉的鋼也是用得上的，這股拼搏和創意絕對值得我們學習。我們從外國人身上學懂做廣告的理論，再將這些知識帶進內地，行業中人說我們這代香港廣告人帶領著內地廣告業發展，但事實上這種發展並不是單向的，我們在內地也吸收了很多寶貴的知識。」

學習是一個旅程

問勞雙恩，如果將來退休，甚麼作品最令他覺得榮耀？「最榮耀最開心的作品就是，能夠培養出一班新晉的creative人才，這才是真正對行業有貢獻。」他這樣說。年輕時他曾經想盡了辦法表現自己，認為要讓別人看見自己的能力，才可在廣告界、創意行業內樹立標竿，但在歲月的沉澱下，如今的他有另一番感受。

「不要去搶風頭，不要去搶鎂光燈，與團隊共同進退，這樣才更感覺到自由，而這個自由的空間會更大，樂趣更多，層次也更高。因為不單是你自己一個人在享受這項成就及勝利的喜悅，而是團隊裡的五、六個人，甚至部門裡的七、八十人，或者這間公司裡的二百多人，集團裡的二千多人。學習管理自己的慾望是一個過程，去令自己得到更大的自由和空間。」

於1995年1月，林俊明創辦「龍吟榜」，令香港成為了華文廣告發展的一個重要平台，我輩也搭了一個順風車，獲益良多！

林俊明創意不斷，除了服務廣告客戶，更無私地為行業打拼，有見華文廣告市場越來越發達，「以華文打天下」為己任的「龘靐廣告獎」也於1998年成立了。

林俊明先生讓香港成為華文廣告發展的重鎮，更提攜不少後輩如我，讓我們在亞洲他主理的Adfest亞太廣告節，以至國際廣告舞台嶄露頭角。

勞雙恩不諱言，個人榮耀無疑可為團隊帶來資源、客戶及吸引更多有才華的年輕人加入，但廣告是更著重團隊合作的工種。「廣告是一榮俱榮，一損俱損的。當你製作了出色的廣告，那是你的成績、你的才華，還是團隊的成績和才華呢？二十年前，當我還處於極力爭取個人榮耀的階段時，壓力常常大得失眠，甚至『生蛇』。後來看開了，就知道是自己把個人榮耀看得太重，目光過於短線。」

從一次次的經驗中，勞雙恩發覺，動員全隊的力量比自己一個人努力帶來更加有效、更加出彩的效果，而個人特色也不會被埋沒，他開始學習怎樣去帶領團隊。「讓整個團隊一起承擔榮耀及責任，對團隊成員要信任，給予他們空間，讓他們自己管理，有責任及動力去做好。同一時間，當他們有需要時，你要賦能團隊，讓他們做到想做的事情。」說來簡單，但在國際企業要做到這幾點一點也不容易。

不懂看數表的ECD

「大企業的企劃要方方面面都照顧周全，怎樣在想出好創意的同時，又能夠達到公司的底線，這就考我們如何運用創意或團隊精神，集合各人的智慧做到想製造的效果。」廣告界有個殘酷的現實是，有些廣告獲獎但產品叫好不叫座。勞雙恩側了側頭，說：「我認為最重要的出發點，是你獲獎的作品是否解決客戶的問題。如果你既精彩且完美地解決了客戶的問題，那絕不會出現贏了獎項輸了客戶的事情。如果你的解決方案能夠幫助客戶，又能獲獎，那才是最完美的一個方案。」

「跟大家說個秘密，我不懂看數表的，很多時都不知道CFO（首席財務官）在說甚麼，但我未試過虧錢。」勞雙恩揚了揚眉，笑開了懷。「我將自己最不在行的財務管理事宜都放手予信任的金融專才拍檔；同樣地，他們給我一個數字上的底線，只要我達到這個底線，其他創意上的事情都放手給我管。」

勞雙恩年輕時於香港大學文學院主修地理，求學時期便是個踴躍的文藝分子，畢業後即使找到薪高糧準的教職工作，還是因著一股對創作的熱誠加入了廣告界，由文案做起。他曾活躍於香港話劇界，擁有逾十五年的編、導、演資歷，亦曾為香港流行樂壇創作過很多作品，是香港作曲家及作詞家協會會員。對創意的追求，驅使勞雙恩一直向前。有人說金錢扼殺創意，但勞雙恩十分明白如何在商業世界給予創意最大的空間。

「保得住生意，自然會有空間給創意，所以創意部的先決條件是——公司不會因為我們

"不停，
廣告圈的傳承"

當年和上海創意團隊，以及北京的創作團隊，創造的耐克"隨時"影視系列。

感謝Artist楊泳梁的精彩創作，和上海創意團隊帶來一系列環保訊息："山水"篇。

和上海辦公室一起，捧回Cannes的全場大獎的"天堂與地獄"篇。

而虧錢。相反，公司因為我們創意部的優良聲譽而拿到更多生意時，那創意部的發揮空間只會越來越大，帶給公司的全都是正面影響。廣告公司沒可能因為創意而虧錢，只會因為創意而賺錢。」勞雙恩斬釘截鐵地說。

成為創意團隊的領軍者，如何去判斷及推翻團隊林林總總的創意，勞雙恩有自己做事的一套方法。「當你作為creative director時，你就要給團隊direction（方向）的嘛。如果團隊的創意不夠精彩，我不會只說『不好』、『你自己再想想』這種話，一定會給他們很明白清晰的目標和方向，告訴團隊是創意的風格不適合客戶，或解決方案未必針對現在市場的壓力或挑戰等；有時我甚至會給團隊一些初步建議。但同時，我也會接受團隊反駁的意見。團隊的討論是可以越辯越明的，我們要持開放的態度去接受。」

在上海打拼了足足二十五年的勞雙恩，2021年7月，又再迎來一個再次改變他人生的重大決定——回流香港。「冥冥中像有一些calling（召喚）要我回港。」他說道。在上海的這些年，勞雙恩只在開會或公幹時才回港，但他感覺到，香港有很多有才華、想做出一番成績的同事，很希望能夠與他們並肩作戰，而這個機會在香港面對艱難時刻的時候來臨了。「香港這邊仍有許多以香港為中心的重要客戶，包括一些國際巨頭企業，公司調我回港坐鎮，希望協助客戶以香港為中心，向亞洲，特別是向內地方面去發掘市場。」

這兩年，許多人對香港的未來並不感到樂觀。勞雙恩卻看到，不少跨國企業對香港仍然滿懷信心。「香港人有一種能夠擁抱世界的特質，能夠擁抱一些跟你不同的東西，這是我們香港人一直做得很好的，能夠融合不同的文化。我覺得要重新返回亞洲中心這個立足點，無論是向北、向東、向西、向南，這種擁抱的精神必須要有。香港的優勢仍在，因為我們在文化上、思路上如果有這個想法，就能夠有一個獨一無二的位置。」他堅定地說。

“不變，創意人的熱誠”

第一次近距離聆聽跨性別人士的心聲。和耶加達和曼谷辦公室一起創作的視頻：“頭髮在說話“篇。

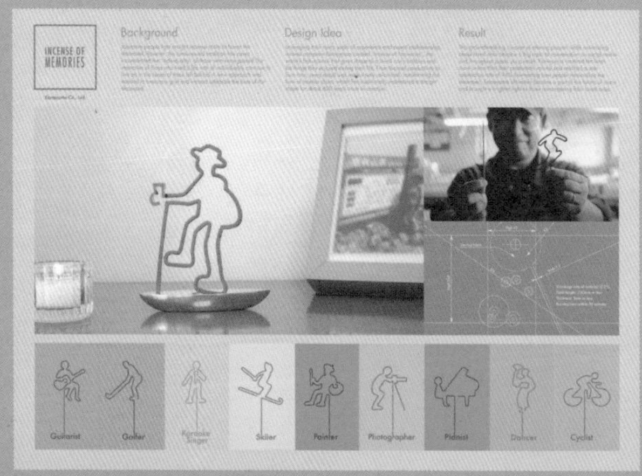

和東京辦公室看到我們也可以為客戶提供產品設計的概念-“先人個性，燒香紀念 “。

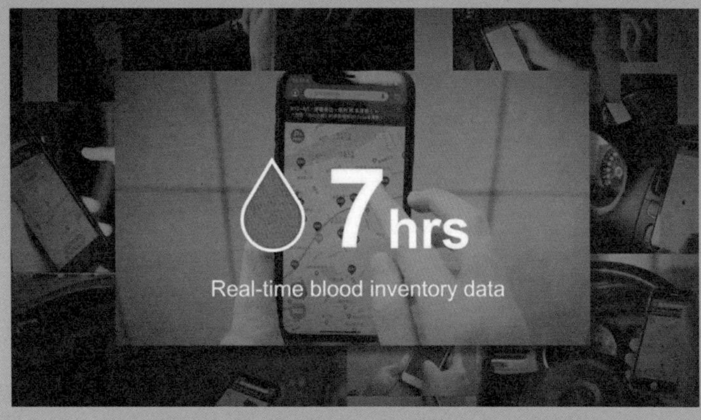

和台北辦公室一起以實時數據，為紅十字會的血庫作出即時的補充：“獻血標記 “。

設計源自逾140年歷史的日本精工錶Seiko合作推出的限量版中國書法時鐘，於1998年後獲得多個國際設計獎項，為香港M+博物館永久收藏品。Alan Chan Creations於2018年以《當下》腕錶系列重新推出市場。

陳幼堅
隨心而為　無欲則剛

「我可能是七十年代香港唯一一個不懂得畫storyboard的創意總監吧？」陳幼堅憶及自己做廣告的日子時，直認自己畫畫不在行，每次都是構思了廣告主題後，就拿起相機，找公司同事例如接待處和其他部門的職員，有時甚至是隨手捉著朋友或待在家沒外出的爸爸，咔嚓咔嚓幾下，就拍好一個個場景，再拿著這些相片去跟客戶呈現自己構思的廣告或TVC內容。「1970年在格蘭廣告公司共事的阮大勇快得一日可以畫五個storyboard，我怎麼也沒可能跟他比啊！唯有想想其他辦法啦。」他帶著點戲謔說道。

「用照片來向客戶演示創意在當時算是頗新穎的做法吧。我當時有跟上司學攝影，知道怎樣拍會又快又帶美感，不會花太多時間，但當然也要考慮成本及效率問題，例如要確保拍攝時毋須打燈。有時照片的確比storyboard更能夠演繹得出真正做那個廣告時想營造的感覺，許多客戶都說我的演示特別感人。可以說，用照片代替storyboard是我在廣告界時其中一項生存技巧。」

無招為有招

窮則變，變則通，通則達。旁人讚歎陳幼堅靈活變通的頭腦，他卻擺擺手說：「廣告人都是這樣的，要生存嘛。每個人在不同的領域都有自己的生存技巧，我們做創意的就是講與別不同的故事，要在不同的創意裡去突出自己，要在競爭如此激烈的世界生存，我們一定要有特別的技能。當你琢磨出自己的專業技能，並對這技能抱持信念，不斷去磨練，最終就會建立自己獨一無二的風格。由是，這個專業技能就會成為你的生存技巧。我覺得這種專業技能以至生存技巧，其實是可以孕育出來的。

「我總會這樣想像：我們做創意的人手上都有一把刀，如果那把刀用得多，那只會越磨越鋒利，當你把刀拿出來的時候，已經不用刻意去想待會要耍甚麼招數，因為一招一式都已經刻進你的骨子裡，隨心而為，無招為有招。」

「隨心而為」就是陳幼堅的生活態度。「我相信自己的信念。隨心而為是一種態度，跟隨你的心，想做就做。我是比較幸運的人，進入了好的廣告公司，包括格蘭、幸運、新英華及堂煌廣告公司，跟了個好上司，工作也頗順利，因為我總是抱著由心出發的態度。發自內心的純真情感，才會爆發出與別不同的力量。」

他相信，天時、地利、人和是造就一個人突圍而出的重要因素，但更重要的絕對是堅持自己的信念。「當你為信念而做事時，就不會過於計較得失；當你甚麼都不去計較時，無欲則剛，就是最具力量的時刻；當你不受慾念支配而去做事時，就會得到最真切的結果，而最真切的往往就是最厲害的。」他續以廣告業為例：「有時一些廣告語，最簡單、最真的才會帶來最大的效果，越做作的反而越落於下乘。」

中和西的碰撞

陳幼堅說，自己在上世紀七十年代及廣告界的日子裡，學會了另一個為他的人生帶來

可口可樂自1886年面世以來，一直風靡全球，創下每秒售出約19,400瓶的銷售佳績，僅中國內地市場一年總收益超過200億港元。2003年重新設計沿用多年的可口可樂中文字體，將英文商標的品牌DNA及視覺元素揉合中國書法，巧妙地呈現象徵中國文化的龍圖騰。

可口可乐 注

汽水

净含量:200毫升

雲頂世界為馬來西亞最具規模的旅遊娛樂景區，於2015以近兩年半時間打造其高端會所的室內設計及藝術品收藏，更委託20位全球頂尖藝術家參與創作，包括與日本空山基首次合創真人尺寸的《機械姬》。

重大改變的技能——從外國人眼中去看東方文化。1970年至1980年，陳幼堅在廣告界的十年間，先後服務過四間跨國廣告公司的創意和美術部門。「七十年代的香港，廣告界高層全都是外國人，來自澳洲、英國、美國等國家。我跟過四至六個前輩，沒有一個是中國人。在跟他們相處的過程中，我漸漸了解外國人是怎樣看中國文化的。」

他發現，這批外國人前輩來到香港時，無一例外地對筷子、鳥籠、風箏、白玉、書法、茶道、戲曲等傳統中國文化產生濃厚興趣。「當身處香港這個新環境，他們會留意到周邊這些在他們眼中別具特色，我們當地人卻很容易忽略的東西。他們會用另一個眼光去欣賞、去鑽研，而我就從他們的眼光，去看回自己本土的文化。」陳幼堅坦言，就是這個過程，吸引自己重新深入認識中國文化。

「我們這代人是聽披頭四長大的，小時候會去涼茶舖放下一毫子，然後坐在凳子上看米奇老鼠黑白片，中學時唱民歌、打 band……可以說，無論生活模式或思維方面，我們完全受西方文化『洗腦』。直到我工作時，洋人上司和同事反而教曉我怎樣去欣賞香港本土文化和中國文化。於是我後來在不同作品上，嘗試將西方哲學與中國文化重新組合，成為一個新的語言。這個中和西的碰撞，是從生活體驗中慢慢應用得來的，並非刻意去打造的風格。」

說到這裡，陳幼堅不禁想起1978年自己第一日去新廣告公司上班的趣事。當日他的老闆Peter Thompson帶他去吃意大利餐，還開了支白酒。年輕小夥子陳幼堅怕喝酒誤事，躊躇著說：「Peter，我覺得我喝不了酒呢……」誰知Peter一句不：「沒事的，喝啦。」那天，陳幼堅是半醉著回公司的。「此後，我常常一邊工作一邊慢慢享受白酒，只要不喝醉就沒事。那種開放的態度，將我一個地道的『香港仔』洗腦了。所以我很重視工作時也要享受生活的態度。」

他笑說，每當完成設計工作後，自己最享受的就是全身放鬆，整個人懶洋洋地向後靠在沙發上，放鬆一下緊繃的脖子，然後點枝雪茄，甚麼也不做地享受這一個半小時。「我並非要追求奢侈的富豪生活，但我會堅持在工作時，也要顧及生活享受。」這也是西方文化帶給他的習慣。

熟悉陳幼堅設計的人都知道，他能夠將東西文化共冶一爐，運用現代設計手段的簡約風格，融入中國傳統元素，恰如好處地呈現出東西合璧的情韻。陳幼堅將自己的這種設計表達風格命名為「東情西韻」。他的設計遍佈全球不同領域，尤其是在香港和大中華地區，他的作品可說是無處不在，例如大快活、維他奶、李錦記、city'super、香港國際機場、中國可口可樂、國家大劇院、外灘三號、上海圖書館、農夫山泉、東阿阿膠、洽洽瓜子、藍月亮、竹葉青等香港及中國內地都耳熟能詳的品牌。

堅守生活規條

1980年，當陳幼堅創立自己的設計公司時，他定下了三條規條。

「第一，我不比稿。我要開心，因為我不需要很奢靡的生活。我衣食住行都可以相當簡單，當人處於無欲無求的狀態下，就可以講求骨氣。如果你習慣了享受，那就可能會為了五斗米而要去比稿；第二，我只跟有決定權的人對話。如果對方老闆不來，那無謂浪費時間。做創意的人要站得穩、站得久，最重要是看他長期的表現；第三，我要收50%按金。」

來到2021年，陳幼堅依然堅守著這三條規條。「在廣告公司打工那十年，雖然我工作的都是好公司，但最常經歷的是客戶永遠都最後一刻才給你材料，然後創意人員總要通宵達旦工作，我很討厭這種感覺。有時你拿不下某個客戶，並非因為我們做得不好，更多是因為政治、人事關係。當時我還年輕，常會為這種情況感到難過，團隊緊趕慢趕盡力去做，但最後客戶還是不懂欣賞。所以我才在1980年自己開公司時，定下這三條規條。」

在過去五十一年設計生涯中，陳幼堅帶領公司獲得本地及國際設計獎項逾六百個，並打造出多個在消費市場極為成功的品牌案例，成為少數獲得國際地位的華人設計師之一。不過，每個人的人生總是有高有低，陳幼堅也不例外，但他視過去的經歷是種子。

「我必須要說，我從第一日踏出社會到現在都是幸福的。我也經歷過要『捱』的日子，那是金融風暴，我當時四十多歲，由手持幾層樓到全部都要賣掉，手上完全沒錢，因為自尊問題才勉強沒把公司也關掉。不過，金錢上的得失並不算甚麼。

「佛教說『捨得』，我發現我所得到的東西，其實都是自己在不同時間無意播下的種子換回來的。可能是我為別人做了一些事，我付出了一些東西，或者我不怕吃虧幫人做事，這些都是種子。如果我們做任何事之前總要計算自己可以得到甚麼，其實你已經將機會拒諸門外。不去計算，反而可能得到更多。這麼多年來，我所有所有精神上、金錢上、智慧上的得著，都是在不求回報地付出後收穫回來的。」

陳幼堅也不忘調侃自己對金錢的「計較」：「我絕對是花錢快過賺錢的那種人，我也深知如果沒有錢，我將會得不到精神物質的享受，所以我必須要做些好作品出來，要賺錢。然後我有名氣了，就可以收貴點。全行都知道我收得貴啦！不過有些項目我也會收得很便宜，如果創意上滿足我精神生活，令我有很多得著，我就不會計較啦。」

路易威登於1854年在巴黎創立，作為全球最大奢侈品品牌，積極推動高增長的中國市場。於2016及2017年邀請首名華人設計師以中國茶文化為靈感，推出限量版的路易威登《茶之旅》旅行箱。

茶

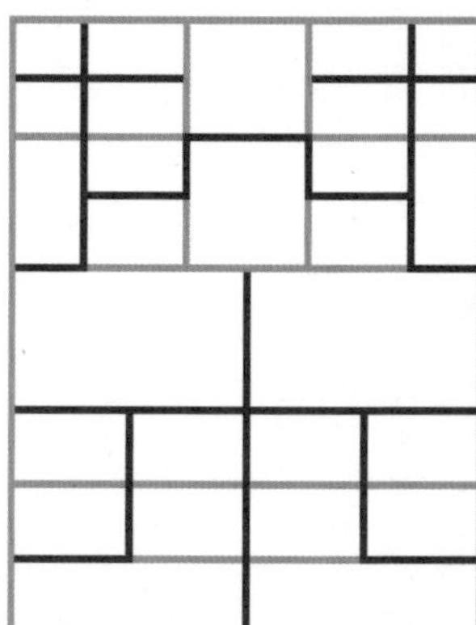

Photo Louis Vuitton

提及現時的廣告界，這位前輩也不禁想略說一二。「老套點說句，現在做廣告，我們一定要知道當下香港的生活文化是怎樣，也要了解內地市場的生活文化，畢竟內地現在發展真的很好，廣告模式也多樣，值得學習和借鑑。例如這三年，內地市場帶貨風氣盛行，而且非常成功。消費群越來越年輕，有網絡就有潮流，以前我們要找代言人做廣告，現在找素人、網紅一樣賣得好。當然，找人帶貨背後還要考慮其他市場因素，例如目標消費者的生活節奏模式、品牌定位等，帶貨只是建立品牌的其中一大元素。廣告人要明白何謂當下生活，才可以做廣告。」

對於上海取代香港這種說法，陳幼堅坦言自己從來不去想這個問題。「內地越來越強大是事實，我們要想的是香港如何保持自己的優勢。今時今日，我們的國際觀念相對內地而言還是比較強的，是我們的生存技巧。只要堅守信念，我們就可以站得穩。」

因為新冠肺炎疫情關係，在內地闖蕩接近二十年，近年甚少在香港接新項目的陳幼堅，最近一年停留了在香港，又再重新認識香港。「與老朋友敘舊，認識了新客戶、新朋友，最神奇是將1995年買下位於鰂魚涌的舊貨倉，改建成一個七百平方米的私人藝術空間。將超過三十多年收藏的其中四百多件設計及藝術品重新組合，演變成我的第二個家。舊雨新知齊集，就像開拓了一個新天地。」他對香港的生活仍然充滿了期待和信心。

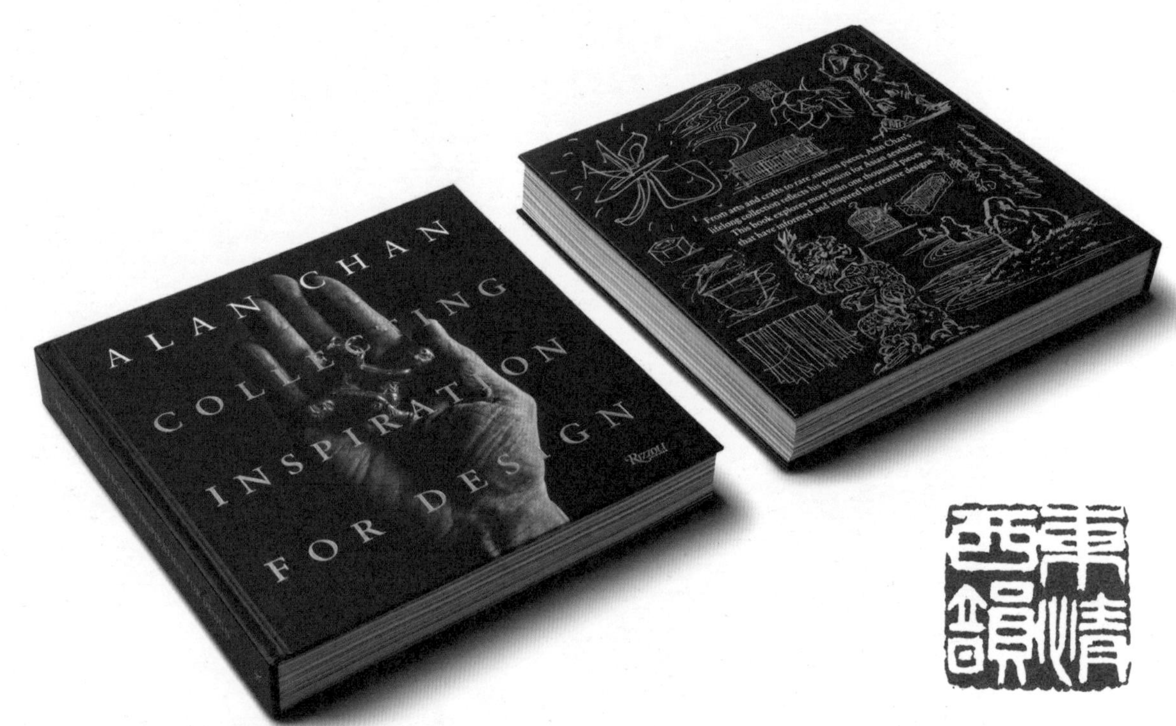

此書與1927年創辦及被稱為「時尚、設計及藝術界的出版寵兒」的意大利出版社Rizzoli合作，共376頁，於2022年出版及全球發行。書中收錄過千件陳幼堅私人收藏品，並首次深入分享50年設計生涯中對收藏、靈感以及創作的見解，將東方美學及文化傳承下去。(對頁)SALON 27位於鰂魚涌1955年的工廈，前身為印刷廠房，Alan將七千呎空間策劃為「第二個家」，分享超過四百件不同時代和地域的藝術收藏品，包括巴黎十九世紀的肖像油畫、明治時代銅製柴犬擺設、50年代畢加索及63年披頭四在巴黎演出的照片、60年代法國電影海報、趙無極的水墨畫及曾梵志為Alan創作的肖像油畫等。

文化交流

自80年代一直都透過作品探討香港身份的問題

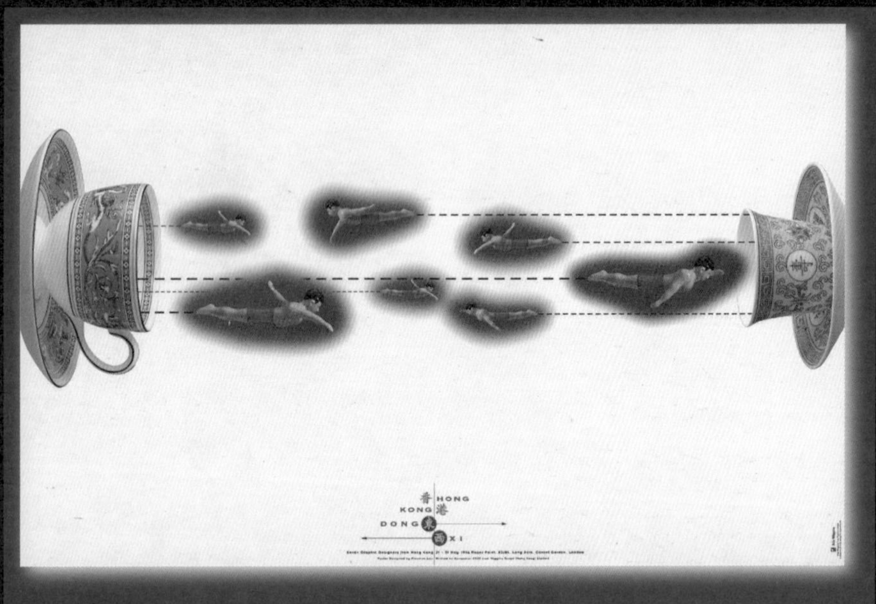

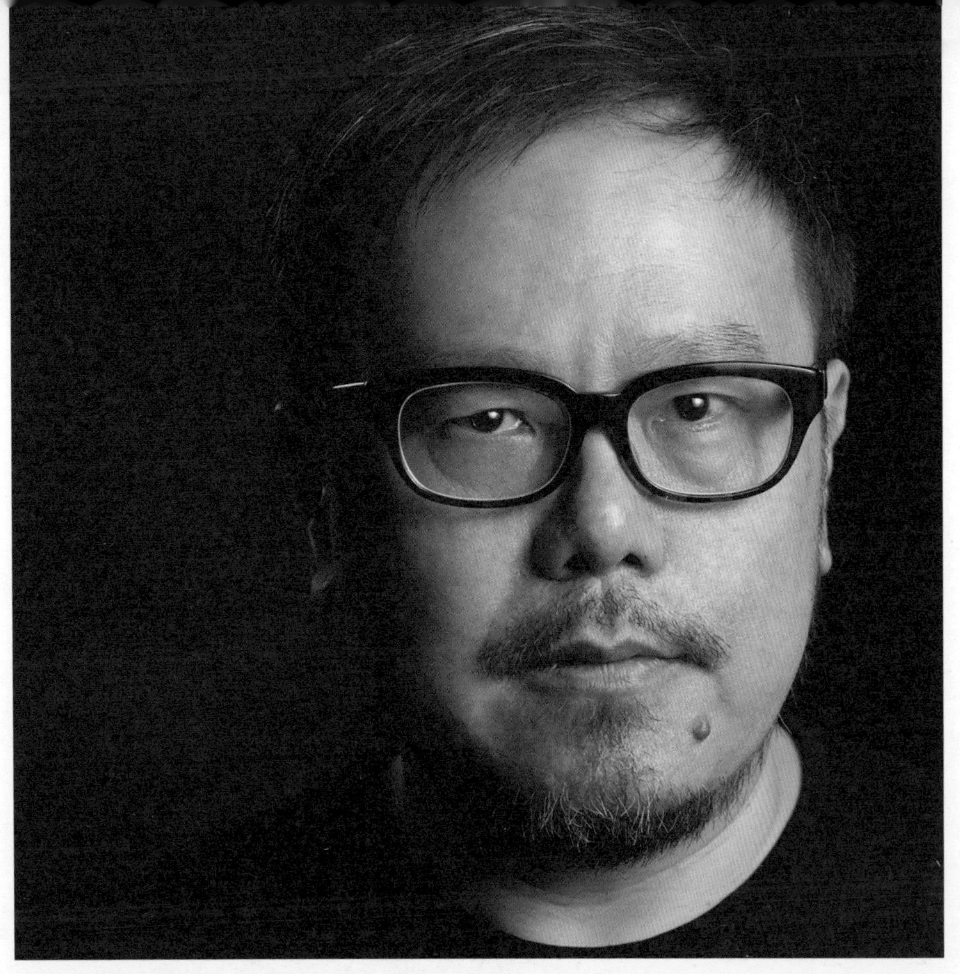

劉小康
設計唔係講靚唔靚 係講啱唔啱

當屈臣氏蒸餾水這個重量級客戶找上劉小康(Freeman),提出希望新廣告可以吸引人們做運動之後購買自己品牌的蒸餾水時,Freeman老實不客氣地笑著說:「或者你找錯人啦,我平時都不做運動,並非你們的目標受眾之一!」客戶一臉錯愕,呆滯了數秒,還未待他想清楚為甚麼這個人說話如此不留情面時,就見Freeman站起來,雙手撐著桌面,身子微微俯前,說道:「我們要賣的不是生活必需品,而是生活態度啊!」客戶如獲至寶。

Freeman縱橫設計界逾三十年，於不同創作領域榮獲逾三百個本地、內地及國際獎項，如果要說他在設計師生涯中一件最得意的作品，那一定是屈臣氏蒸餾水的流線型水瓶。

屈臣氏蒸餾水是一個擁有過百年歷史的品牌，由最初以醫院、企業為主要客戶，到後期漸漸開拓零售市場，打入尋常百姓家。即使佔據最大的市場份額，面對品牌老化的問題，屈臣氏蒸餾水同樣極需產品的創新。Freeman提出的「我們賣的不是生活必需品，而是生活態度」的創新概念，為這個老品牌解決了燃眉之急。

「我希望人們買水時也會享受到生活，於是構思將藝術融入蒸餾水瓶，將水瓶做得好像藝術雕塑品。原本蒸餾水瓶最大的問題是那個瓶蓋，像螺絲蓋般毫無美感，線條一點也不好看。那怎樣可以完善瓶身線條呢？就是將瓶蓋加大。這個概念源自於小時候我們帶水壺上學，小朋友和老人家喝水時都要找個杯子倒水。這個主意客戶一下子就接受了。」Freeman說到這裡不無得意。「不過，品牌的成功並不是因為我這個大膽的設計，最主要是因為客戶非常開放，願意聆聽及接受設計師的意見，不執著於固有的觀點。」

換了新的蒸餾水瓶設計後，Freeman和客戶最初估計產品的主要買家會由以往三十多歲的中年人變為二十多歲的年輕人，後來從市場調查中，發覺新設計原來得到相當多十多歲青少年的青睞，從此成為長青設計，一直沿用至今。

這個蒸餾水瓶在推出後除得到不同年齡階層的喜愛，還獲得「瓶裝水世界」全球設計大獎，亦迅速成為被抄襲的對象。「水瓶設計在香港、內地等有售賣的地方註冊了專利，不過就被很多沒註冊的地方如美國等地的商家抄襲了。當時有個地方還以為那是他們國家原創的，要反過來保護他們自己的設計呢。」他哭笑不得地說。

將藝術融入產品設計

三十多年來，Freeman一直致力於跨媒介藝術創作，將文化及藝術融入設計。「以前人們會將設計和藝術創作分個高低，覺得商業設計在文化價值上不及藝術創作，年輕時我也曾經為這個問題感到困惑。現在我會說，設計、藝術是互相融合的，無論商業作品或藝術作品，同樣屬於一種表達形式。出色的商業設計，同樣會擁有文化沉澱的成就。」

他以亦師亦友的靳埭強為例。「靳叔在上世紀七十年代為香港中銀集團聯營設計的標誌外圓內方，呈現出一種內斂、中庸的味道，融合了中西文化。這個設計後來被中國銀

設計專業

實踐設計正是提升生活品質提升城市競爭力的最佳方法

行北京總部看中，從此便作為全球中國銀行統一的標誌，亦成為現代設計的其中一個里程碑，文化成就不亞於傳統藝術品。」

幾乎在所有訪問中，Freeman都會一再感恩自己遇上靳埭强這位恩師。他就讀中學時閱讀了一篇有關靳埭强的報道，也看過他為「集一」設計的海報，因而對設計行業產生濃厚興趣，設計風格深受靳埭强影響。「我十分慶幸自己成長於七十年代，那時香港的創意行業正值起飛時代，讓我吸收了許多養分。」

他直呼七十年代對自己的影響非常大。「那時我還在讀中學，但每個星期都有新的畫展可以觀賞、學習；有很多出色的創意人，像鍾培正、石漢瑞（Henry Steiner）、靳叔、王無邪、施養德、周綠雲等為我們帶來新視野；有當代藝術，有由呂壽琨引領出的新水墨運動等新嘗試、新風格；加上藝術中心成立等。」Freeman將七十至八十年代稱為「爭鳴年代」，意謂香港本土創意行業百花齊放、百家爭鳴的黃金時期。

他甚至為「爭鳴年代」撰寫了《1970－80年代香港平面設計歷史研究報告》，並於2015年發表。2017年，他在香港文化博物館策劃了一場「爭鳴年代 —— 1970與1980年代香港平面設計」展覽，敍述香港七八十年代平面設計歷程，並輔以人物訪問精華節錄及展出作品圖片及實物，為這個黃金年代留下寶貴的紀錄。「我希望，昔日創意行業那股多元性、包容性和實驗性的創作文化，可以激勵一代又一代的設計人。」

擁抱跨界別文化

這三十多年來，Freeman的日常生活基本上都圍繞設計。他將自己的設計生活分為三個層次，「第一個是專業服務，為客戶做的項目；第二個是與朋友合作的文化項目；第三個則是以自己為中心的創作，即我自己想做甚麼就做甚麼，由我自己決定主題。」

設計師大多嚮往創意澎湃、靈感迸發而不受束縛的生活，當時下的年輕設計師都為商業客戶掣肘處處的項目而叫苦連天時，Freeman卻認為這類型的商業設計項目正是設計師生涯的另一種樂趣。「每一個項目其實都豐富了我們的人生，尤其在做商業客戶的項目時。」從事設計的這些年來，他從不同客戶身上學到豐富多樣的知識。

「設計是一種表達技巧，幫助客戶傳達訊息予目標對象。許多客戶找你做設計時，會將他們行業的商業模式講得清清楚楚，從溝通中我們學到了不同行業的知識。最有趣的

工藝研究及創作

回到中學時期因熱愛中國文化而決定研讀設計的初心

是很多客戶會毫無保留地跟你分享從前失敗的經驗，這些對我們都是很寶貴的借鑑。有些客戶也會天馬行空地提出一些創新的主意，即使可能不適用於他們的產品，但不能否認當中有些主意的確很棒。

「從事創意行業的人總說要跨界別創作，我們在與客戶溝通的過程中，不妨細心聆聽客戶的新奇意念，即使正在傾談的項目不適合，或者將來可以用在另一個客戶的項目上，做到真正的跨界別文化。雖然，有時客戶的要求未必都是對的。」說完Freeman哈哈大笑，指年輕時的自己未必能夠這麼大膽地說出這句話。

「一個專業的設計並不是講求好不好看，而是講求適不適合。」他正了正身，續說道。在Freeman的想法裡，成為設計師的前提是你的設計水準要達到專業水平。「一位專業的設計師要設計出一件好看的作品很簡單，那件作品或者會各花入各眼，但至少不會醜，應是得體的。所以，為客戶構想的設計是否合適就成為最重要的一點。你的設計是否能夠表現到產品的價值？是否幫客戶提升了競爭能力？你是否能夠與客戶好好溝通，了解他的需求呢？」

我係香港人

在香港設計史上，Freeman給業界及後輩最深刻的作品大概是屈臣氏蒸餾水瓶。談及對他影響最大的作品時，他卻說是1985年為中英劇團話劇《我係香港人》設計的海報。

《我係香港人》是一部以香港歷史與回歸作為題材的話劇，由蔡錫昌導演，討論香港人身分問題。「當年我還很年輕，根據蔡錫昌的劇本做了那張海報。海報上有一位年輕人坐在一張不中不西的椅子上，點出我們應該如何取捨自己的身分。」

他坦言，直至1984年《中英聯合聲明》發表後，自己才認真對待香港回歸這個課題。「當時我和靳叔一起討論香港回歸及移民之間的問題，得到一個相當簡單的決定——留在香港。靳叔的使命感很強，我也深受觸動，很想留在香港，為自己成長的地方做點甚麼。」Freeman回憶道。

「生存在這個年代，你沒辦法不敏感。八九十年代，香港已經歷過一波巨大的移民潮，當時我們選擇了留在香港。設計予我們，在外國只會淪為生計工具，但留在香港，我們可以在自己的地方發揮，至少可以在香港文化需要現代設計的時候，出一點力。」

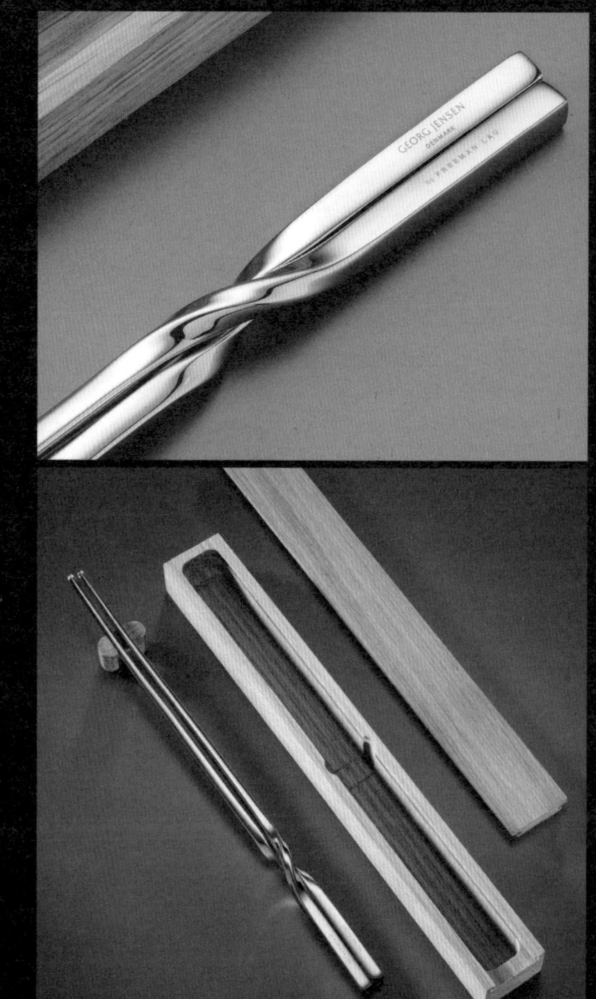

文創產品

把自己的興趣和愛好通過設計放回自己的生活中

此後，Freeman的許多作品與「身分認同」相關，而《我係香港人》海報上的那張椅子亦一直存在於他的腦海裡。1995年，Freeman再次用椅子作為題材參加公共藝術比賽，作品名稱為《位置的尋求》——他用八張椅子頂起了兩條長柱，兩條長柱上面分別再有一把椅子，有一個人站在其中一把椅子上，另一個人則坐在另一把椅子邊。

「港英政府年代，九十年代初的香港開始擁有民主選舉及直選議會，我想透過作品，去表達有些議員熱衷於追逐權力，卻不懂如何坐好這張椅子的看法。自從那次創作後，椅子變成了我的創作語言。例如我慣常用椅子去述說人與人之間的關係；用一組椅子去表達人與社會之間的關係；用四張椅子去表達與溝通相關的概念等。」

1984年《中英聯合聲明》後，Freeman選擇留下；1997年香港正式回歸，他仍然選擇留下，在拓展設計事業的商業版圖的同時，積極出席海峽兩岸暨香港的交流活動。「內地改革開放後，的確給予業界無數機會。回歸後，作為香港人，我們應該如何面對及參與其中呢？我常常思考這個問題。」Freeman決定跑遍大江南北，宣揚香港的價值。

「我們香港的價值是甚麼呢？除了創意之外，還有品質、專業操守及國際視野。這三樣特質是我覺得過往及現時香港都比其他地方優勝的。坦白說，香港人才再多，怎可能比擁有十四億人口的內地多？但香港這個地方可以讓我們盡情發揮我們的特點。」

Freeman直言，「身分認同」的問題受生活環境影響，香港在這二、三十年間的變遷巨大，老一輩無法勉強年輕一代跟隨自己的想法及步伐。回歸二十年，當香港再次迎來移民潮時，Freeman還是決定留下。

「我們可以告訴年輕人的是，他們面前仍然有很多選擇，當中有些選擇我們老一輩會傾力為他們準備好平台。當年輕人選擇這些平台時，他們會發現只要肯嘗試，前路並不困難。我希望可以做到這點。」Freeman抬手扶了扶眼鏡，鄭重地道。

椅子戲

從平面到雕塑到傢具到裝置和公共藝術，點點滴滴構成我個人創作生命的全集

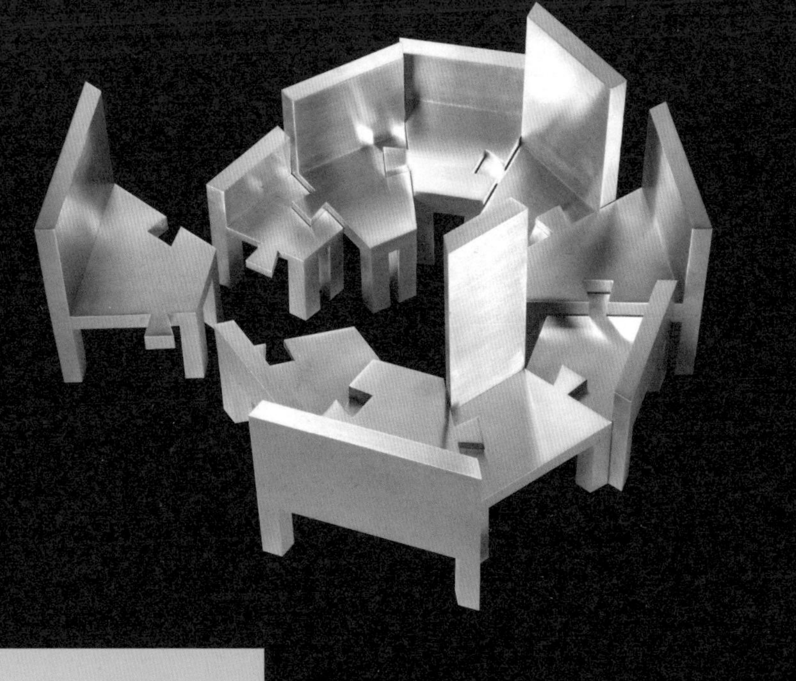

生命有 take 2

倫潔瑩

倫潔瑩(Kitty Lun)是一個超級工作狂,她笑說自己是個頭腦簡單的女人,只要每天起床的那刻仍然熱愛工作,生活就可以支撐下去。「每天深夜我都捨不得入睡,我覺得這個世界很多東西都很美麗,看不夠。如果人類可以不用睡覺,那我一定是完全不睡的那種人呢!因為每一分鐘活著,睜開眼的時間,都很珍貴,要好好珍惜。」

對生命的熱愛，讓這個每一分鐘都要求自己活得精彩的女人想出了「生命冇take2」這句香港人都耳熟能詳的口號。「人生就是要活得精彩，每分鐘都要活得像生命最後一天那樣，因為每個人只有一次機會嘛！」倫潔瑩說到做到。

廣告是無中生有

她早在七十年代末就讀大學時就確定了進入廣告行業的理想。「年少時想做記者，所以選擇了傳理系。對傳媒各個領域增加了解後，發覺廣告更加適合自己。新聞是當一件事情發生了，你才可以去做，去調查；而廣告是一張白紙，是無中生有，你可以用你的想法，將你的故事說出來，不必等待那件事情發生。」

倫潔瑩從香港浸會大學傳理系畢業後，前赴美國紐約雪城大學攻讀廣告碩士學位。畢業回港前，她為自己定下了目標：進入其時香港最知名的奧美或李奧貝納廣告公司。李奧貝納先奧美一步寄來取錄通知書，倫潔瑩在李奧貝納一待便待了十一年，從文案人員做起，八年後晉升至創意總監，並被公司委以重任，派至剛開放市場的台灣做開荒牛待了三年。

從台灣回港後，倫潔瑩先後轉職至香港麥肯、靈智、亞洲女性網站miclub.com、睿獅廣告傳播等國際巨企當管理層，現時是 Facebook (現已改名為Meta) Creative Shop 創意熱店大中華區和東南亞區主管。在管理層一向陽盛陰衰的廣告業，倫潔瑩是香港4A廣告公司中，由創作部主管晉升為行政總裁的少數女性之一。這形成了一個奇怪的現象——人們總愛問倫潔瑩，在她的工作生涯中，女性的身分是否為她的事業帶來阻礙，或有沒有「著數」的地方。

「在創意行業，性別不是最大的因素，因為男性及女性在方法論上沒有大分別。不過，以前的廣告界無疑是男人居多，我們常說這是白人男性主導的一個世界，那時的女性廣告從業員可以為行業提供另一角度的建議。」

她續指出，在大部分時候，廣告對象反而應以女性為主。「因為很大程度是女性主導消費的。有人說賣車的對象應該是男人，那是說笑吧？如果老婆不決定要買哪一輛車，丈夫是一定不敢去買的吧？現在很多家庭消費的預算，其實是控制在女人手上的，不止家庭必需品那些，而是所有的消費品。傳統上總說男性是目標觀眾，其實很多時決定權都在女人手上，所以……」倫潔瑩眨眨眼，眾人一臉明了，發出會心的微笑。

Live Like A Local

過去幾十年，倫潔瑩的足跡遍及海峽兩岸暨香港。作為香港廣告業黃金年代的表表者，她見證了香港廣告對台灣、大陸及東南亞國家的影響，也看著各地創意產業的起飛，甚至逐漸超越香港。

「1988年，台灣剛剛起飛，國際性的廣告公司剛可以在台灣立足，我便在那裡待了三年，學到很多寶貴的知識。眾所周知，台灣的文案人員文筆功力深厚，他們的表達能力都很強，我是自愧不如的。當時，我在他們身上感受到一種香港人沒有的情懷，大概是現今我們叫做「文青」的特質，那個年代香港並沒有太多這樣的人。」

倫潔瑩不諱言，當時香港和國際的廣告人將西方4As廣告公司的方法論帶到了台灣，為當地的廣告生態帶來不少衝擊，造就了台灣後期廣告業的興盛繁榮，但她更想點出的是，台灣的本土情懷才是當地廣告業百花齊放最大的原因。「當時台灣受日本影響甚大，西方的影響固然也有，但最重要是因為當地人深厚的文化底蘊，令那個時代變成文化的大熔爐，碰撞出美麗的火花，創造出台灣獨一無二的風格。」

倫潔瑩喜歡台灣，但因為個人的原因，她只待了三年便回到香港。「現時我的工作亦要兼顧台灣的市場，看到台灣的廣告業由當日由零開始一路走到今天，形成了自己的一套系統，創意行業越趨興盛，心裡不無感動。」

台灣之後，倫潔瑩亦曾在大陸待了十五年。曾經有人問她，海峽兩岸暨香港有文化差異，最初踏足台灣和大陸做廣告的時候會否不習慣，倫潔瑩的回應是：「當你進入一間廣告公司的時候，那股味道是一樣。不是說你嗅到的味道，而是廣告公司的節奏、廣告人的感覺，無論是台灣人還是大陸的同事，甚至是客戶說話的態度，都十分相似。我相信外國的廣告公司也一樣。還有，每一年的聖誕節不會改期，元旦不會改期，華人社會的春節也不會改期，所以你的死線是永遠不會變的，廣告人的生活節奏沒有太大的分別。」

在外打拼的日子，讓倫潔瑩體會到一個對其廣告人生影響至關重要的哲理——Live like a local。

「最初跑中國線的時候，我以為去聽聽focus group（焦點小組），自己就叫做明白內地消費模式是怎樣的，就可以做廣告了，直至在當地居住下來，我才知道我當時有多愚蠢無知，知識有多貧乏。」

她回憶道，有次自己到蘇州工作，以為蘇州人大多以鄰近發展成熟的一線城市上海為目標，消費者思維應該接近，誰知有個當地的女孩子跟她說：「我在蘇州過得很好，我一點也不嚮往上海，為甚麼要去上海生活？」那時她才驚覺，作為外來人，其實自己從沒明白過內地消費者真正的心態。此後，倫潔瑩開始深入二三線城市考察，避免自己被一線城市的消費模式迷惑。

摒棄大香港主義

香港廣告業發展比台灣、大陸都要早，在香港繁榮起飛的路途上功不可沒。在上世紀八九十年代台灣、大陸市場剛開放時，香港不少廣告人已累積相當豐富的經驗，在台灣、大陸開拓事業，推動創意產業。今時今日，在上海、北京等地，仍有許多香港廣告人在打拼，但情況與三十年前大為不同。

「就像一個輪迴。」倫潔瑩略帶點唏噓說。
事情發生在五年前。

某日，倫潔瑩出席上海某巨企的大型研討會議，台上坐著巨企代表人、其廣告代理代表人，以及幾位分別來自內地和香港廣告公司的代表人。巨企代表人一開場便毫不客氣對著台上的香港廣告公司高層說：「十幾年前，我們是向香港人學習。我們學習，因為你們所有東西都比我們有知識，我們在你們身上學到很多，所以我們會很聽你們的話。但是我們在不斷進步，你們卻裹足不前，所以到今日，我不覺得要向你們學習，你們也不要以為你們可以教到我們甚麼。」

聽到這番話，坐在台下的倫潔瑩屏住呼吸，感到全身的血液都凝結了。「我當時寒毛直豎，替坐在台上的香港廣告人感到難堪，心裡一陣發冷，偏偏這個赤裸裸的批評是事實。內地廣告業的起步雖遲，但他們追得很快，現時已與香港叮噹馬頭，甚至在某些領域已超越香港。」她舉例道：「例如內地的數碼媒體就發展得非常快。香港人真的要檢討，不可以維持大香港主義，一定要不停地進步，因為當你不進步，別人就會輕易超越了你。」

倫潔瑩續提到，近年無論本地、大陸或台灣，雖然仍有許多人抱著憧憬進入行業，但不少廣告中人也總是大呼「廣告已死」。「某程度上這句話很容易成真。如果我們還是用舊思想、舊模式去做廣告，廣告必定會死。當業界只在乎拿獎，其實是很脫離現實的，這個行業會沒有未來的。」

「我想說的是，廣告沒有死。在產品營銷策略上，廣告是一種傳播方式，是必須的，但模式會不停演變，不停進步。做廣告的人也要不停演變和進步。在數碼發展的影響下，內地近年產生了很多不同模式的廣告，有些人自己都不知道自己正在做廣告，例如網紅帶貨。廣告已不再是只限於那三十秒，想個主意，拍得漂漂亮亮，然後參賽獲獎換取很多人拍手叫好的那回事。如今內地、韓國及歐美都盛行的粉絲經濟就是一個有力的證明。」

大數據的出現，令大部分商業相關的元素都變得可量度化。「以前我們做廣告，很多時都不一定知道它實質帶來怎樣的效果。但時至今日，所有數據都可以量度。我們會知道廣告為你帶來多少生意，或觸及多少人。以前有客戶會調侃說：『我給你們的廣告費可能有一半是浪費了的，只是不知道是哪一半罷了。』現在他們沒機會再說這種似是而非的話，因為客戶花的金錢得到甚麼效果，統統一目了然。若某個廣告效果不理想，那就不要再用類似的主意或模式，可轉用其他有效的方法。」

在內地無論經濟或創意產業都急速發展、穩穩領先世界的對比下，有老一輩的廣告人不禁著急起來，對香港的年輕一代有種恨鐵不成鋼的感受。倫潔瑩卻說：「香港的年輕人是十分有創意的，他們其實甚麼都懂，問題是老一輩沒有給他們機會。年輕人去了一間廣告公司，他會想，公司想他怎樣做，老闆想他怎樣做，客戶想他怎樣做⋯⋯這種遵循指令的習慣在廣告業是最不好的。在這樣的思維模式下，他做出來的東西通常都很普通，沒有驚喜。」誠如倫潔瑩那句膾炙人口的「生命冇 take 2」，她但願所有香港年輕人都記著這句話，把握每一個明天，勇於突破自己。

不抹口紅的廣告｜倫潔瑩

不抹口紅的哲學

口紅，化妝品。是奢侈的。以高昂的代價，掩蓋真面目。

不抹口紅，是一種風格，是自身決定以怎樣的面目展示人前：
是老老實實，不矯揉造作，不塗脂抹粉，是自信的表現。
在偶像派、譁眾取寵、矯情氾濫的世界，以實力排眾而立，是一種世界觀。

一個素臉示人的女子，別具純真自信。以自然的一面呈現，以個性、氣質、內涵，成就一種難以言喻的吸引力。
假如這種廣告哲學是一個女子，她是個怎樣的人？

我的答案是：至真至誠，經得起時間考驗，自信自我，無添加的當代女子。

* * *

廣告是一種態度，不同的創作人有不同的哲學，
所以廣告一如萬花筒般繽紛，也是社會的縮影；爭拗是常見，各持己見亦是等閒。

誰說廣告一定要經過裝飾？

近年太多創作過分依賴門面了，就算請一位名導演來替廣告塗脂抹粉，也掩飾不了營養不良，先天缺陷。

今天，消費者愈來愈精明了，究竟有多少人只注重外表，不理內涵呢？
沒有好產品、好策略、好通路、好價格、好訴求，究竟有多少人會被矇騙呢？

廣告本身已是一個豐富想像力的世界，要豐富這個世界，
虛假的裝飾是短暫的，能經得起考驗的是言之有物，誠懇和真理。

要能經得起考驗，要能言之有物，當然不是一朝一夕，
當然是一砂一石，一磚一瓦、一樑一柱地建築起來。
這樣建築出來的殿堂，盛載著的就是任何商品最神聖的⋯品牌。

學習歸零 Learn to Unlearn

「不抹口紅的廣告」出版於在2003年，她似乎是我廣告生涯的分水嶺。我的「後不抹口紅」時代大部分都在上海，和6年前回到香港加入Facebook（現已改名為Meta）至今。

我的廣告前半生，乘著香港起飛的步伐，以為自己懂得很多，很自信。移植到新的土地，新的領域，面對陌生的市場，陌生的行業，不同的語言、風俗、企業文化，學習是必須的。

我形容自己是海綿，吸收力強，好奇心重。我喜歡學報讀不同的課程，學習新領域的事物。隨著人越來越長壽，現在流行的說法是「終身學習」（Lifelong Learning）。

不過，我覺得「終身學習」已經不足以形容當代學習的需要了。

我現在要Learn 的，是Unlearn：把以前的認識和認知全部抹走，抹掉偏見，抹掉知識障，用一顆謙卑的心清空，打倒昨日的認知，才能擁抱未知的知識。Learn to Unlearn，是學習歸零。說，容易。真要做，要承認自己的不足，要否定曾經的自己。難。

人生是現在進行式，我常警戒自己，要學懂不滯留在過去。

以前盲目摸索，用自己認為對的方式管理團隊，意圖培養新一代的廣告接班人，帶領一群理念相同的人往前衝。業績的壓力、讓客戶滿意（終究也是為保護業績）、拿獎、死死的死線、有限度預算、五年計劃的煩惱等等，於是第一項被剔除的往往就是人。「以人為本」不是口號，而是真的用心去實踐，不是定期舉辦一些團建，開些生日派對而已。現在，我真心拋棄以往管理人的包袱，重新學習做領導的藝術 from a Manager to a Leader。領袖要發自內心：用關愛和包容，以身作則，示範勇氣和承擔。領袖是策略性的：不害怕改變、適應改變、喜歡改變、創造改變，勇敢探索未知領域，清空蕭規曹隨的習性，不墨守成規。不是口號，是每日的實踐，這是我向N世代領袖學習得來的結論。

Unleanred，歸零了，清空了，才可以接受全新的知識和理念。學習Diversity 多元、Inclusivity 包容；學習用另一雙眼看世界；學習用不同的視角講故事。學習如何在Virtual Reality 虛擬的空間存在、練習、影響。學習人工智慧如何深度學習。

Unleanred，歸零了，重新發現自我，於是我的濫竽充數症候群 Imposter Syndrome 又發作了，害怕被揭發？必須拼命學習了。

「你還想改變世界嗎」?Do you still want to change the world?

以前,是Outsider,只能從牆外窺探互聯網的世界。

六年前的那一天,我得到一個真的可以成為Silicon Valley Tech Company 的 Insider 的機會,但要放棄一生經營的廣告事業?正在舉棋不定,我得到了職業生涯最難忘的Career Advice:

"When you are offered a seat on the Rocket Ship, don't ask which seat."
「這火箭讓你登機了,你還問靠窗還是靠走道?」

噢!對!能夠加入一家可以改變世界的機構,不是我一直以來的夢想嗎?就這樣,不再猶豫了。

現在,當我 interview 中聽到應徵者是為了「希望改變世界」而來,心中不無感動。

要改變世界,第一步就是不要害怕,要創新,要改變,要做。做,起碼有成功的機會,不做,就原地踏步。這麼顯淺的道理,人人都知道,但為什麼仍然有人不做?懶惰嗎?不一定,很大程度是很多人不敢冒險。在傳統的大機構,很多人都相信:要走舊路,不要顛覆,害怕改變,多做多錯,不做不錯,以前在廣告公司就碰過很多這樣的客戶,於是他們的廣告只有一個套路,效果不好,就換廣告公司吧。

要改變世界,就要改變思維,顛覆除了勇氣,還要不斷嘗試,懂得面對失敗,從中學習。曾經有人給我一條100=90:9:1的方程式,100個嘗試中,90%都是平庸不可行的,可行的 10% 裡面,可能只有一個是驚世之作。不做出 100個嘗試,你是永遠找不到當中最精彩的。

要改變世界,就要改變態度。人,從來就有很多不自覺的偏見Unconscious Bias,而且不願意承認和面對。多元、包容、大愛,不是掛在嘴邊的流行語,學習從多元視覺看世界,尊重和接受不同性別、性取向、不同的年齡層、種族、民族、宗教、理念,提醒自己時刻保持謙卑。

能不能改變世界,我不知道。也曾經有太多事情不在自己控制的範圍之內,我也有過自我懷疑,很灰的時候;但我秉持著的信念,一直都是:不管做的事情多難,都要憑自己的真心和誠意。能夠 build meaningful connections for communities,我已經是賺了。

有時候,看到一些遇到瓶頸的同事,想開解他們的沮喪洩氣,我都會問"Do you still want to change the world?"答案不一定是"yes",但起碼可以讓他們想一想當天為何會跳上這火箭的初心。

毋倚才而玩世（Be Humble）
不飾貌以欺人（Be Authentic）
Created and Calligraphed by David Chan

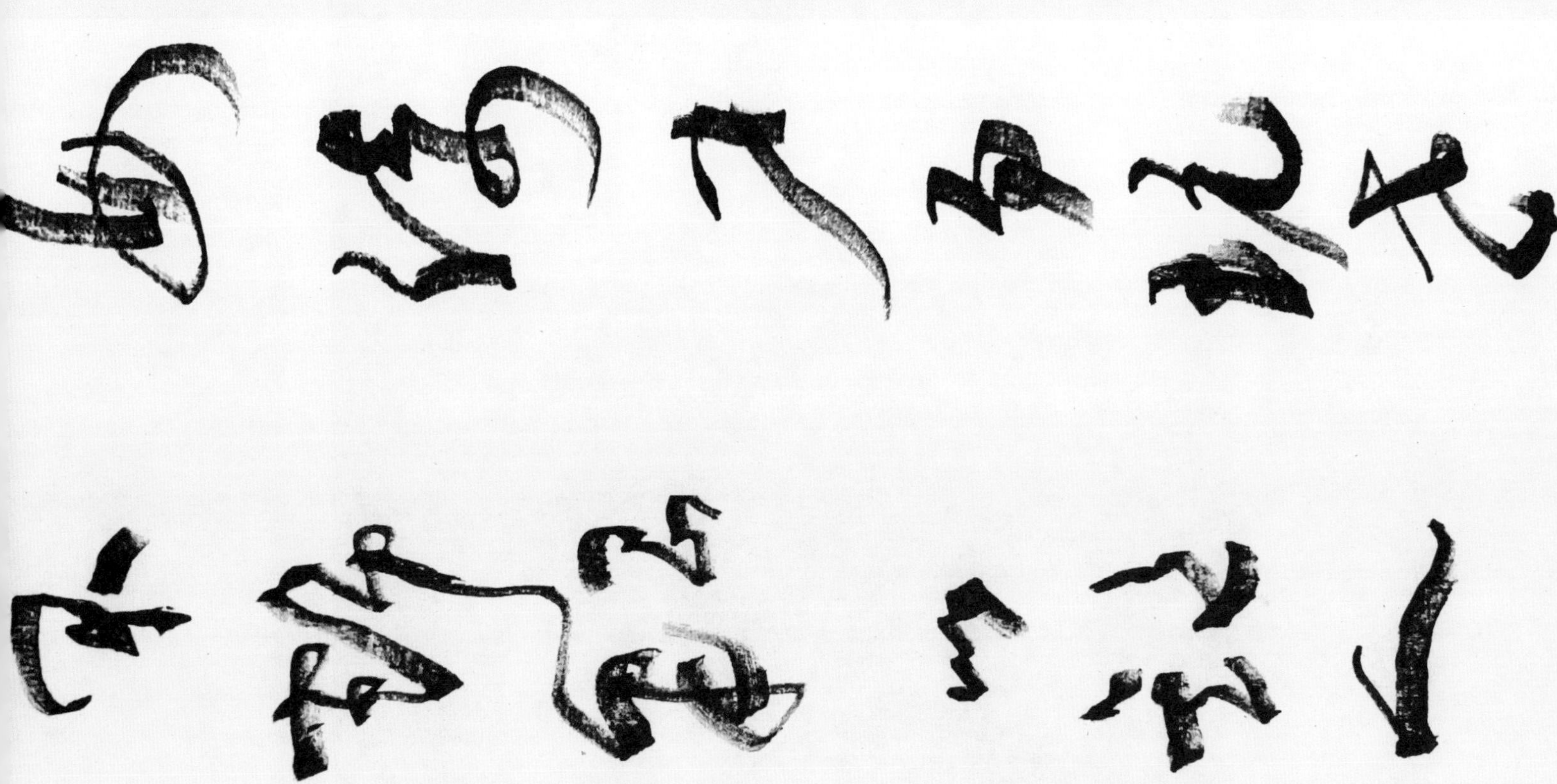

二戰後從澳門回港，努力不懈鍛鍊鼓技的 Ray Cordeiro 與好友合組三人樂隊，晚上於尖沙咀雄雞飯店打鼓作樂，實踐理想。

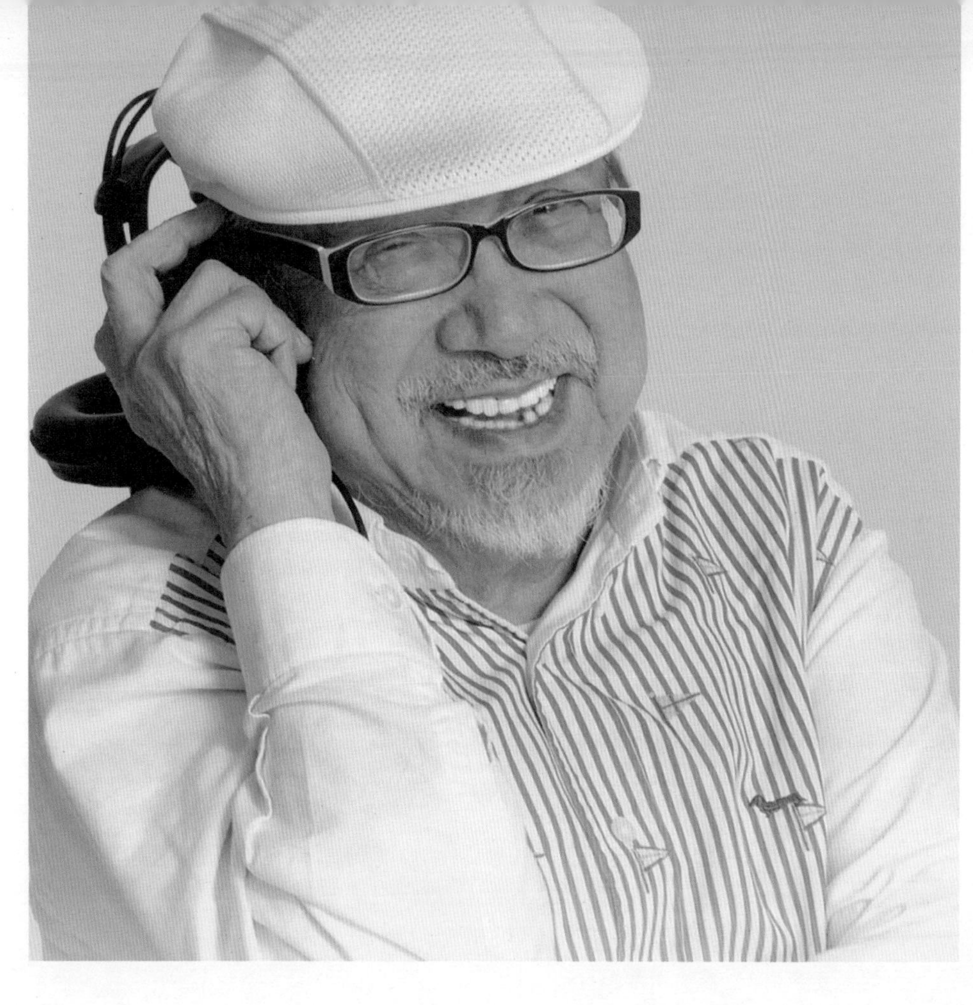

Uncle Ray

Think Twice Before You Lose Your Temper

「世事並沒有絕對的對與錯，做人最重要是你要知道自己喜歡甚麼，然後將你喜歡的表達出來。在我整個人生中，我愛音樂，愛每一個人，所以我用音樂去坦白告訴大家這種愛。」年屆九十七歲的Uncle Ray自2021年5月於香港電台榮休後，再次坐在電台錄音室內，以嘉賓身分透過大氣電波與聽眾分享他的人生閱歷和喜愛的歌。

自1949年加入麗的呼聲到2021年從香港電台榮休，Uncle Ray擔任電台唱片騎師（Disc Jockey，簡稱DJ）足足有七十一個年頭，陪伴幾代香港人成長，亦發掘及培育了不少本地歌手，如許冠傑、泰迪·羅賓及其樂隊花花公子等，為香港樂壇作出巨大貢獻，因此被奉為香港樂壇教父。早在2000年，Uncle Ray已獲健力士世界紀錄確認為「全世界持續主持電台節目最長久的DJ」，此紀錄至今更加無人能破。

我是香港人啊

在香港土生土長的Uncle Ray其實是葡萄牙籍人士，他的葡萄牙名字是Reinaldo Maria Cordeiro，英文名字是Ray Cordeiro，中文名字則是郭利民。「中文名字是港英政府職員編的，小時候沒深究名字的意思，只是單純地覺得很開心，因為自己終於有個中文名！」如果有人問Uncle Ray是哪裡人士，他從來都是回答說：「香港人啊！我在香港出世，在灣仔成長，左鄰右里和兒時玩伴九成九都是香港人啊！」直至今日，他對自幼成長的灣仔道仍然記憶猶新，「那時灣仔道有間新戲院叫做國泰戲院，比東方戲院新得多；附近還有條街叫『為食街』，賣些小朋友都喜歡的地道小食，例如魷魚和炸物……」

Uncle Ray在香港出生和就學，直至第二次世界大戰才暫離香港，跟隨家族逃難至澳門。回流香港後，他一一經歷了1967年六七暴動、1984年《中英聯合聲明》、1997年香港回歸、2003年沙士疫情、2014年佔中運動、2019年反修例社會運動及2020年世紀疫症新冠肺炎等歷史事件，見盡香港變遷。

前廣播處長張敏儀曾經這樣說：「Uncle Ray是香港的歷史文物，是珍貴回憶的一部分；如果選一百項代表香港的事物，Uncle Ray必定是其中一項。」在張敏儀的提名下，Uncle Ray甚至於1987年獲英女王頒發大英帝國員佐勳章（MBE），表揚他對香港的付出。「那次獲獎是我人生中非常難忘的經歷，因為可以見到英女王嘛！當時英女王問我哪裡來的？我說是香港，她說她很喜歡香港這個地方，幾個月前才去過。我說您可以再來啊！她就回答我說『我會』。」

年輕人就應該享受他們的世界

Uncle Ray有六兄妹，他是么子，大他十歲的哥哥正是他音樂路上的啟蒙者。「在我還是小朋友的時候，哥哥聽甚麼我就聽甚麼，我跟著唱片裡那些歌手學習唱歌的技巧，聽得多便也知道自己喜歡甚麼風格的歌曲。」他笑說，自己和哥哥喜歡的歌曲其實不盡相

上世紀五十年代，由Uncle Ray（第二行右一）監製，於麗的呼聲播放的現場音樂節目哄動全城，除孕育出經典樂隊 The Fabulous Echoes（前排）外，還讓Marilyn Palmer（第三行左五）嶄露頭角，於麗的呼聲「Talent Time」歌唱大賽脫穎而出，成為香港電視史上第一位歌唱比賽冠軍。

註：「Talent Time」歌唱大賽初賽於《Rumpus Time》選秀，決賽於收費電視麗的映聲上演。

同，但因為當時年紀小沒有話語權便不敢提反對意見。不過，兩兄弟當然也有共同的喜好——Big Band(大樂隊/大樂團)。Big Band是演奏爵士樂的樂團，流行於美國1930年代初到1950年代末的搖擺年代，通常有十到二、三十位樂手，包括色士風、小喇叭、伸縮喇叭、鋼琴、結他等演奏者，還有歌手、鼓手等。

「我最初只是喜歡聽 Big Band，哥哥就有更大的理想——做 Big Band 樂手。Big Band 裡那些低音、中音、次中音色士風他都懂得演奏，但我從來不知道他是如何學得那樣好的，我們家裡並沒有色士風!」Uncle Ray的哥哥後來為夢想去了其時 Big Band 十分盛行的上海。「上海許多菲律賓人Big Band都很出名，我大姐夫是菲律賓人，就在其中一隊當地著名的 Big Band 裡，於是哥哥就投奔他，正式成為 Big Band 樂手。」

哥哥與大姐夫在上海追逐音樂夢想，Uncle Ray則按著當時擔任滙豐銀行高層的父親的意願，做一名日子安穩的小文員，每天與帳簿打交道。「銀行的工作實在太悶啦!每天都要將又厚又重的帳簿搬來搬去，核對帳目，悶得我抽筋!」朝九晚五的工作並沒有磨蝕他對音樂的熱情，Uncle Ray後來亦與朋友組了一支三人樂隊，在尖沙咀山林道一間餐廳的小樂隊打鼓。

「廿歲左右在澳門做難民時，媽媽在難民營廚房做幫工。當時我跟她在廚房待著，常常以『沙煲罌罉』為鼓不斷敲打，大概那時我對打鼓已產生濃厚的興趣了!」Uncle Ray回憶著，續道:「當時最疼愛我的媽媽總是禁不住擺出一臉一言難盡的模樣，在一旁皺著眉說:『阿囝，不要太吵啦，吵得我頭疼啊!』」

後來，Uncle Ray的哥哥回到香港後，進入香港首間商營有線廣播電台麗的呼聲工作，眼見幼弟每天無精打彩地去銀行上班，哥哥在一知道麗的呼聲聘請撰稿員時，就通知弟弟去面試。「麗的呼聲是英國企業，但當時的老闆是美國人，他很友善，問我為何要做這行?我說因為喜歡音樂，我跟著哥哥來做開心的工作。他立即說好，問我七百元月薪是否可以?我當時很驚訝地再問他是否真的七百元?老闆問我是否不夠?我說夠，七百元很高薪，以前在滙豐銀行的月薪只有二百多元。」

自此，Uncle Ray正式進入播音行業，因其對音樂的熱誠與豐富知識，不久就被擢升至唱片騎師一職。有資深廣告人認為，Uncle Ray在電台擔任撰稿員，加上他深諳廣告營運之道，總以白色衣褲配白色帽子出現於人前，可算是半個廣告人。

「我初期瘋狂練習如何寫好一份播音稿，做唱片騎師開始第一個電台節目《Progressive

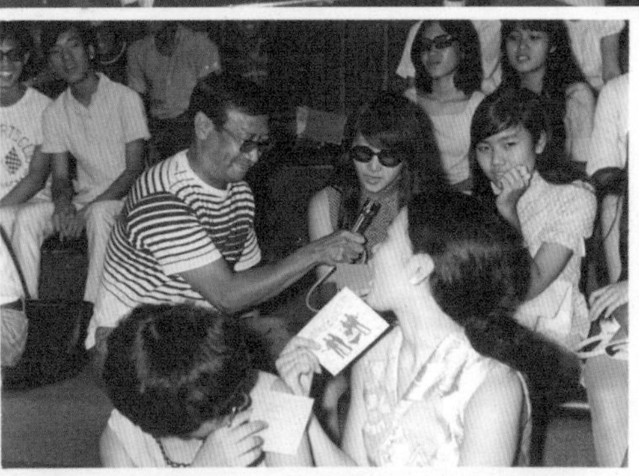

1964年前往英國接受為期三個月的培訓是Uncle Ray事業起飛轉捩點，於倫敦EMI總部巧遇Mr. Stan Stern(左一)更為他帶來意想不到的成果。Stan為Uncle Ray穿針引線，除The Beatles外，還給他介紹了不少當時得令的流行樂隊和音樂人，讓Uncle Ray認識真正西方流行文化。回港後，Uncle Ray大肆改革電台節目，推出不同類型音樂節目，令英文歌成為本土主流音樂，為年輕新一代提供演出平台，更讓他連續四屆成為香港最受歡迎唱片騎師。

Jazz》後，四處收集英國、美國等地有關Big Band的資訊和唱片。」很多人覺得Big Band是華麗而喧鬧的，Uncle Ray笑笑說：「你喜歡音樂的話，你就不會認為那叫『吵耳』，不同樂器和在一起的感覺實在太美妙了！」

七八十年代，每個星期日的下午和夜晚，一大群年輕人就會聚集在當時香港怡東酒店的Dickens Bar，喝啤酒，聽Big Band爵士樂。「Tony Carpio 樂隊就駐守在那裡，許多人像我一樣從小聽到大。」Uncle Ray慨歎，香港現時已沒有甚麼具規模的Big Band存在，「畢竟養一隊Big Band是很貴的啊！動輒十多二十人呢！」說罷，他哈哈大笑。

「世界很大，隨著時間和年代的過去，肯定會產生其他娛樂和潮流。年輕人就應該享受他們的世界，享受他們喜歡的娛樂。」Uncle Ray在麗的呼聲主持過很多不同節目，將世界各地的音樂帶給香港人。許多經典英文歌，香港人都是首先從Uncle Ray的節目聽到的，例如1956年貓王的《Hound Dog》甫登上美國流行歌榜，Uncle Ray已緊貼世界潮流立刻介紹給聽眾。

他還構思了《Rumpus Time》這個現場音樂節目，除有樂隊和歌手表演外，還有遊戲環節讓觀眾參與，創意十足，捧紅了The Fabulous Echoes、方逸華等香港歌手和樂團。Uncle Ray在1960年加入香港電台，自此一直在港台工作，並由1970年開始主持香港電台最長壽的音樂節目《All The Way with Ray》。

退下來不等於停下來

在Uncle Ray的唱片騎師生涯中，最為人津津樂道的，大概是香港電台派他到英國BBC電台受訓時，他在受訓完結後的兩星期假期裡，把握了機會採訪風靡全球的披頭四樂隊。

那天，他拿著一封由香港EMI（百代唱片）寫的介紹信，單人匹馬走到英國EMI總部，一進門口就見到偌大的辦公室裡只有一個上了年紀的職員。職員問他：「年輕人，有甚麼可以幫你嗎？」Uncle Ray將介紹信遞給他，開口便說：「我在香港主持一個電台節目，想訪問The Beatles。」那人呆了一下子，便拿起旁邊的電話直接撥打了一個號碼，掛線後告訴他剛巧披頭四於第二天有個發布會，他已跟披頭四的經理人說有位香港人會去採訪。原來，這個毫不起眼的職員就是當時EMI總部的唱片部經理Stan Stern，他還借了一部錄音機給Uncle Ray做採訪呢！第二天，Uncle Ray在前往披頭四樂隊的總部時，途經報紙檔，買了一本最新出版的披頭四相集雜誌。當他和十多位記者一同在會議室等待

上世紀五六十年代，閒時 Uncle Ray 喜愛與志同道合者夾 band 玩音樂。那些年，觀賞現場音樂表演是香港人的共同興趣，有經濟能力的人偏愛流連遍佈維港兩岸，夜夜張燈結綵的夜總會消閒遣悶，草根階層則喜愛到大笪地平民夜總會娛樂一番。

披頭四成員做訪問時，門一打開，走在前頭的Paul McCartney一眼就看到這個長著東方臉孔的年輕人，並被他夾在腋下的大書吸引了目光，問道：「你夾著甚麼書啊？」

Uncle Ray回答是他們的相集後，Paul McCartney興致勃勃地借來翻閱，於是Uncle Ray順便問Paul McCartney拿簽名。「雜誌共有二十四頁，Paul McCartney除了在封面他的相片旁簽名，竟然還將所有內頁有他的相片都簽上了名！然後當我問其他成員拿簽名時，他們也跟Paul McCartney一樣，凡是有自己相片的，都簽上名字，所以整本雜誌足足有三十二個簽名，我簡直開心得跳起來！」

此後他還在另外兩個音樂場合中再與披頭四樂隊見面，前後總共三次。「我覺得沒有人好像我那麼幸運！」Uncle Ray哈哈大笑。「The Beatles這麼多首歌中，我最喜歡的是John Lennon的《Imagine》。有天我去美國某間著名唱片公司，站著等待電梯時，耳邊傳來『Imagine there's no heaven……』，當下感動得流淚。」Uncle Ray用溫和敦厚的聲線低聲吟唱了《Imagine》的第一句，眼裡充滿懷念。

另一個讓他留下深刻印象的採訪對象是木匠兄妹（Carpenters）。「再次證明我很幸運啊！」他還記得自己訪問Karen Carpenters時，冒昧地調侃了她一句：「妳似乎不太介意自己的衣著打扮呢？」Karen當時回答他：「我不在乎衣著啊！我在乎的從來只有我的鼓和我的聲音。」

Karen對打鼓的執著尤其教Uncle Ray感動。「Karen的聲線很溫柔，令人很舒服放鬆，大家都喜歡聽她唱歌。她的哥哥Richard曾建議她專心唱歌不要打鼓，Karen立刻『No No』，說唱歌和打鼓她都喜歡，堅持要繼續打鼓。所以基本上早期Carpenters的歌，有鼓聲的部分，Karen就是那個鼓手。」在Uncle Ray九十七年的人生、七十一年的唱片騎師生活中，有趣的、感動的、激動的事難以枚舉，「最終我可以說的是，在我的生命中，JAZZ始終是我的最愛。」

2021年5月，Uncle Ray在他發表的《千里同行 終須一別》退休聲明中，這樣說道：「年齡是加法，日子是減法，現在的我不單止要善用每一天，更加要珍惜每分每秒。有甚麼想做仍然未做的事呢？思前想後，其實沒有任何事只有我或者必須我去做，我更樂意讓其他人秉持我的精神，把我想做的事延續下去。」

誠如Uncle Ray所言，退下來不等於停下來，他還是與音樂同在。「我深信人生有盡，音樂無限。」

1970 年，Uncle Ray受政府所託，帶領一羣香港樂壇菁英(左起馮添枝、Michael Remedios、鄭東漢、陳國明、Joe Junior、Irene Ryder、Uncle Ray、關維麟、日本代表和陳家蓀)遠赴東瀛，於大阪萬國博覽會，與來自世界各地不同人士，推廣和分享香港流行音樂文化。

我＿＿＿，所以我＿＿＿。

A 看見

B 不見

C 相信

D 不信

我看見，所以我相信……我相信，所以我看見。 / 又一山人 答

生命 在乎你怎樣看

LIFE IT IS UP TO YOU

WHY NOT 做人係應該咩都得㗎

又一山人 黃炳培

在世人眼中，又一山人（黃炳培，Stanley Wong）是一名放不下名利與榮譽的佛教徒，皆因他從年輕時從事廣告業，到後來成為香港數一數二的藝術家，四十年間都在參加不同的比賽。有人覺得疑惑，又一山人在香港廣告界、設計界、藝術界，甚至教育界的名氣都響噹噹，還需要用獎項來證明自己嗎？「比賽只是人世間最容易、直接令大眾認識及認同你能力的一個遊戲而已，這樣我會獲得更多機會去做我認為有意思的事情。不為己執，是佛學一說。」

某天，又一山人在籌備攝影展覽，有位相熟的傳媒朋友來做採訪時，他正在將相片掛上牆。傳媒朋友見到又一山人對裝掛位置的執著，不禁好奇問他：「Stanley，你不准畫架方向有一分一毫的偏差，與佛家放下的說法似乎有點不合，這是一個怎樣的狀態呢？」

又一山人停下手，順著友人的問題認真地思考起來，他答道：「相片的主題是『本來無一事』，我想藉一個生活上再也平凡不過、沒告示的告示板，繞個圈來表達佛家思想。有人稱讚我這系列的相片頗有概念，但我舉辦這個展覽的目的並非展示我個人的得意之作，或者想賣相，單純為了與大家分享『本來無一事』的佛學課題。不為己執，我執著的地方並非是為了自身的利益。」

佛法分小乘和大乘之說，小乘佛法以追求個人的自我解脱及提升為主，大乘佛法相當於用大愛推動和諧。又一山人對相片陳列的執著是為了莊重地傳達佛法，對參加比賽追求獎項的執著是為了讓自己更具影響力地推動教育及公益事務，是「不為己執」，是佛說。「個人榮譽予我並不是那麼重要的事。」粗線條的黑框眼鏡後，是一張不怎麼介懷他人看法的臉。

廣告圈應該專業

1980年，年僅二十歲的Stanley加入了平面設計及廣告圈。他曾先後任職於現代廣告、精英廣告、智威湯遜（JWT）、Bartle Bogle Hegarty（亞洲）廣告及TBWA廣告等知名廣告公司，一路晉升至行政總裁及行政創作總監位置，前途一片光明。然而，他在2000年毅然決定離開廣告圈。

「一來廣告行業中有太多爭執，客戶與廣告公司的，公司裡不同人馬的，每天都紛紛擾擾，但我離開最主要是因為想堅持自己的原則吧？價值觀是由自己決定的，無論是工作或生活，如果那個大環境始終無法讓我符合原則地做事，那還不如離開。在廣告界工作的日子，我的原則就是廣告圈要保持專業，創意熱情和能力應該持續向上。」

又一山人回憶道，當年HK4A香港廣告商會難得地爭取客戶進行比稿時，客戶會象徵式給予所有參與的廣告公司比稿費用，後來不到兩個月商會曝出A廣告公司投訴B廣告公司私底下將比稿費用退回客戶的事情，更可悲的是廣告界對這不專業的做法「隻眼開隻眼閉」。「這風氣到現在更差了。客戶不用付比稿費用之餘，廣告公司之間為了搶生意，佣金也越鬥越低，連15%也沒有。在佣金方面的原則和行規共識又喪失了。既然

人生，
就像一個圓圈，
沒有一個清楚的起點，
也沒有甚麼絕對的終點。
凡事也許如是。

我字典中沒有「成功」兩字。
成功，意味着終結，
劃一個句號。
我還是喜歡一直投入，
每次都是逗號便好。

放下不是放棄。
無求不是無要求。

廣告界已無法符合我做人做事的原則，那我選擇離開，這就是我對原則的執著。」

提到原則，又一山人續分享了自己在創作方面的原則，他將之分為商業創作和個人創作。「專業是商業創作首要的原則。我們要客觀認清市場的形勢，了解客戶在市場的位置和面對的競爭因素，同時亦要了解自己團隊的優勢。」他尤其提到自己在智威湯遜負責地下鐵項目的經驗，令自己體會到面向大眾應落地及通俗地推廣訊息。

「那四年我得到很好的訓練，信心也上升不少。自此之後，我面向每一個新客戶時，都會先告訴他『對我而言你並不是我的客戶，看這個廣告的消費者才是我最終的客戶』。」在Stanley的想法中，創作廣告，並不是看客戶怎樣想，而是看目標消費者適合怎樣的廣告。「客戶也不能太主觀，因為廣告是為大眾而拍，應該針對消費者而拍。」他笑說，智威湯遜的訓練讓他學到了很多市場學知識，時至今天很多客戶都會接受自己的這個說法。

回想起年輕時的廣告生活，有些畫面仍然鮮明地留在Stanley的腦海中。

有次他的團隊為客戶策劃全年的廣告時，團隊非常勤奮，客戶對他們想出來的主意滿意得不得了。於是團隊開始細細計劃拍攝、做宣傳的日程，一切都準備就緒只差執行時，老闆將Stanley叫進房。當老闆手持整份計劃書，低頭靜靜地看著那份草稿時，Stanley心感不妙，心想：「這個創意客戶已經批准，而且非常滿意啊！」只見老闆眉頭輕皺了一下，說：「Stanley，我看著看著還是覺得不夠好啊。」Stanley站在一側，想也不想就說：「這樣啊……我全部重做吧。」

「因為他是老闆，他有他的角色和專業，他說不行就不行，那我們便再做個令他滿意的版本出來。」皇天不負有心人，當時那個項目最終取得獎項。又一山人笑說，現在廣告業難有這種員工二話不說就服從、相信上司指令的關係。

Stanley Wong X 又一山人

從事廣告業無疑為Stanley帶來很多珍貴的回憶，「又一山人」這個稱號也有一半源自於他年輕時負責的「又一」系列項目。「又一居是1992年我在智威湯遜時參與的項目，art of living，那是當時很嶄新的一個生活概念，後來還延伸到又一城等項目。在我做了許多商業項目後，我希望做些甚麼來推動人與人之間的和諧。因為喜歡明末畫家八大山人，在1993年、1994年左右，我便改了『又一山人』這個名字，專做非商業項目。」

退身成功？

！退身成功

退身成功

他一開始用「黃炳培（Stanley Wong）」做商業項目，用「又一山人」做公益和個人項目，壁壘分明，「分開兩個folder，用Stanley Wong做商業項目時，該商業操作就商業操作，內心不會有絲毫掙扎，因為Stanley Wong和又一山人是兩個人來的嘛。」後來，又一山人嘗試在自己負責的商業項目融入公益概念。當時大家對企業社會責任（Corporate Social Responsibility）、可持續發展（Sustainable Development）等概念仍然很模糊，但他已運用自己廣告業的知識和影響力，開始說服商業機構參與其中。

「我們幫某快餐店策劃品牌時，不再以突出西方生活格調、享受為重點，而是重點描畫鄰里關係的美好，跟之前的商業味道大為不同。還有一個地產商場項目，我們想表達出做人不要著重物質生活，而要講求內心價值。看似兩相衝突的一個企劃，客戶最後竟然也同意了。」又一山人希望，可以拉近自己手上商業項目與社會之間的關係，為客戶推廣商品賺取實質利益的同時，亦能透過企業的影響力去提升社會價值，達至共贏。

他稱呼自己為「視覺溝通人」，並以「溝通事務所」命名自己於2007年開設的公司，意謂透過品牌顧問、平面設計、文化推廣、攝影、廣告及多媒體創意等服務，以「溝通」為品牌定位，為商業推廣和社會公益項目製造重疊的空間。所以，當你看見以「Stanley Wong X又一山人」名義策劃的項目時，就會知道這個項目在商業成份以外，必定帶有推動社會正向的訊息。

做真正的佛系青年

離開廣告圈二十載，資深的廣告人都知道「黃炳培（Stanley Wong）」，但年輕一輩更多的是認識「又一山人」和他的紅白藍創作。「有一年，文化博物館邀請世界各地的設計師以『Living Heritage（生活文化承傳）』為主題設計海報，我便選了紅白藍原材料作為主要創作元素，當時它並沒有出現過在任何平面設計作品上。」

對又一山人來說，紅白藍無處不在，代表著堅韌的忍耐性。「六、七十年代的香港人，就是有這種堅韌的特質，我想表達希望港人承傳這種正面積極精神的想法。」海報之後，又一山人開始將紅白藍引入各種平面和立體裝置中，別具創意。自此，紅白藍成為又一山人的代表作，被視為香港最地道、最具香港情懷及本土人文氣息的視覺傳達。

「每個人都說紅白藍是我一項非常地道及具香港特色的創作，回望自己過去四十年的時光，我卻覺得在智威湯遜負責地鐵廣告項目的那四年半，才是我第一次認真去做的地道創作。」

時間
過去相對未來
關鍵是當下

時間
慢相對快
沒勝負
向前走
是快 是探索
往後看
是慢 是靈感所在

時間
倒退相對超越
重心是沉澱

時間不會跑輸時間
時間不會超越時間

時間與時間同步
時間會留住時間
時間應承傳時間

人生的進程就是無數的抉擇，不要過於用腦。
清楚聽到自己心裡說話，用心行事。

門外看門內
門內觀門外
只視乎
你怎樣看

心無罣礙
門亦無在

無我
自有我在

他為地鐵策劃的電視廣告，大部分從地道的民生日常出發，突顯地鐵的便利與速度，而廣告片尾都以「搭地下鐵路 話咁快就到」作結，「貼地」易記。平面設計如海報則反傳統不以廣告產品「地鐵」為主視覺，而是透過一碗冒煙的白飯，暗示地鐵可以令你準時回家開飯，或用劃滿紅色交叉的戲院座位表，暗示坐地鐵才不會遲到錯過電影，三十秒廣告只有路面等待的紅燈，一系列作品都令人發出會心微笑。

即使表面上離開廣告圈二十載，又一山人坦言，做設計跟做廣告其實沒辦法完全分離。他笑說，四十年來，在廣告包圍下的生活讓他更體會到「時間」這個概念。「今天的廣告模式跟以往已大為不同，例如以前電視廣告多以三個星期為一個企劃，現在有些廣告在Facebook或一些社交媒體只會風風火火出現三幾天，然後就完成任務退下。」

又一山人深深體會到，無論是為客戶或者為個人，你想表達一些訊息，更要把握時間。剛過甲子年的他，目前仍然步伐緊湊，把握每分每秒做想做的事。對時下追求躺平生活的佛系青年，這位認真研修佛學的智者不禁立刻發言：「但佛家是積極的啊！」「佛系青年」是指在繁囂都市生活中只安於現狀，追求平和、淡然的生活方式的青年人，借用佛門淡泊名利的形象命名。

「人生有五做，第一是看你的能力到達哪個程度，你可以做到甚麼；第二是你喜歡做甚麼事；第三是要為喜歡做的事分個先後次序，決定用時間、精力去先做哪些事，應做的；第四是你需要做，例如社會需要你的地方；第五是你考慮過你有能力做、喜歡做、應該做、需要做的事後，關鍵是不只空想，要正在做。」又一山人笑言，自己仍處於執行這「五做」的過程中。

佛系青年自嘲無欲無求，事實卻是因為對於現實感到無力，喪失了追求理想生活的力量。「我有四個關於未來的概念想分享。你眼前能夠掌握且前行的，是未來；你心中夢想的遙遠目標，是未來；你覺得人生走到最後也只不過會面對生命告一段落的，是未來；你明早醒來能夠去做、有能力做的，是未來。」又一山人鼓勵年輕人：「哪怕是漫漫長路，哪怕壞車堵車，別先忙著說何時到達目標、去到哪個終點站，你首先要做的是上車，出發。」

人生五做：

能做
愛做／喜歡做／鍾意做
應做
需要做／需要你做
附註／正在做

我有四個未來：
眼前能掌握前行的未來。
心中相信而極遙遠的未來。
生命告一段落後的未來。
還有一個很重要的，
明早起來能執行的未來。

何媛文 Yvonne Ho 项目制作总监 中国香港

曾任职世界顶级广告公司精英、恒美、李奥贝纳等机构的电视广告部总负责人。
2002年起何媛文与国际著名导演张艺谋展开多项合作，
其中一项是负责制作上海世博会申办宣传片制作总监，
携手为中国上海申博成功做出了极大贡献。
2008年再度应邀与张艺谋导演合作，
筹组担任北京奥运会开幕及闭幕式多媒体视频影像组制作总监。
2010年出任上海世博会企业馆制作总监。
2015年至今，荣获香港政府旅游发展局委任负责【闪耀维港】3D光雕汇演
以及【幻彩咏香江】等光影项目制作。
此外，先后在国内各大城市监理多项大型展览。
更在香港最新最具艺术品味的星光大道K11 Musea，以维多利亚海港为背景，
统筹策划Dancing Water Fountain Show水舞幻彩光影展，获得好评如潮。

不如人處勿自歎，
須知天外有天；
勝於人處勿自傲，
當念人外有人。

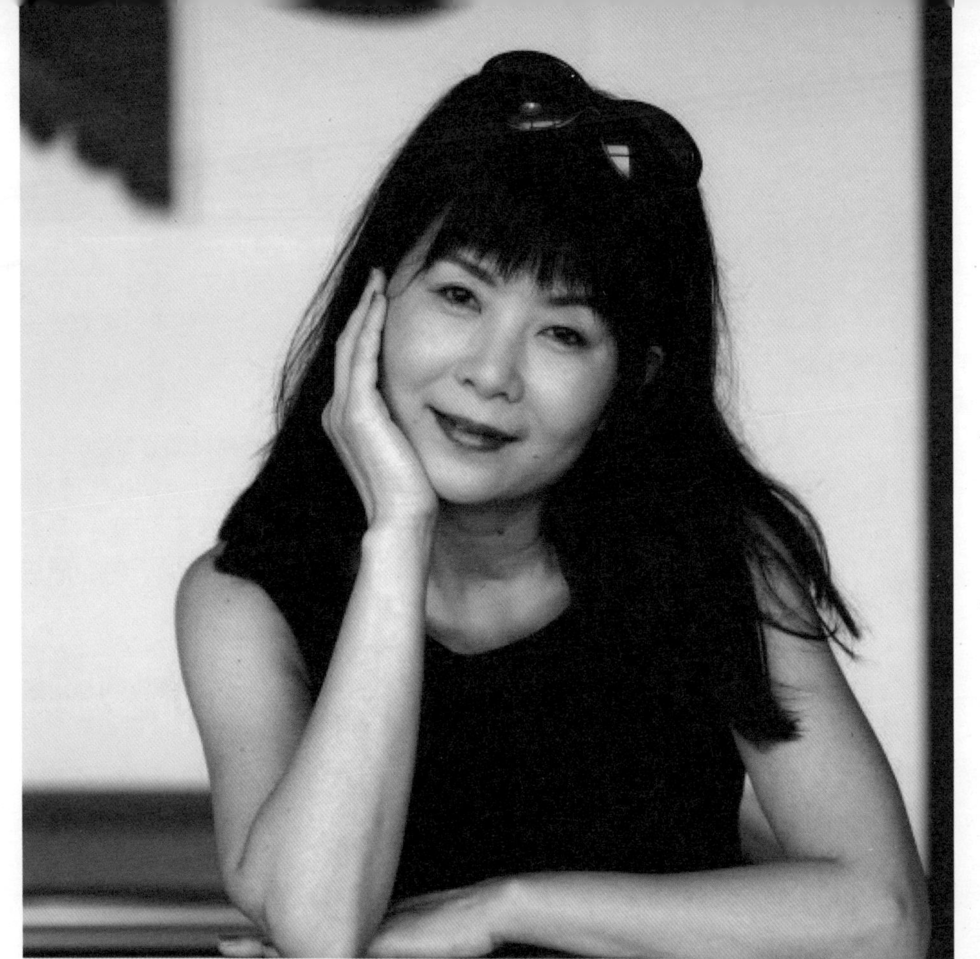

天外有天

何媛文

1993年，何媛文（Yvonne Ho）還是一名廣告製片人的時候，她的公司要為大客戶萬寶路拍攝一條於內地播放的春節賀歲廣告片。「不如找張藝謀做導演吧？」何媛文想起自己十分欣賞的電影《菊豆》、《大紅燈籠高高掛》等，心想張藝謀一定能夠拍得出最具中國文化特色的精彩片子，想著想著這句話就溜出口，驚掉了所有人的下巴。

上世紀八十年代末至九十年代初正是張藝謀在國際影壇大放光彩的時代，他導演的《紅高粱》、《菊豆》、《大紅燈籠高高掛》和《秋菊打官司》等接連獲得國內外無數個電影節大獎，風頭一時無兩。從沒有人想過，也許更多人是不相信，何媛文這個名不見經傳的香港廣告製片人能夠聯絡上這位蜚聲國際的大導演，還成功說服他執導拍了人生中第一支廣告影片！

「找人、找東西不就是我們製片人要做的事嘛。當時我也是抱著嘗試的心態，問問這個找找那個，然後取得張導演的聯絡。他跟我說：『我平時拍片都是起碼一兩個小時的，你要我拍九十秒、六十秒、三十秒的東西，是有點挑戰……』我連忙說，這條廣告片會在全中國播出，在央視春晚上跟全中國人拜年！張導演考慮了一下，就語帶興奮地說：『聽來似乎頗有趣，就試試吧！』」何媛文永遠都記得這場改變了她一生的對話。

就是這樣，何媛文和兩名創意部同事，在某天拉著行李去到蘭州與張藝謀會合，再坐上麵包車前往嘉峪關，開始了為期三星期的廣告拍攝工作。「那時沒有直航機，我們從蘭州出發，坐了足足十七個小時的車，那條路簡直顛簸得我屁股開花！」說到這裡，她哈哈大笑。當時整個拍攝團隊只有何媛文和同事共三個香港人，其餘所有人都來自內地五湖四海。

儘管內地的攝製團隊執行了大部分前期預備工作，何媛文也絲毫沒有掉以輕心，到達後馬不停蹄深入每一個拍攝環節，確保拍攝過程滴水不漏。「負責拍攝的團隊一向是拍電影的，廣告拍攝與電影拍攝不同，他們也覺得很新鮮呢！」

看過那條廣告片的人都會記得，張藝謀用紅黃綢緞將整座嘉峪關團團裹起，千軍萬馬、旌旗簇擁的震撼畫面，配上鑼鼓喧囂、澎湃激昂的音樂，既充分體現中國特色民族文化，亦貫徹萬寶路賀歲大製作的風格，令這條廣告片成為中國廣告史上一大經典。

拍攝過程的艱辛，在廣告片圓滿完成的那刻便消失殆盡，何媛文挑著當時的趣事繼續分享，「那時嘉峪關資源比較缺乏，只有兩間酒店。拍攝現場會用一個大盆裝著菜、肉，讓大家和著乾糧吃。當時我帶了大半行李箱的罐頭去，今天一罐午餐肉，明天一罐沙甸魚，也是和著那些乾糧一起吃。」

將沒可能變成可能

這支廣告後，何媛文的盡責和能力入了張藝謀的眼，保持聯絡之餘亦偶有合作。漸漸，業界裡都知道何媛文曾與張藝謀合作而且能夠說得上話，便會通過她聯絡張藝謀。「我做人是頗大膽的。當有人告訴我某件事沒可能做到時，我一定會盡自己能力去嘗試，將沒可能變成可能。」最初人們覺得何媛文找張藝謀拍廣告片是異想天開，她不費唇舌與人爭論，而是用行動證明自己的敢想敢做，而事實為她的努力作出了最有力的證明。

2001年，張藝謀為中國拍攝申辦奧運宣傳片，片子在莫斯科國際奧委會上感動了眾多委員，是中國獲得2008年奧運主辦權的一大功臣。2002年，何媛文再次代表其所在的廣告公司邀請張藝謀，為中國拍攝申辦世界博覽會的宣傳片，這次申辦同樣成功了！不得不說，張藝謀的參與絕對是何媛文事業路途上的一大機緣和助力。2007年3月，何媛文終於等到報答張藝謀的機會。

張藝謀是2008年北京奧運開閉幕的總導演，視頻影像總設計楊慶生在籌組最強的影像創作班子時，想起了老朋友何媛文。他在籌辦北京奧運開閉幕的回憶日誌裡這樣寫道：「任何團隊的作業一定要有一個統籌全局的人，這個人經驗要老道，會管理、熟知影像創作的規律特點並能夠服眾，我想到了老朋友Yvonne（何媛文小姐），她是香港李奧貝納資深的影視製片人，監製了許多優秀的影視廣告片，是香港廣告界大姐大級的人物，而且她也是張藝謀導演的老朋友……跟她通了電話，巧得很她剛剛在香港李奧貝納廣告公司辭職正賦閒在家，聽了我的介紹她沒有猶豫的就答應了我，有Yvonne的掌舵，管理這個團隊運作起來應該沒問題了。」

何媛文一口答應了楊慶生和張藝謀的邀請，對參與這個世界級的項目充滿了期待。當她再次拉著行李踏足北京，經過數項嚴密的安檢程序，切身感受到北京奧運慎重的氣氛時，才猛然感到一陣焦慮和緊張，甚至害怕，擔心自己應付不來。

那天，她帶著有點沉重的心情到達北京奧運開閉幕導演組辦公室的大門前，一推開，數十人齊刷刷看了過來。「那個辦公環境跟香港實在太不同，我不是很習慣。我心想，怎麼辦？我還要在這裡待起碼一年半呢！」不過還未待她收拾好迷惘失落的心情，張藝謀就從會議室走了出來。

何媛文像見到救星般，立即趨上前對大導演說：「我想我大概做不來啦，我沒做過奧運啊！」誰知張藝謀一手捉著她的手腕，打開會議室的門就走進去，然後對著正在開會的眾人問：「你們當中有誰做過奧運的？」問完又回頭望向何媛文，說：「我也沒做過奧運啊！一生人可能只有這一次機會啊！坐下，快些簽保密協議啦！」何媛文愣了愣，隨即提

我。的。良。师。益。友。

• 开幕当天和多媒体艺术家Andree Verleger，张艺谋导演合照

• 和服装总设计师石冈瑛子Eiko游北京

• 和高小龙，林少芬，杨庆生合照

• 陈丹青老师跟我们分享了很多有关中国历史的知识

• 衷心感谢张艺谋导演，让我有机会参与这场极具意义的奥运会开幕式的制作，也感谢杨庆生老师和所有视频影像组的同事们，那些我们一起为奥运奋斗的日子，永留我心。

军。令。状。

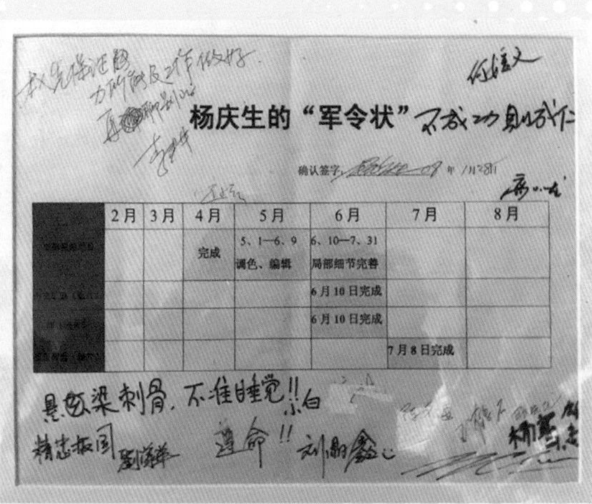

杨庆生的“军令状”

确认签字：

	2月	3月	4月	5月	6月	7月	8月
[illegible]			完成	5、1—6、9 调色、编辑	6、10—7、31 局部细节完善		
[illegible]					6月10日完成		
[illegible]					6月10日完成		
[illegible]						7月8日完成	

承诺誓言和责任
发挥团队精神
达成共同目标

2008年1月张艺谋导演要求奥运会开幕式各个团队签军令状，

目的是在有限的时间内保证完成创作和制作任务。

奥运会开幕式第一次在中国举行，大家其实都没有这种超大现场演出创作的经验，影像创意、测试、修改是经常发生的事情，在不足一年的时间内能够精彩、准确地完成所有影像的创意和制作，对于我们团队是个艰钜的考验，团队的坚韧、团结是非常重要的。军令状是压力更是对影像团队的激励。

做为一个香港人，我是第一次见到这样的军令状，签上自己名字的那一刻，我写下的不仅是一句誓言，也是一份责任，更是一种光荣。

起筆就簽了名，「既然來了，做就做吧！」

就是這樣，何媛文帶著一腔忐忑和不服輸的鬥志迎接新的挑戰，卻在第一個星期開會時就大受打擊。「我們拍廣告時，創意人員會提供storyboard（故事板）然後講解他們的意念，但在北京奧運的製作會議上，我一坐下只收到一疊厚厚的文案，然後創意人員就站起來語調極快地說了起來！我的普通話真的很普通，加上當時還不熟習簡體字，還未看完第一行，人家已經掀去第二頁啦！」

幸運的是，何媛文的團隊裡有一位畢業於香港中文大學、懂廣東話的北京女生趙子然，有了她做首席助理，何媛文輕鬆不少，很快便投入製片人角色，熟練地統籌起多媒體影像表演的環節。

「香港人當時比較國際化，外語能力一般較好，視野也比較廣闊，加上當時香港的互聯網比較發達，那時微信等內地互聯網巨企都尚未興起，我們在北京工作的中心網絡不算暢通無阻。相較之下，當時在香港要透過網絡蒐集資料、聯絡外國都比較容易，所以作為香港人是有不少優勢的，掌握的渠道比較多。」

何媛文在擔任影像創作統籌時，發揮自己的香港人優勢，為團隊找到許多出色的國際資源，為開閉幕帶來一個又一個令人驚艷的視覺效果，例如那卷闊度達147米、寬度達22米的巨型畫軸和上面的投影內容等。

「北京奧運圓滿閉幕後，所有工作人員擁抱在一起，許多人都感動得哭了。以前做廣告雖然也是大家庭，但這個家庭更大。北京奧運的開閉幕分為幾個不同的主題，分別由不同的創意組負責，創意組下又細分更多不同的小組，整個製作團隊規模極其龐大。即使有時吵得面紅耳赤，但大家奔著同一個限期、同一個目標，始終會互相幫助，團結一致解決問題。」

要為滿足而做事

何媛文從一開始的略帶忐忑，到最後只剩下滿滿的感激與驕傲。「籌備的那一年多，我們每個人對自己團隊的工作程序已背得滾瓜爛熟。張導演更厲害，他開會永遠是空著手來，但全場的流程都熟記於心，坐在那裡指點江山。」她頓了一頓，瞇了瞇眼，略帶點狡黠地繼續說道：「當時我們還替他取了一個花名呢！叫榨汁機。今天剛跟你說了很多創意，第二天就改了，這是經常發生的事。」

參與這件國際盛事的籌備工作，何媛文坦言壓力當然是有的，「但當你看到所有人都如此認真，你只會更加想做好自己。」

一直以來，何媛文都是抱著「盡力而為」的宗旨做好自己。「我入行時是香港廣告界黃金時期，認識了很多良師益友。當時經濟景氣好，客戶預算足夠，我得到很多機會可以周遊列國，大開眼界。2000年中國起飛，我又十分幸運參與了北京奧運和上海世博的籌辦工作，而且認識了一班非常真心的朋友。」回想過往幾十年的人生，何媛文覺得自己運氣實在不錯，時代賦予了她與別不同的機遇。我們看到的卻是，是真誠與謙卑造就了這位廣告界的大姐大。

眾所周知，每一支出色的廣告片，背後都一定有一個十項全能的製片人。由拍攝前期與廣告公司及客戶溝通、組織工作人員班子、做預算、勘查場地等，到拍攝時協助場景佈置、安排劇組人員衣食住行、把控拍攝進度等，拍攝完成後還要繼續周旋於客戶、廣告公司和後期製作公司之間，每個環節都要非常嚴謹。當何媛文還是廣告製片人時，行內人都知道這個人工作認真，只要答應了，一定會交得出讓對方滿意的成績單出來。

撇除擔任張藝謀1993年萬寶路賀歲廣告和申辦2010年上海世貿宣傳片的製片人，何媛文在香港也監製過許多支深入民心的廣告，例如1984年張國榮為主角的大家樂「為你做足100分」廣告。

「以前做廣告可以周圍去，以為自己見識過人，但加入北京奧運製作團隊後，團隊給我的每一次驚喜，都讓我越發感到自己的不足，才驚覺天外有天。」何媛文說。

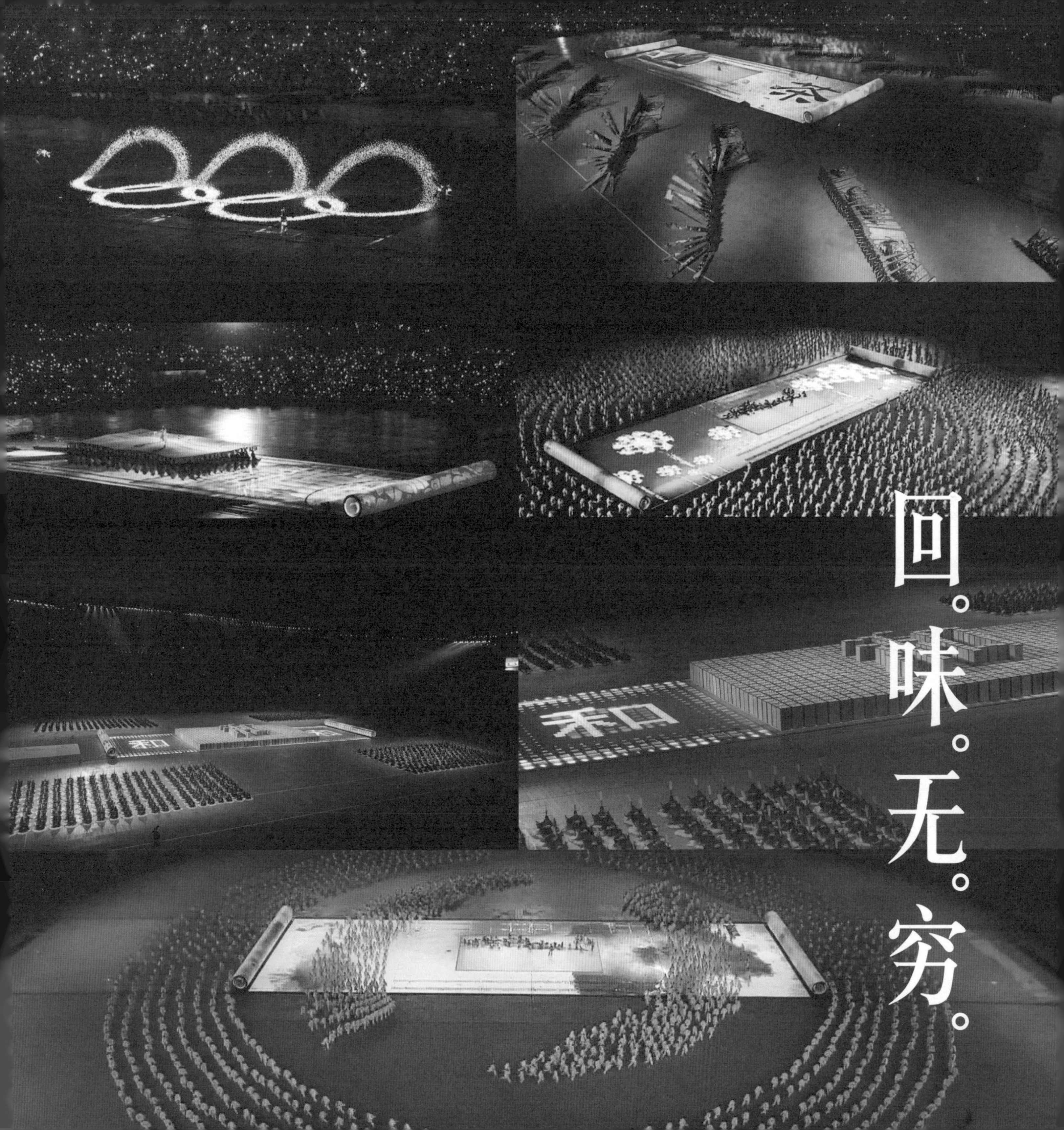
回。味。无。穷。

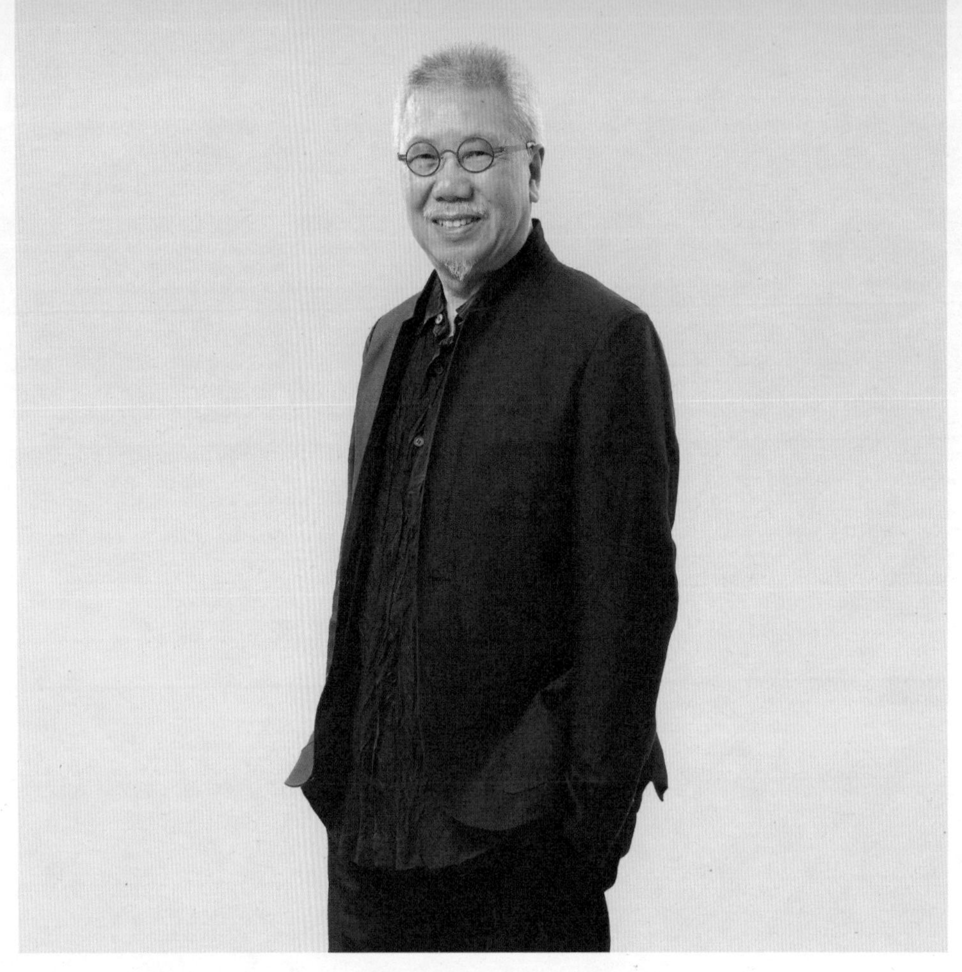

靳埭強

為萬物而設計

因為失戀而奮發向上最終成為香港設計教父，想不到，靳埭強原來有這樣平實卻令人好奇的一段經歷。

二十來歲時，靳埭強向一個喜歡的女孩子告白。女孩子跟他一同在洋服店打工，她長得美麗娟秀，性格溫婉，活潑可人，兩人十分合得來。只是，這段感情被現實狠狠掐斷。「一個是前景不明還在追夢的男生，一個是捧著鐵飯碗的警務人員，後來我就明白女孩子當時的選擇很容易理解啊！」失戀的痛苦讓年輕的靳埭強陷入迷惘，當時的他怎麼也想不明白為甚麼現實會打敗了愛情。

「我還寫信去那時文藝青年都看的《中國學生周報》的『大孩子信箱』，問一些生命與價值觀的問題，希望明白為甚麼她明明不是貪慕虛榮的人，最終還是不選擇我。嗱，那真是我人生中很痛苦的一個階段啊。」靳埭強帶著懷緬的心情憶及往事。

失戀的他沉醉在書本和音樂中，那些文字、音符一一替他道出了那種難以言明的感受，安撫了受傷的心靈。曾無奈為生計放棄畫畫的靳埭強，此刻心裡突然湧上一個強烈的念頭——「原來，藝術可以教人如此感動。我想認真學畫畫，做畫家，畫出可以感動人的作品。」就是這樣，他重新投入學習畫畫的狂熱中，一步步走出屬於自己的人生路。

「小時候我是個滿懷夢想的人。十一歲前跟爺爺在鄉下住，爺爺是退休的工藝師，閒時就會寫字、刻印、畫畫，我跟弟弟在他的影響下，自小就喜歡水墨畫，那時我會想自己長大後是否會做畫家。同時，我們又跟隨女性長輩學習女紅，繡花、車衣等甚麼都玩，然後我又會想自己長大後會否做裁縫呢？最終我兩樣都做到了。」靳埭強笑說。

他十一歲從家鄉番禺三善村前往廣州讀高小，讀到初中二年級時，就和弟弟跟隨媽媽申請到香港探親，成為當年的新移民，那時他的父親已在香港著名的怡安泰洋服店做了裁縫十多年。「我當時也想繼續讀書，奈何我的英文太差，即使補習也完全跟不上香港學校的進度，弟弟則幸好可以考進一間中文中學。當時父親一個人要養我們幾個，我是大兒子，還不如去學一門手藝幫忙養家，於是父親就送我去他朋友開的小工場做學徒。」那是靳埭強第一次切身感受到，原來喜歡畫畫在現實中似乎沒甚麼大機會。

不要停下追夢的腳步

「做學徒是很沉悶的一回事，除了八小時睡覺的時間，最初全天候都在打掃地方、做雜務中度過，一段時間後才開始教你裁縫技藝。」三年學徒滿師後，靳埭強父親就安排兒子進入怡安泰洋服店做助理裁剪師，為他規劃了一個穩穩當當的未來。「因為喜歡畫畫，最初我還會做夢，去想自己是否能夠繼續學畫畫，但始終沒機會。」早上九點鐘上班，晚上九點半下班；加上讀夜校進修英文，靳埭強回到家時已經十一點。「其實我比其他人幸運得多，在父親栽培下可以學到一門手藝。但因為工作沉悶繁重，夢想離我越來越遠，加上失戀，人生感到很困惑。」

靳埭強骨子裡的藝術家細胞，在那場失戀後完全甦醒過來，他決意繼續追夢，用藝術感動他人。

他的伯父是著名水彩畫家靳微天，於是靳埭強星期一至六上班，星期日有半天假，就用一個上午的時間跟隨伯父由基礎學起，包括素描、粉彩及水彩，平日晚上也會在家練習畫技。後來他有感要多方面學習，更是擠時間參觀了好些當代藝術展覽及國際繪畫沙龍。「我從《好望角》、《新思潮》等當時前衛的文藝雜誌上認識了許多藝術家，特別喜愛張義、韓志勳、王無邪、文樓等人的作品。所以一知道大會堂有王老師的個展，我就去看了。」

在展覽上，靳埭強巧遇王無邪，「他當時正在與觀眾講解自己作品的構思，並在接待處派發他在中文大學校外進修部的晚間課程招生章程，一科是色彩學，另一科是形象構成。我喜歡王老師的作品，不管甚麼課程都想去上啊！」於是，靳埭強回到洋服店後，就鼓起勇氣跟老闆表示自己每星期想抽兩晚早些下班去進修。「當時的老闆十分好，叫我只要工作可以如期完成就沒問題。」

就是在這三個月共二十四課的學習過程中，靳埭強認識了一同進修的呂立勛，兩人惺惺相惜，成為好朋友。呂立勛在玉屋百貨公司擔任設計師，在課程結束後向靳埭強遞出橄欖枝，於是靳埭強辭去從事十年的裁縫工作，從此正式踏入設計界。

師古、師自然、師我

「當時並沒考慮前途的問題，單純覺得做裁縫月薪三百五十元，做設計師也是三百五十元，但這間位於中環的百貨公司傍晚六點就關門，我可以每晚去進修了！」靳埭強跟王無邪學習了 Bauhaus 設計理念等，再跟王無邪師父呂壽琨學習水墨畫。

「Bauhaus審美觀影響了我做設計師的人生路，此後的創作都融入Bauhaus 風格。王老師並非教你技巧，而是教審美觀、結構、色彩等。每個星期都要交功課，常常要做到三更半夜。我發現王老師是你交一件功課他就評論一件，你交三件功課他也照樣把三件都作評論，所以我便每次都交三件功課，這樣我就學到了更多的知識！當時住廉租屋，都是板間房。我每晚都在下層床開了燈做功課，但一點燈就整間屋子都光燦燦的，媽媽總會催我早些睡覺。」靳埭強哈哈大笑。

他特別提到，呂壽琨也是影響自己藝術人生至深的其中一位良師。「呂老師教授水墨畫時，不像傳統畫家在學生面前示範完就叫學生回家自己臨摹，而是先教你如何領悟你的作畫工具，紙、筆、墨是怎樣的，你怎樣運用它們去表達主題。他會評論你的功課，讓你知道哪裡做得好，哪裡做得不好。另一方面，他會教授畫史，讓我們理解歷代名家精彩的地方，如何吸收傳統大師的智慧。最讓我感動的，是呂老師將每個學生放在心內，無論你天份如何，他都關心你的學習。」

有一次，呂壽琨帶學生去看畫展，跟學生分享了展覽中畫作的不同筆法後，特別將靳埭強叫到一旁，並遞給他一卷畫軸，簡短地說了一句：「這幅畫借給你，你回去臨摹。」靳埭強回家後一打開，才知呂壽琨隨手遞給自己的，竟是一幅堪稱家傳之寶的名畫。「呂老師對我的信任讓我非常感動。幾天後我交功課，他點評時稱讚我領悟力強，筆墨有韻味，適合做畫家，日後必成大器。我當時嚇了一大跳，還心想老師是否這樣鼓勵每個學生的呢？」

「老師要我謹記三點：第一，師古。我們要向古人學習，臨摹古人的山水畫；第二，師自然。因為畫山水畫，大自然就是我們的老師；最重要是第三，師心、師我。我們對自己有要求，看清自己的心源，我用我法，自己就是自己的老師。」從此，靳埭強牢牢記著呂壽琨「師古、師自然、師我」的教誨，不敢遺忘。

靳埭強一邊工作一邊進修，1968年在鍾培正老師邀請下進入恒美商業設計公司，擔任過設計師、美術指導及創意總監等職，並於「恒美廣告」成立時出任創作總監。1976年，靳埭強創立設計公司，後來培養後輩劉小康、高少康，創造了靳劉高港深兩地三代承傳的佳話。

此外，1970年他和呂立勛、呂壽琨等一起創辦大一設計學院，教出了不少優秀的學生，包括大家熟知的陳幼堅。大一後來由呂立勛獨資經營，他又曾在理工、集一、正形等設計學院教學和策劃課程，在全國各地講學，並在中央美術學院、清華大學、汕頭大學等專上學府任職客席教授、講座教授、院長等，五十多年來培育了不少設計人才。

創作不應該有公式

作為香港設計大家，靳埭強仍樂此不疲參加不同比賽。「我自小就喜歡比賽。透過比賽，你會知道別人對你的作品有甚麼觀感，越級挑戰絕對是我的興趣啊！國際性比賽可以為世界提供一個量度和客觀標準，別人都說我是世界級大師，那我不就得去爭取一些國際性的獎項來加強說服力嗎？直至今日我也喜歡獲獎的感覺呢！」

有人問靳埭強，如果輸了比賽給後輩會怕丟臉嗎？「不會啊。我做世界級比賽評判時，那些世界級前輩來比賽，如果作品沒特別出色，我也照樣不讓他們入圍啊。藝術圈是很公道的，並非只看你的名氣。如果其他作品比我的更加前衛，那並不代表我的作品不好，只是那件作品更加創新。如果我在那個比賽仍未能突破新境界，那年輕一輩的人獲獎不是很正常嗎？而且他們會更加開心，因為連我這個大師都贏過了啊！這樣想不是很好、很勵志嗎？」靳埭強眨了眨眼，一臉從容地說。

「我喜歡創作，喜歡尋求突破，喜歡做不同的事情。因此我常常自省，看自己的作品是否有所欠缺，即使那條路走得很順，我也會提醒自己應該突破一下，不可以因為某套方法或某個創作方式好，就一直用下去。這種慢慢變成公式的想法最可怕，因為創作不應該有公式，而是要尋求新的方法。」

今時今日身在廣告或設計界的人，提及香港經濟起飛的黃金時代，總會一臉羨慕地跟前輩們說：「你們身處的年代真好，那麼多機會啊！」這種時候，靳埭強總會笑著回應：「但你們現在機會更多、更大啊！」他指出，每個年代的人都有不同機遇，面對的困難和挑戰也不同。「在我們的年代，沒有前輩告訴我們可以怎樣做。就拿廣告界來說，當時我們面對著不同的競爭對手，那條路都是一路嘗試，磕磕碰碰走出來的啊。現在你們有很多前輩做借鑑了呢！」

八十年代內地有本雜誌訪問靳埭強，問他對自己前途的定位。當時他這樣回答：「我的作品是屬於我的；我的作品是屬於香港的，因為我是香港人；我的作品是中國的，因為我是中國人；我的作品是亞洲的，因為我是一名亞洲設計師；我是存在於這個世界的設計師，所以我的作品也是屬於全世界的。」他想告訴年輕人，每代年輕人都有他們的立足點，來到這個世代，香港年輕人應將眼光放至全世界。「不要畫地為牢。作為一個設計師，現在為人設計是不足夠的，我們要關心萬物，為萬物而設計。」

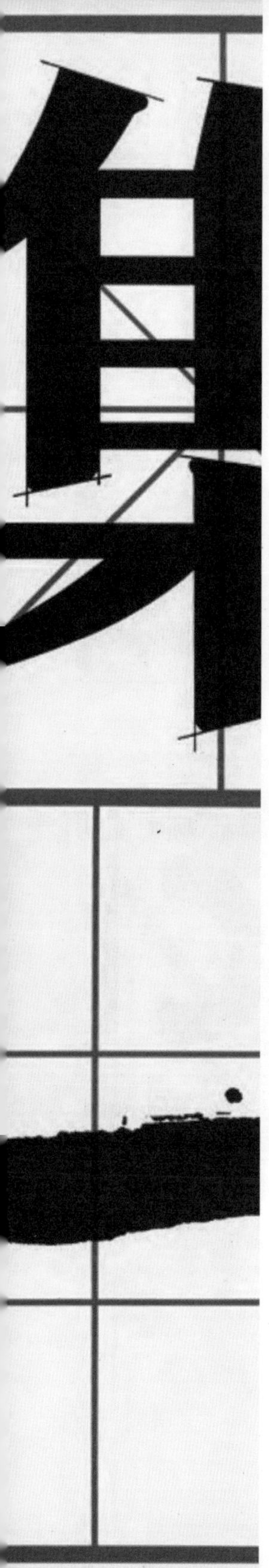

靳叔説：很高興紀文鳳女士和吳文芳先生邀請我在香港電台《乜都有哲學》訪談節目中，與聽眾分享我在藝術與設計創作的生活點滴；又將內容結集成書，更預留篇幅給我補充。我在訪談中已盡情暢所欲言！縱有千言萬語，不如讓我留給在不同年代有緣相遇相知的人，他們選擇和評論我的作品、以及説過一些勉勵的話。其中包括十位後輩在我榮獲香港設計師協會頒贈終身榮譽獎時的獻詞，及多位中外翹楚和前輩在不同刊物中發表的評語。這都是彌足珍貴的評價！希望讀者樂意分享我們的情誼。

十二歲那年，靳叔的香港鼠年紀念郵票已給我上了寶貴一課，何謂創作之可能......

十九歲又在理工設計夜校做了靳叔學生一年。

以後，我就是靳叔（靳埭強先生）一世的學生，而他亦是我一世的老師......

在靳叔身上當然學到創意跟中國文化之當代理念，但這個未必是對我影響最大的部份。他是我認為近代香港（乃至中國）在設計教育至投入，影響數代年青學生的眾人老師。

再送上十面賀鏡，「春風化雨」、「有教無類」、「桃李滿門」……也説不盡靳叔過去半個世紀，對每個新生代起的領導指標之力量。

因其之影響，無形之鼓勵：我過去十多年也算是華人創意教育熱心一員。身在其中，再回看靳埭強老師赤子之心、熱情、無私的為下一代，單是這個態度已經足夠我們業界一再三思，什麼是設計師在名成利就和社會責任，受與施間取得之平衡點。

—— **又一山人（黃炳培）** 2016

歲次壬子鼠年郵票 1972

我曾經在個人展覽中獻給前輩一句話：「我輩應該盡一切能力幫助後輩超越我們，這樣我們的行業和專業才能承先啟後。」啟發我這句説話的人就是靳叔。我和靳叔認識多年，對他非常了解，知道他願意費盡心思和努力提攜後輩，在不同形式的展覽和獎項上都帶給他們無數機會，盡力幫助那些他認為有潛質的後輩，繼往開來，推陳出新，讓設計行業百花齊放，他是眾多前輩中最不遺餘力的一位，對我有很深遠的影響。靳叔不單止是一位有影響力的設計師，更是一位願意幫助後輩的好老師。

—— **李永銓** 2016

集一畫院美術設計課程海報 1977

站在我們東方城市的設計起跑點上的前輩不多，持之以恆又得到鉅大成就的前輩更少。靳先生以畢生努力闢了一個容得下幾代的交棒區，有志於設計的新血才可以朝著更清晰的目標繼續跑下去。

—— **趙廣超** 2016

中國銀行行標 1981

中學時參觀《水墨的年代》，印象最深的是那張宣傳海報，設計師是靳埭強。

靳叔是藝術家、也是國際知名的設計師。他為平面設計師訂立專業標準，還樹立多元的創作榜樣，如設計教育、藝術文化研究等。在推動行業團結和交流更是不遺餘力，也奠定香港設計在華人界別中的地位和影響力。

靳叔始創了大中華地區設計行業的合伙人制已有三代人，可謂傳承之典範。他更以心為教，制定近代中國的設計教育標準，桃李滿天下。靳叔的經典俯拾皆是，如一畫會會展海報，他用毛筆墨線和方格組成「畫」字，將「一」字入「畫」，構圖盡展中國傳統文化的深度，以東方審美和哲學融入創作思維，展現中西融合之美。

—— **盧永強** 2016

一畫會會展海報 1983

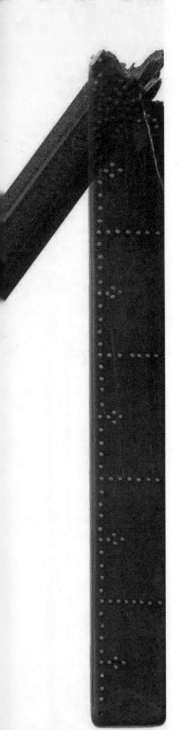

靳叔從事平面設計工作五十多年，他在平面設計的文化、專業及教育各方面均成就斐然。眾所周知其貢獻之大、影響之深，在當代華人平面設計師中可説無出其右，這些都足證他獲此終身榮譽獎乃實至名歸。

但除此之外，作為一個有幸在靳叔的設計公司與他共事超過十五年的員工，我個人對他應獲此獎項則另有額外原因。有説英雄慣見亦常人，似乎偶像光環背後，未必事事與人們的想像一致，故此普遍認為人們應與偶像保持距離，以免影響我們對偶像的印象，甚至有裏外不一之失望！但就我個人多年親身體驗，靳叔在外固然是舉足輕重的設計大師；在日常工作中，他也絕對是一位正直不阿，敬業樂業，對後輩及同事諄諄善誘的好老闆、好前輩，所以大家都稱他靳叔，對他既敬且愛。個人認為，這比單純在其專業上做到出類拔萃更難能可貴，故此能夠把這終身榮譽獎頒發給他，實在是深慶得人！

—— **余志光** 2016

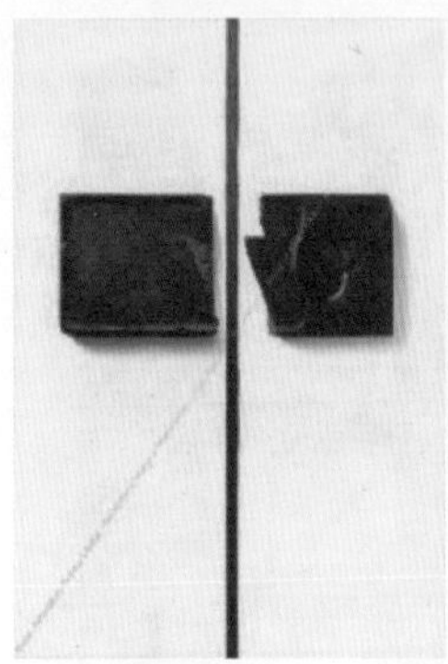
《平面設計在中國》講座海報 1992

當初作為一個設計學生，我常常閱讀靳叔大量著作，從書本中深深感受到靳叔作品的魅力，當年作為一個靳叔員工，我親身體會到靳叔對工作的熱誠與毅力；當我作為一個靳叔朋友，靳叔往往在談笑中流露他那直率的真性情；當作為一個香港設計師，我感恩靳叔為大家奠下華人設計之基石。

—— **林偉雄** 2016

《手相牽》香港回歸紀念銀器 1997

七十年代的包豪斯概念，八十年代回歸中國文化的覺醒與傳承，九十年代對水墨與設計推廣的不遺餘力，以至新世紀仍然勇於求新求變的態度，五十多年不懈。靳叔的設計深深影響幾輩設計師的成長，孕育了屬於香港的設計力量，其影響及至整個大中華和亞洲地區。靳叔對傳統文化的傳承立新，成為大中華地區設計的重要標杆，1996年與台灣印象海報協會交流創作的漢字主題海報系列—文字的感情，完美演繹了傳統文化與現代設計的融合，至今仍然為人所津津樂道，給予後輩劃時代的啟發。

—— **劉小康** 2016

美國《傳達藝術》雜誌
評價靳埭強作品專輯封面1999

靳叔的成就遠超個人藝術與專業的層面；在學術教育、行業推動、社會普及方方面面皆有豐厚建樹，一生提攜後輩無數，如手相牽，有容乃大。

—— **高少康** 2016

靳叔對設計的熱誠，業界的貢獻和支持，是不容置疑的，獲眾多委員支持頒發「終身榮譽獎」，絕對是「實至名歸」。多年來他向協會委員多方提點，反映對協會及業界期望。個人認為這獎項的頒發，是遲了一點，應該早作安排！

—— **陳超宏** 2016

對我而言，傑出的設計師除了在自己的專業範圍達至一流的水平外，更重要是能透過自身的能力，回饋社會。靳叔為推動華人設計教育的發展，在1999年成立了「靳埭強設計獎」，給予年輕設計師一展身手的機會。

那年剛於設計學校畢業，參加「剛古學生設計比賽」並勝出，在頒獎禮上遇到靳叔，他親切地問起我的近況，還給予我跟他工作的機會。這個難得的經驗，為我日後的設計事業發展打下了穩固的基礎。較早前我受邀為「靳埭強設計獎」作評審工作，過程中，我感受到學生們對創作的熱誠及不斷探索的精神。設計比賽確實是年輕設計師的試金石，更是創作成長必經之路，當中機遇往往意想不到。

AGI (Alliance Graphique Internationale) 2014年大會於巴西舉辦的「Fusion展」，靳叔邀請我一同參與創作一組兩件的海報作品。除了自己的設計外，我亦替靳叔處理他作品裏的英文字體，創作時彷彿回到跟靳叔一起工作的從前。

—— **區德誠** 2016

《融》國際平面設計聯盟巴西年會邀請創作海報 2014

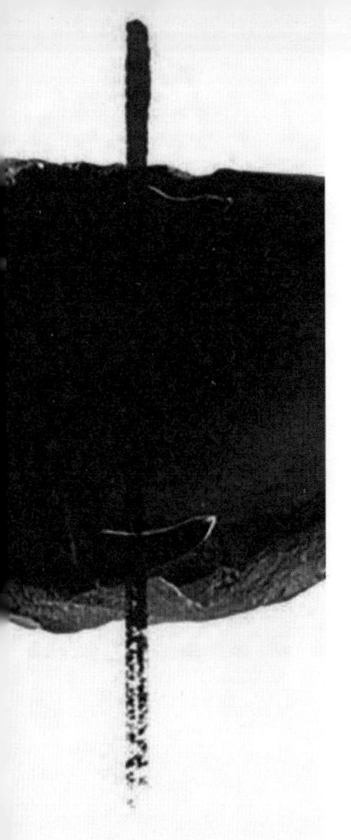

在靳埭強那靜悄的畫面上，常有墨跡遺痕。筆和墨描畫出來的不是什麼繪畫，也不一定是字，只不過是飽沾墨液的毛筆在運走時表現出優美的軌跡來。那些由黑色到灰色以至呈現奇妙的濃淡度，使人感到是東方心魂的躍動，靳埭強那簡潔的畫稿，以蜿蜒游動的造型設計成的海報，雖不奇拔，卻有一種魂縈夢繞，需要發倍投問的依依之感。這就是靳埭強獨特的境界。

—— **田中一光** 日本，1997

節錄自《物我融情 - 靳埭強海報選集》頁6，1998年靳與劉設計顧問出版

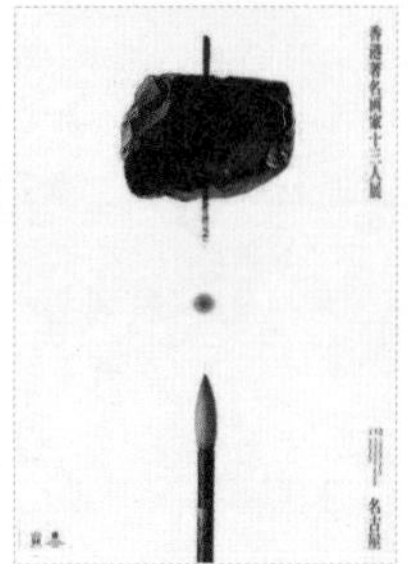

名古屋舉行香港著名水墨畫家聯展 1989

靳埭強在中國出生，其設計活動以香港為中心，在國際上享有很高評價。靳埭強的作品，講求空間構成，一直以來有其獨特的個性。靳氏體內蘊藏著中國的傳統水墨畫藝術，並由此散放出來，成就其作品，在現代設計事業取得豐碩成果。以那東方精神上的脊樑來表徵他的設計品，靳氏筆走留痕，或成其線，或恰到好處地留下餘白，使作品予人清澈輝亮的感覺。

可以人如其作品，因有靳埭強的人品，才有此典雅的海報！

—— **永井一正** 日本，1997

節錄自《物我融情 - 靳埭強海報選集》頁34，1998年靳與劉設計顧問出版

觀看過靳埭強的近作，感覺是簡潔中見灑脱，凜然之氣，充盈於餘白紙面，如清風拂過，予人印象是暖洋洋的......「簡潔」和「灑脱」都是表示遠離世俗的一種簡樸的心境和不沾塵污的智慧，反映出禪的思維。又如「餘白」中充滿了「氣」的流運，是天地萬物中潛藏的一種動力。這種學説，源於道教。而親切温馨的「和心」，則是由「天人合一」的儒教理念所萌生而來的。

靳氏的作品，悄悄地，漫不經心地用那墨跡繪成圓形，活現了由中國嫻熟的傳統文化所編織出來的大自然與人類的調和共存思想。「寬綽中有豐靈」，可見靳氏那顆東方人的匠心，其奥博處教人驚嘆。

—— **杉浦康平** 日本，1997

節錄自《物我融情 - 靳埭強海報選集》頁83，1998年靳與劉設計顧問出版

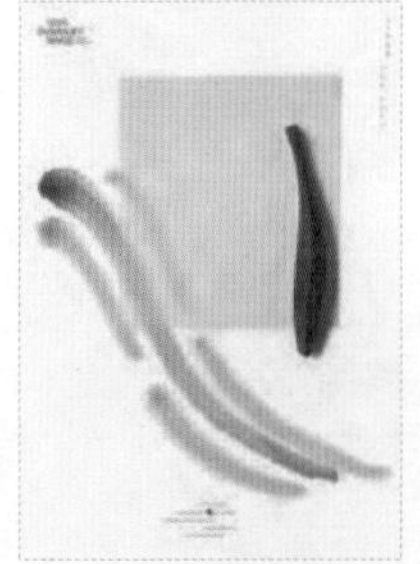

回顧紛陳的歷史，用一滴水墨，一筆滿圓描繪成中國的陰和陽，數千年的歷史，仿彿便成為新時代的表徵，緊扣觀眾心弦。而舊的用具，工具漫不經心地排放開來，令人有生活其中的感覺，顯示出歷史和有人著一種密切的關係。那大片的留白，正是表徵中國未來的光明。觀賞者如被邀進一個新時代。那裏靜謐、清潔、誘人，似要將世人由物質文明引導到精神文明中去。

—— **青葉益輝** 日本，1997

節錄自《物我融情 - 靳埭強海報選集》頁8，1998年靳與劉設計顧問出版

靳埭強是一個擅以簡潔手法創造獨特風格的平面設計專家，把中國傳統與文化帶進現代生活中。

—— **松井桂三** 日本，1997

節錄自《物我融情 - 靳埭強海報選集》封底，1998年靳與劉設計顧問出版。

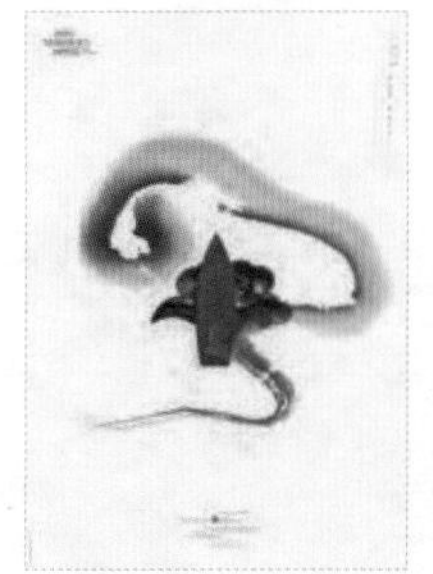

文字的感情—山．水．風．雲海報系列1995

靳埭強先生自六十年代開始從事設計工作，他在設計生涯中發展起來的獨特風格，具有極為豐富的中國文化、東方文化內涵。他將現代設計的法則、材料和技法語言與傳統文化的神韻、意境有機結合起來，使作品散發出濃郁的現代氣息與東方風采，由此，他獲得國際設計界的極高讚譽，不愧為創造了中國氣派的現代設計藝術的代表。

—— **范迪安** 中央美術學院院長 中國，1996

1996年，於中央美術學院舉辦之靳埭強設計展，作品及圖書資料捐贈儀式上致感謝辭。

節錄自《物我融情 - 靳埭強海報選集》頁46，1998年靳與劉設計顧問出版。

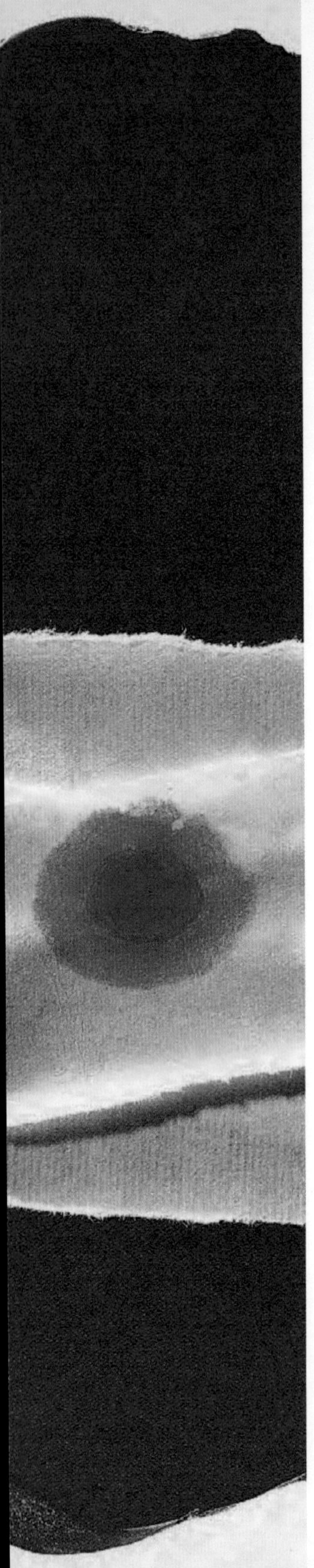

在一些傑出的平面設計師的作品中，有某些特質我是特別欣賞的。簡潔、直接是其中兩種。然而，最重要的是神秘感。這種特質會令人驚嘆，令人沉思。作品的含意不是鐵一般的絕對、顯而易見的，而是讓人隨意理解當中的意義。這種特質蘊含豐富的感情，能誘發觀賞者的思索、聯想，從而把觀賞者帶進作品的思想領域中。它並不會給你一個答案，而是帶出很多很多問題讓你去思考。

靳埭強先生就是一個傑出的提問家。而最卓越的是他的作品能引人注目之餘，又不會嘩眾取寵，失去了作為一件細膩的設計作品所具的內涵。在他的作品中，把攝影、繪畫、書法和諧地融匯起來，效果清新，而且熱熾的打動人心。

—— **Ivan Chermayeff** 美國，1997

節錄自《物我融情 - 靳埭強海報選集》頁30，1998年靳與劉設計顧問出版

德國NOVUM設計雜誌專題評價靳埭強作品 1995

《物我融情-靳埭強海報設計選集》的封面美不勝收，這本目錄的封面，是靳埭強累積十五年經驗，發展一己獨特圖像語言的成果。在很大的程度上，他揉合了中國水墨畫的傳統和攝影及電腦等現代媒介。攝影和電腦製造出來的是今日的形象，水墨畫的技法基本屬於古代，兩者看來是風馬牛不相及，可是卻能和諧地在同一個構圖上並列，沒有絲毫矛盾。

在水墨畫方面，靳埭強算得上是大師了，可是在他的海報和封面設計中，他從沒試過用他的水墨技巧去描繪自然界或其他題材。要談到中國書畫的傳統，一撇墨跡可以引起無窮的聯想。靳埭強的設計的獨特處在於傳統事物和筆墨，以及現代繪畫技巧和構圖手法的對比，不特能引申出無限的詮釋，更令人深深的感覺到傳統知識的豐盈和深厚。

—— **約根· 鐸林** 德國漢堡藝術及設計博物館，2002

節錄自《設計源於生活 - 靳埭強設計集》頁10-13，2002年康樂及文化事務署出版

《物我融情 - 靳埭強海報選集》封面 1998

他是一個很好的人，人如其作，這樣一個獨特的人，有這樣獨特的作品，確是一個獨特的配搭。

中國數千年來的藝術歷史，尤其是傳統水墨畫，再次由靳埭強先生嶄新的手法演繹出來。他精湛的書法運用更是優異的標記。

他所創造的圖像和文字極具美學元素，成功地反映文化，這樣優秀的才華，即使在遙遠的將來，也會得到很高的評價。藝術並沒有固定的形體，像煙霧一樣，他的作品就是在煙霧中成形的意念，在煙霧幻化中，消散了又融合起來。

藝術家就是創造者，或者我們會想創造宇宙萬物的上帝是位藝術家。那麼靳埭強先生的創作是人的一條肋骨，是我們創作生涯的基本元素。

—— **Uwe Loesch** 德國，1997

節錄自《物我融情 - 靳埭強海報選集》頁10，1998年靳與劉設計顧問出版

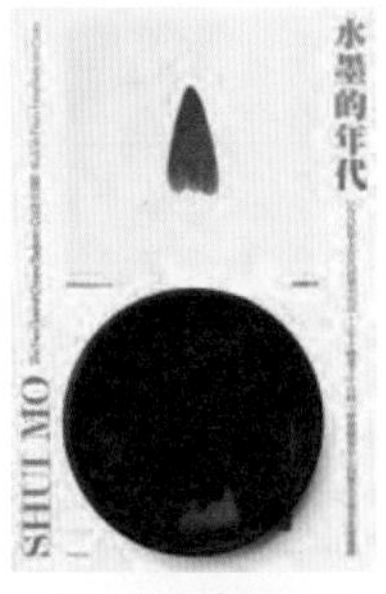

《水墨的年代》展覽海報 1985

靳先生不但待人熱情，而且是一位偉大的藝術家，是屬於那些懂得綜合外形和本質的藝術家。

他的作品最使我入迷的地方，在於它形象純樸，沒有不自然和多餘的細節，他的技藝在於能使用最簡單的方法精煉地表達要點，但又決不令人覺得乏味或平淡。

他經常選用白色作為海報底色，不但充滿詩意，而且加強與每一種精挑細選的顏色的對比，使顏色都附著特別的含意。他其中一張環保海報作品尤其能表現這一特色，那海報上有一塊受了傷的石頭，意思清楚明確。不過，大家不要誤解，他的技藝能達到如此爐火純青的地步，是因為他懂得摘取自己文化遺留下來的果實，而且懂得超越自己的文化、結合傳統與現代特色，接受外來的影響之餘又不理潮流和近年時興的虛浮風格，這就是他最好的創造與創新方法。然而，靳先生不滿足於個人的知名度，他還努力培養新血，推廣藝術，這才是他最大功德之處。這種利他主義精神，使他變為慷慨、和睦的人，而且有待人如己的心，為我們生命帶來更多光彩。

—— **Michel Bouvet** 法國，1997

節錄自《物我融情 - 靳埭強海報選集》頁12，1998年靳與劉設計顧問出版

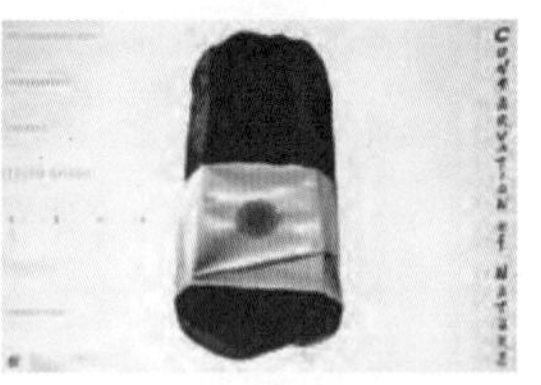

《愛護自然》再造紙推廣海報 1991

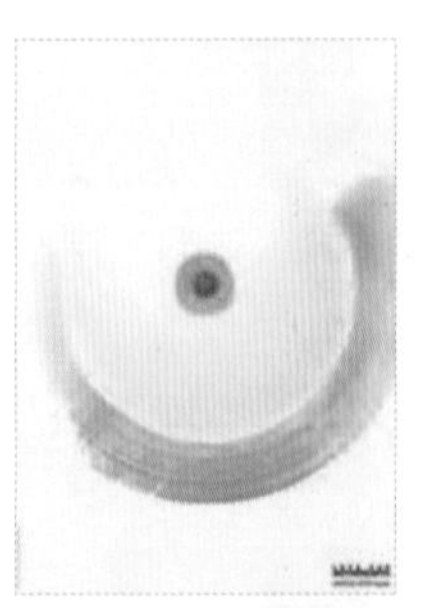

《我愛大地之母》京都國際環保會議海報 1998

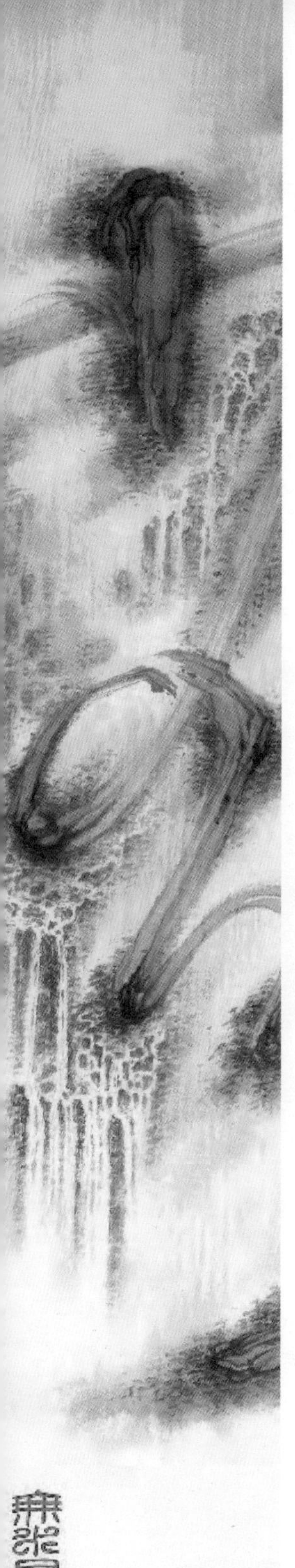

靳埭強的繪畫作風，成熟於七十年代，那時正是香港藝術開始脱離了傳統國畫的範疇，而在現代水墨中，找到正式成為香港藝術首創的風格。一方面，他保留了不少傳統國畫的元素，題材以山水為主，而且還很注重山石的皴法，大膽地創新的構圖、山峰、樹石、雲彩等，有時突出，有時倒置，有時斜列，使他的畫面，十分靈活，而且都與設計的許多原理有關，如對比、繁簡、明暗、左右等的表現方法，都盡量利用，這種中西合壁，國畫與設計的匯合，中國文人傳統與西方商業的合流，正是香港文化的最好代表，使靳埭強成為最能代表香港文化的畫家。

—— **李鑄晉** 美國堪薩斯大學穆菲講座名譽教授，2002

節錄自《藝術緣自心源－靳埭強畫集》頁4-5，2002年康樂及文化事務署、香港文化博物館出版

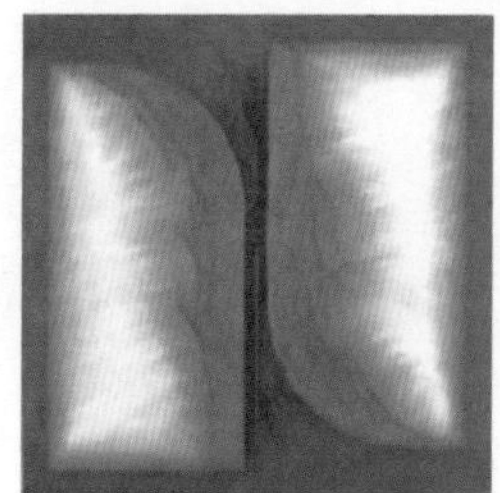
《壑》1974，香港藝術館藏品

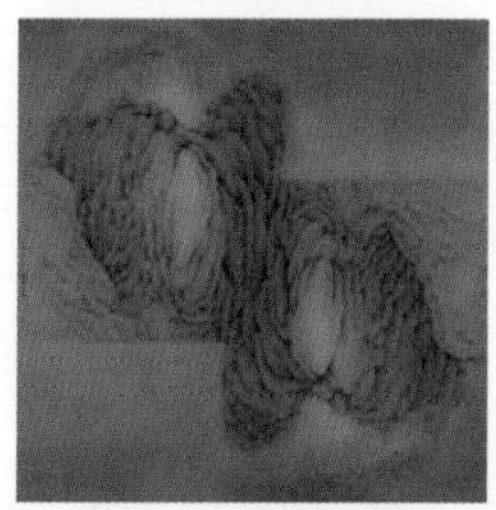
《重岩》1977，香港M+藏品

靳埭強的現代水墨作品卻又真實地令我深感它們與那些我心儀神往已久的中國古典書畫珍品有一種極為內在的關聯。尤其是靳埭強的近期作品，它們似乎保留了更多中國古人的生活態度和精神氣質，與中國的古人「心有靈犀一點通」。這是一種難以言辯的模糊感覺，也許只有時空的過濾才能讓它清晰起來。

這讓我忽然想起一千六百多年前王羲之那句意味深長的慨歎：「後之視今，亦由今之視昔」。我於是想到將來的人們站在靳埭強的作品面前，大約也會有我站在那些中國古典書畫作品前的類似感受。説靳埭強是最能代表香港文化的藝術家，顯然包括很多方面，不只是指他的現代水墨作品能體現中西交融、多元、動感、充滿活力的香港文化的差異性特質，也應包括他的靈活運用中國傳統文化元素和現代媒介圖像，形象清新，意趣盎然，被譽為「存在著張力、和諧及睿智」，並且是留有禪宗、道家和儒家思想痕跡的獨特平面設計風格。當然還應包括他由一個只具二年初中學歷的洋服學徒，通過艱苦的個人奮鬥而成為一個享譽國際的平面設計家和傑出的現代水墨藝術家的傳奇人生故事──一個典型的、勵志的「香港故事」。

《松峰》1991，
英國牛津阿什莫林藝術與考古博物館藏品

在所有這些方面中，最值得探討的應該是靳埭強的現代水墨作品對香港文化之差異性特質的圖像化敍述和對文化歸宿感的強烈訴求。

靳埭強以其新的書法抽象寫意風格「意造雲山」，意在強調全球化語境下的文化差異性，保持文化歸宿感，為這一取向又添新格。這表明立足於本土的生存體驗，自覺延續傳統文脈，巧妙利用民族、民間藝術資源，當是全球化語境下民族當代文化復興的一條可行之路。

—— **皮道堅** 廣州大學，2008

節錄自〈意造雲山意若何 - 靳埭強現代水墨藝術解讀〉，《畫自我心 - 靳埭強繪畫》頁4-7，2008年香港大學美術博物館出版

《無山見山》2010，香港藝術館藏品

1993年，廿多年前我在《意念》40周年世界設計百傑特刊中寫下這段自述，今天讀來這是我最想説的話，只加一句：我還在追尋藝術夢想！

從事設計工作廿五年，設計已成為我生命的重要部分。創作的泉源無處不在，不自覺地從我所見所聞與生活體驗中孕育靈感。我不是天生的設計師，只是自然地從生活中培養潛能。熱愛生活也有助增進我的創造力；無論順境或逆境，我皆欣然感受箇中甘苦。這不但使我領悟寶貴的人生觀，同時予我神妙的創作動力。我渴求在實踐中汲養，不分喜惡，均能助長豐富的想像和開明的觀念，使我常常能獲取不息的創意。設計是我的事業，我的生命。

—— **靳埭強** 1993

節錄自《Idea》第238期1993年5月號（特集）日本誠文堂新光社出版

《無水見水》2010，香港藝術館藏品

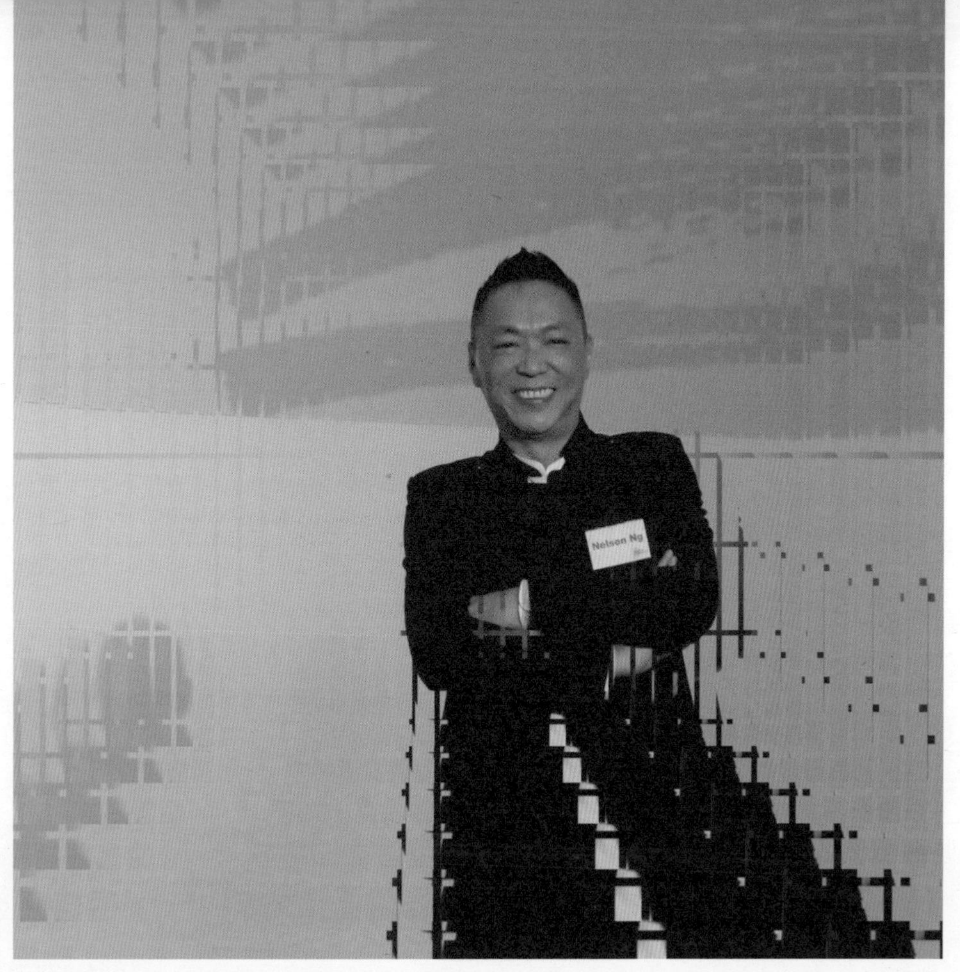

蝕底係著數嘅開始

吳鋒霖

吳鋒霖(Nelson Ng)在廣告界有一個神氣的稱號——「金較剪」。這邊廂客戶和導演在為幾十秒的廣告片內容爭持不下,客戶眉頭緊鎖露出不滿的神色,導演氣呼呼的隱忍不發,雖然有公關在旁淡定地露出微笑說著得體的話,氣氛仍顯得有點尷尬;那邊廂Nelson豎著兩耳一邊沉默不語地聽著兩邊的機鋒,一邊「咔嚓咔嚓」幾下,「嘷,將這四格移去這裡,這四格移去那裡,問題不就解決了?」一場硝煙頓然消失得乾乾淨淨,兩方人馬隨即又熱絡起來,哪有剛才似乎一言不合就要決裂的模樣?

「那時候我太忙啦，想快點搞定事情罷了。外面的客戶像排街症那樣，一大條人龍在等著你做事，我一定要快些搞定手頭上的項目。你們明白的，在那種場合，雙方你來我往難免會有很多廢話，我只是想將那些廢話縮短，所以在聽他們討論時便思考怎樣符合雙方的期望，同時開始動手。當兩邊都說完自己的想法，就把剪好的版本往前一推，搞定！」Nelson聳聳肩，說得輕而易舉，但他這種快速洞悉人心的準確度和敏銳度，可不是普通人能夠擁有的。

和他合作過的資深導演回想當年時，也不禁歎謂：「客戶是上帝，在導演想極力爭取保留一些畫面或構思時，廣告公司的人無法和客戶對著幹，往往秒速噤聲。這個時候，Nelson就會像超人般出現，問題迎刃而解。這也是廣告界中不同角色碰撞時產生的化學反應，有時客戶不相信導演和廣告公司的眼光，但會相信這個『較剪佬』！」

一旦愛上 甚麼都可能發生

業界裡的人總打趣說Nelson有時比公關更像公關，說他是一個能夠堅持自己宗旨之餘，又十分懂得公關手腕的人，在擔當客戶和廣告公司之間調解員的角色時，還可以讓雙方都覺得如沐春風。Nelson聞言不禁笑說：「那前提也是我真的懂剪片嘛。」眼快手也快的Nelson，並非科班出身，而是博採眾長，擁有扎實功力的紅褲子。

他剛加入廣告界時只是一名雜工，唯一的光環是有個當時在香港鼎鼎大名、現時已榮升殿堂級廣告導演的同胞哥哥吳鋒濠（Louis Ng）。Nelson出生及成長於澳門，其時剛中學畢業的他不打算繼續升學，哥哥看著仍一臉懵懵懂懂的幼弟，索性介紹他到友人開設的後期製作公司工作，但並沒有為這個親生弟弟大開綠燈，而是讓他從雜工做起，負責斟茶遞水、送貨等雜務。

如今的Nelson回想起當初年少不知愁滋味的自己時，也不禁感恩地說：「我是比較幸運的人。」入職不久，他便與年齡相若的夥伴打成一片，雖然趁熱鬧報讀了大一設計學院的夜校課程，但當時還沒為自己立下甚麼成為剪輯師的人生目標，只是平平常常地過了兩年日子。不過，在行業精英集中的公司工作就是一份幸運。在耳濡目染下，他對剪輯產生興趣並開始鑽研相關知識。「每天下班回到家或放假沒事做，我就借同行或國外的廣告片來看，拓闊眼界，學習不同的手法。」Nelson永遠都記得那種沉浸於學習喜愛事物的喜悅。

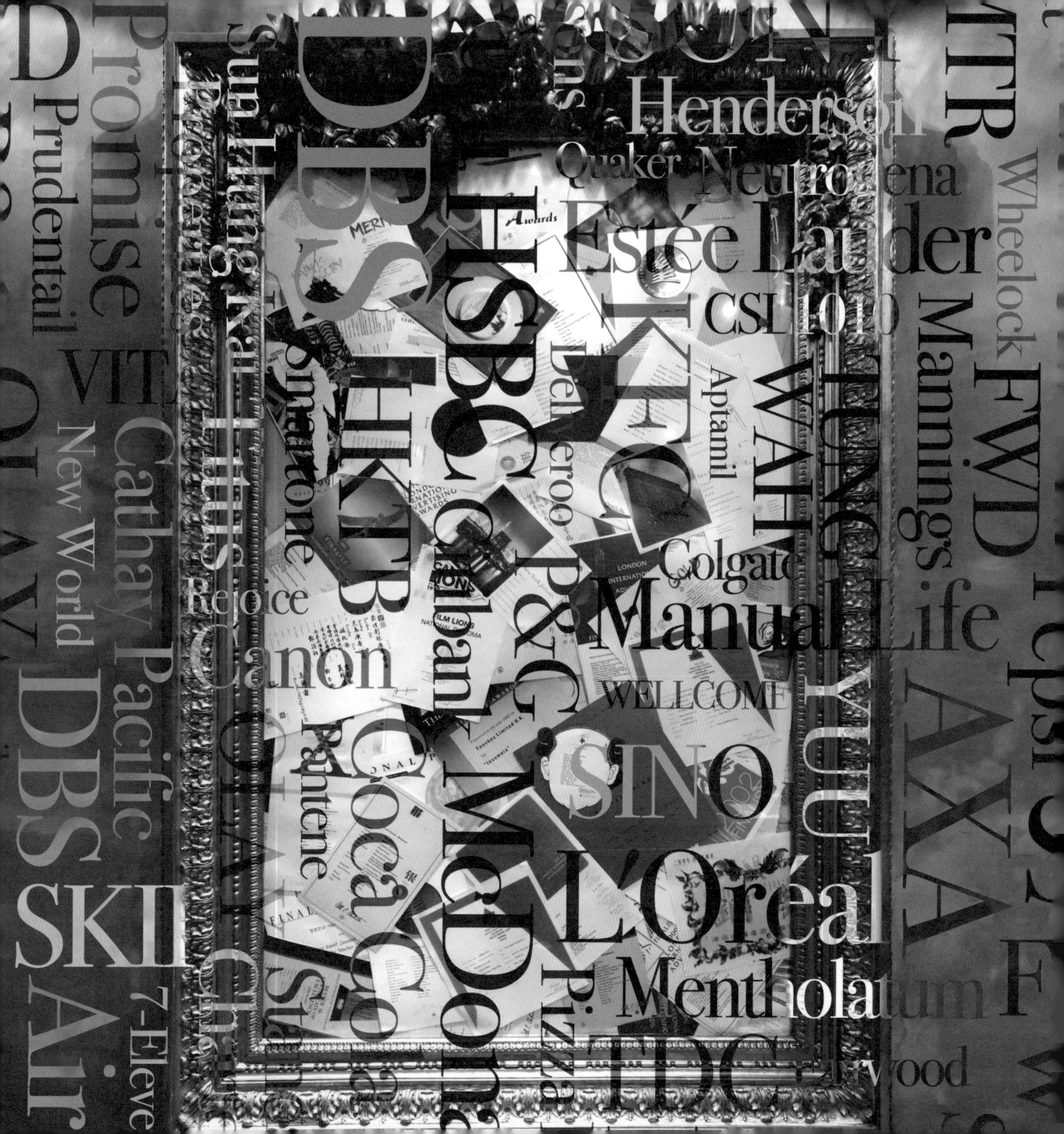

Henderson
Quaker Neutrogena
Estée Lauder
CSL 1010
Colgate
Manual Life
WELLCOME
SINO
L'Oréal
Mentholatum
Rejoice
Canon
SKII

「一旦愛上了，甚麼都可能發生。」

由接觸、學習影片剪輯，到真正可以獨立動手，入行五年後，Nelson終於正式成為剪輯師。在數碼拍攝技術面世之前，菲林拍攝不止考驗導演的硬功夫，對剪輯師也同樣極具挑戰。「我們在剪下去之前就要有完整的構思，不像現在可以用電腦調前調後。剪錯是可以修補的，但如果將菲林剪得太散亂，會讓人產生『哇，這技術太低了吧？』的質疑。」

被問道如何能在芸芸眾人中脫穎而出，他毫不遲疑地說：「一定是經驗。」Nelson總會抓緊每個機會學習，「那時互聯網還未盛行，每到新的地方或遇見新的人，我就會厚著臉皮問人家有沒有甚麼作品或參考片子給我看。我真的十分喜歡看這些呢！」他笑指，自己剪輯過的片段鐵定有過萬條，合作過的人也比一般同行多，從中學到不少知識，逐漸積累了經驗。「年輕時過得很簡單，有工作就做，每天做十幾小時，回家後就睡覺，日復日，年復年。」

對於有些人來說，剪輯的過程是重複、苦悶的，但Nelson從來沒有這種感覺。「看看導演拍了甚麼內容，有多少材料就用多少材料，再構思一個主題去包裝。跟廚師做乾炒牛河那樣簡單吧？」說到這裡，我們大概明白這位金牌剪輯師，為甚麼在年僅二十八歲就乾脆辭掉工作開設自己的公司了。

壓力就是動力

Nelson具有極強的邏輯思維和分析能力，能夠透徹了解導演和客戶的需求，加上他個性「鬼馬」，有趣的主意一個接一個，有時劍走偏鋒剪出令人驚喜連連的效果，因此得到不少導演的青睞。業界有段話說，一個片子拍得好是導演的功勞，那麼剪輯師更要剪得好，才不會辜負這部好片子；如果片子拍得平常，剪輯師能夠剪出好看的片子來，那就是錦上添花；萬一遇到拍得很糟糕的片子，能夠將它剪到正常的質素，那就是剪輯師的實力與功勞了。

Nelson形容，導演和剪輯師的關係，就像情侶談戀愛那樣，要嘗試過，才知道是否有默契。許多導演找Nelson合作，看中的就是他的慧眼如炬，能夠運用一些導演忽略了的鏡頭，令片子變得特別。

「導演每次都嚷著還差一點還差一點，那我就盡力去想到底是差哪一點。心態影響一切。

THANK YOU
FOR YOUR
SUPPORT

有些人會當做功課般應付過去就算，有些人面對壓力就陷於痛苦的情緒不甘不願地做。於我，壓力便是動力。我想做到最好。」他直言不諱地說自己就是個「唔衰得」的人，「人在毫無辦法的時候才會逼於無奈地『衰得』，所以在你『衰』前，你要改變。跳出框架勇於嘗試和創新，不只是剪輯師應有的質素，更是我們做人應有的態度。」

Nelson的第一間後期製作公司叫Touches，公司標誌是一個手指膜，「意思是magic touch，為每一個製作錦上添花。」而事實上，大部分經過他們做後期的片子，在市場上都擁有良好的口碑，因此Nelson公司的生意一直紅火得很，連澳門也找他做回歸晚會及世界大巡遊的項目。

「有些人覺得我做的東西很有趣。我挺喜歡帶點破壞性、非傳統的做法，例如將很多很多不同的元素放在一起連接起來，這樣做聽來像會過火、出錯，有時卻會帶來很不錯的效果。」

即使萬般忙碌，Nelson也堅持積極去參加不同的廣告競賽。「我喜歡獲獎的感覺，那是市場對你的肯定，也是一種動力。我們曾經獲得很多獎項呢！」他無疑是個很實際的人，縱然公司現時已聲名在外，得到市場和行業的廣泛肯定，他也不放過將公司包裝得漂漂亮亮的每一個機會，期望用獎項留下一個個歷史的印證，將來可以穩穩屹立於時代的變遷中。

做甚麼事都要找到樂趣

這二十年來，數碼科技為世界帶來巨變。Nelson最初專注廣告片剪輯項目，後來開始參與動畫、特技等其他範疇的後期製作工作，他發現，將不同行業的經驗連結起來，那種融會貫通的感覺相當有趣。

當有人說出「現在有電腦的幫忙，做剪輯師比以前容易多了」的話時，他也第一個跳出來反對。「以前做剪輯師不容易，現在是更加多挑戰了！不止要剪三十秒的電視廣告，還因為電腦的先進與容易使用，許多客戶會要求剪輯多些不同版本，以供不同場合、不同媒體及平台播放呢！」

問Nelson在這幾十年間是否產生過轉行的想法，他堅定地搖了搖頭。「我曾經有退休享受世界的想法，現在則處於半退休、半工作的狀態，盡情去做自己喜歡的事情。因為

接觸到很多不同的平台和資訊，生活甚至比以前更忙碌，但我就是喜歡這種感覺。」在談笑風生中，Nelson 流露出一股輕鬆和自信。

「無論做甚麼事情，你都要從中找到樂趣，就像談戀愛一樣，如果毫無樂趣，還不如轉身離開，你說對吧？」他續透露，現時自己正在研究 NFT（Non-Fungible Token，非同質化代幣）交易市場，「為甚麼我要研究這些呢？我想我的人生繼續做一些有趣的事；我想緊貼時代，跟子女、年輕一代溝通得上。」

他坦言，新媒體是屬於年輕人的世界，自己未必可以完全跟得上，但「盡力去做」這個態度是屬於他自己的。「我喜歡接觸新的事物，願意去了解不同階層的人的想法，從中可以學到很多不同的知識。」

對於現時的年輕人普遍對生活及前途感到迷惘，甚至帶著點焦慮這個現象，Nelson下意識地坐直了身子，正色道：「如果不清楚自己的心意，我們不妨先發掘一樣自己喜歡做的事情，只要你愛那樣事物，願意投放時間去鑽研，一定可以做得好。身處發展完善的國際都市，我們便得更加努力。不要怕『蝕底』（吃虧），愛你的工作，你已經贏了一半。」

性格改變命運。Nelson自言是外向、隨緣的人，接觸到認為有趣的東西，就會盡力去做。他笑言自己已沒再去想退休這回事，「我有很多很多夢想，我的夢想每天都不一樣，但有一點是無論如何我都會堅持的，就是活得開心。」

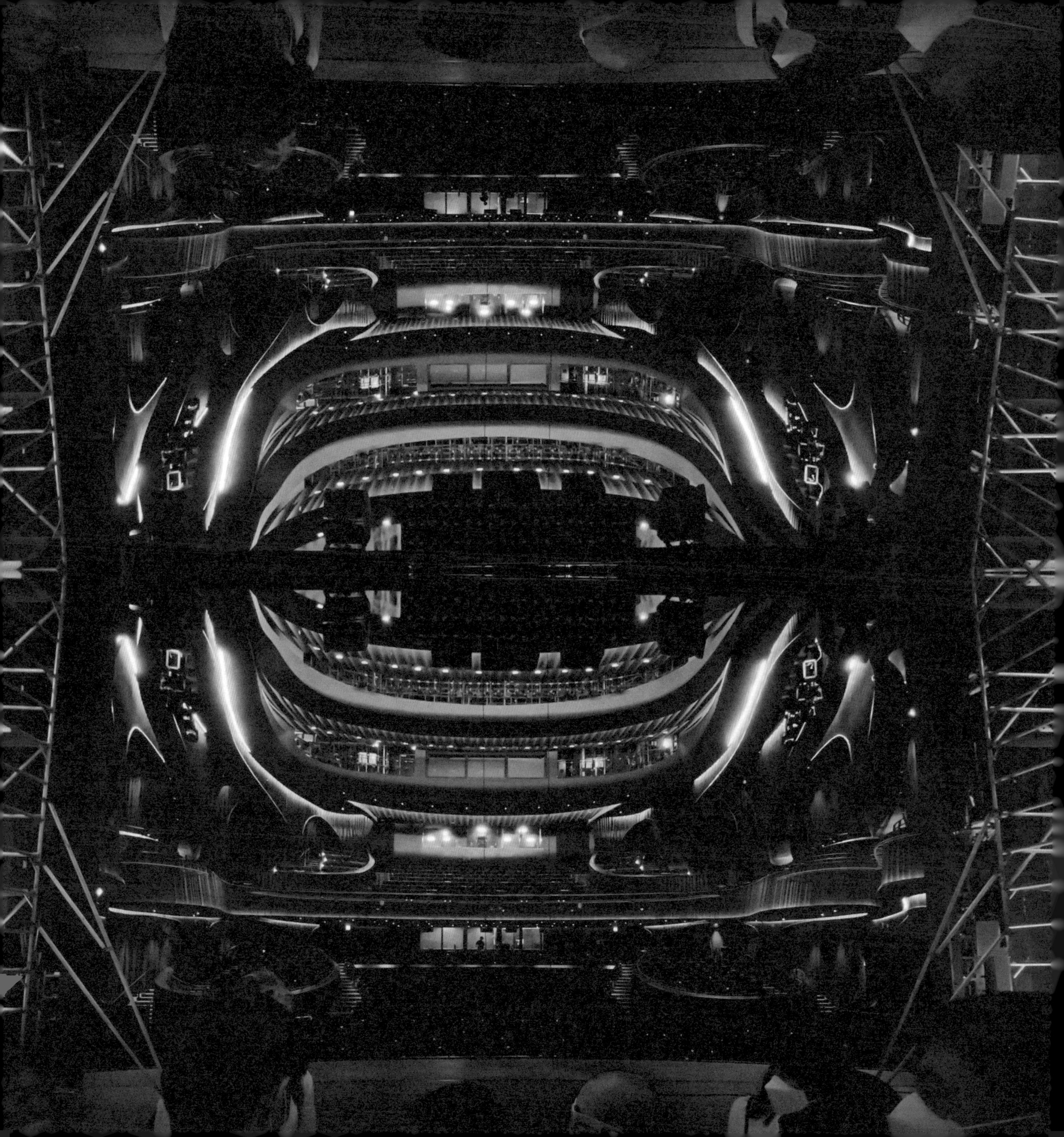

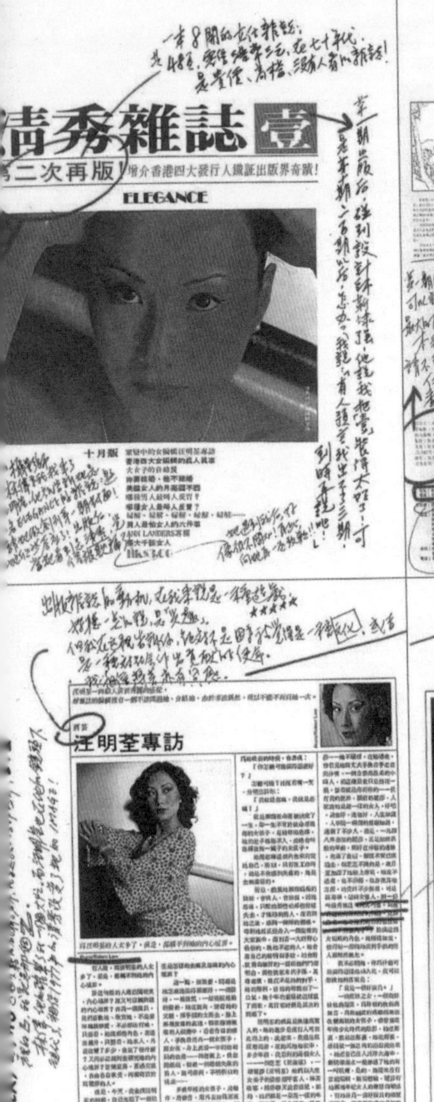
清秀雜誌 壹
第二次再版！增介香港四大發行人攜証出版界奇蹟！
ELEGANCE
汪明荃專訪

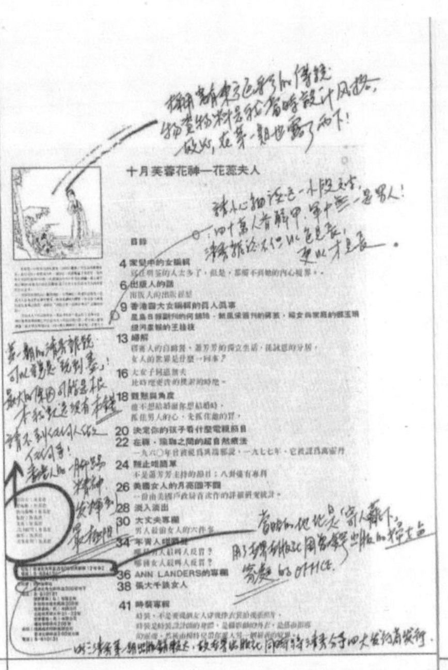
十月芙蓉花神—花蕊夫人

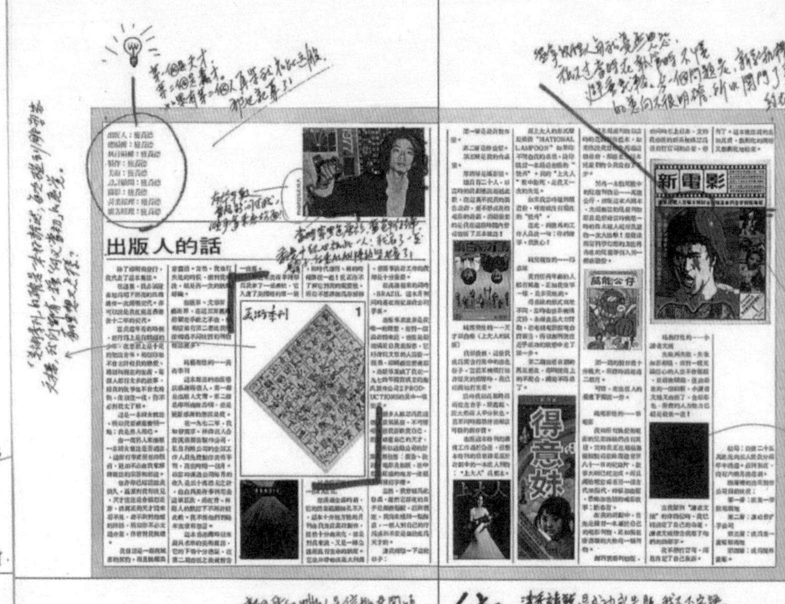
出版人的話
新電影
得意妹

STYLE
時式

Jessica

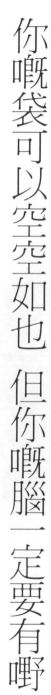

施養德

你嘅袋可以空空如也 但你嘅腦一定要有嘢

「謙卑發自內心就好，我的嘴巴可從不謙卑。如果你連打嘴仗都贏不了，連說要贏的信心都沒有，更遑論你的人生了，對吧？」幾十年來，施養德仍是那副天不怕地不怕、張揚而從容的模樣，告訴天下人他一定是最好的，沒有之一。

「我可能是生逢其時吧？我在菲律賓那段時間，是菲律賓最興旺的時候；我在七十年代回來香港，那個年代又是香港最好的時候；2002年去上海的時候，正好是上海開始發達的時候呢！」當自小家境就相當不錯的施養德這樣說時，如果你從沒細心品味過他的故事，大概也會因為這番話，以為這個幾乎三十六行都混過、嘴上不饒人的非一般藝術家能夠有今時今日的成就，只因為他是時代的寵兒。

施養德出生於福建泉州，成長於香港，家族在菲律賓經營鋼鐵生意，父親掌管公司財務大權，這樣良好的家庭背景和看似順遂的人生教世人羨慕，卻也總會讓人下意識地忽略他堅韌的心境和背後付出的努力。施養德對這一點倒是看得明明白白，沒有刻意擺脫富家子的身分去尋求旁人對他的認同，只要自己過得快意便好。

堅持做自己認為對的事

天下的藝術家都將追求藝術成就列為人生目標，生怕世人將自己打上滿身銅臭的標籤，施養德卻從不掩飾自己對金錢的重視。他大大咧咧地說：「小時候見到畫漫畫可以賺錢，我便跑去畫漫畫，那些有獎品的填色比賽我也不會放過。後來見到藝術大家的作品可以賣成千上萬元，我心想，做藝術家不錯，既好玩又賺錢！我最初就是奔著一張畫可以賣一千、二千、二萬、三萬、十萬甚至更多去的。嘩！只要你做出了成績，不愁賺不到錢，於是我就立志搞藝術啦！」擁有優渥的家境，搞藝術應該沒甚麼負擔吧？事實並非如此。

施養德的父親希望培養他打理家族生意，但這個有點離經叛道的兒子主意大得很，到了菲律賓後說想做藝術家。恰巧這個父親是玩樂人間的性格，抱著一丁點打賭的心態放開了手，看兒子跌跌撞撞可以做出甚麼來。施養德高高興興地等待大學開學，然而第一天上學，他看著班上的同學和教授大失所望，決定輟學。「這班人看著完全不像藝術家，我一定學不到甚麼東西。讀大學要用四年，不如你給我兩年時間，我現在就想做藝術家。」父親聽完孩子這句任性的話，竟然也只是雙手抱胸挑了挑眉，說：「好，但我不會資助你一分一毫。」

於是，施養德千辛萬苦搞定租工作室、買畫布、買顏料的開支問題後，第一年卻甚麼也畫不出來。不認輸的他卯足了勁，在第二年自學了四年的大學課程。「我有一點點天才吧。只用一年細心鑽研了四年課程的知識，研究著名畫家成名及畫作可以賣得昂貴的原因，再結合當時世界潮流的走向，最後決定用一年時間畫Op Art（Optical Art）視覺藝術，並加入中國人『禪』的元素。」此時的他還不忘稱讚自己的聰明才智。

Long before the Luz Gallery introduced the work of a new talent named Alan Yongder to Manilans last October, we had heard his name bruited about by gallery-owner-painter Arturo Luz and the handful of serious young artists like Chabet, Galang, and Aviado, who form the new spearhead in that gallery. "The first Op painter around," we were told, although the advance notice sounded more like "the latest model."

Still reeling from the retinal assault of the large "Responsive Eye" show in New York's Museum of Modern Art early last year, the most drummed-up gathering of works by leading Op artists all over the world, we couldn't help feeling disheartened by what at first seemed like one gallery's dogged determination to made Manila appear that it is not suffering from a cultural lag.

But on second thought: the frontiers of visual art expression have become an international concern through increasingly improved channels of communication, with nationalistic barriers crumbling to the boom of supersonic aircraft. Op art, in particular, transports easily outside museum walls, so to speak suffering less than Abstract Expressionist art when reproduced in glossy art magazines, the only source of inspiration for Alan Yongder, who still has to see the originals of his Op idols, Vasarely and Bridget Riley.

Since not much information about Alan Yongder was available to us except hearsay about his hermit's habits, inability to express himself in English (which turned out to be partially true) and sullen dedication to his craft – and the fact that in his first Op showing he sold fairly well, for a beginner – we decined to arrange for an interview at a Chinese restaurant to find out the rationale of his Op preoccupations.

TANG DYNASTY A.D. 618

Yongder is a shy, spare 23-year-old Chinese alien from Hongkong who admits that his father, a Manila business man, is appalled by his unmercantile turn of mind. When he showed up for a interview, he had been searching for a one-room apartment "with a maximum amount of sunlight" to see his painstakingly drawn Op forms the better with where he hopes to work in solitude and live cheaply, as he was no apparent source of income. Yongder, who has a shock of hair, myopia, and the frightensd look of a fugitive threatened with a shotgun, has been living in Manila for the past five years doing little else except drawing and painting, joinint AAP shows under pseudonyms, and looking at paintings and drawings. He has so far eschewed formal art training, profitable labor, and the posturings of the bohemian layabout.

A loner with a sense of humor and no persecution complex, he has taught himself how to draw well. He brought along a clutch of drawings in pen-and-ink, both figurative (in various stages of abstraction) and nonobjective, which provided some solid basis for his intricate Op paintings like *Red Dot*, a stand-out piece in his show. These drawings reveal a fondness for complicated linear designs and manically jostling geometric forms, boxed-in images, fish-shapes, circles, triangles, dots, punctuation marks, arrows, light blinks, and the many signs and signals of metropolitan traffic and industrial complexes. It is a superurban kind of art Yongder is busily creating: mechanical efficiency and perpetual movement, such as govern contemporary living, Yongder explained, inform the imagery of his paintings.

MANILA TIMES 1966 BY ERIC TORRES

The Luz Gallery

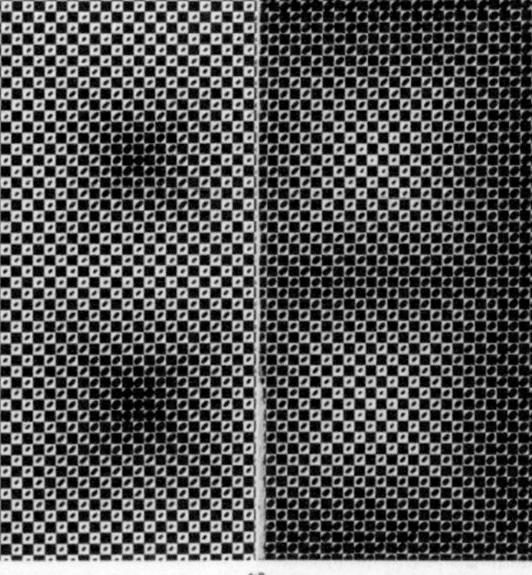

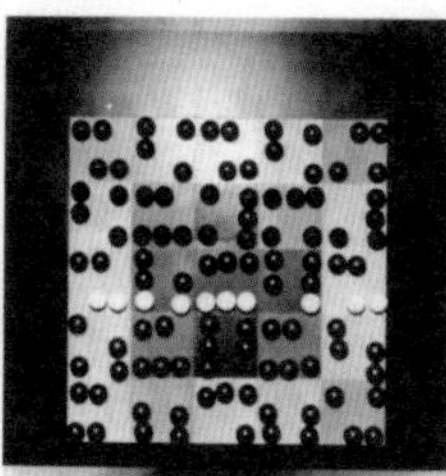

種花那種霜。將掌中的一扇門書了兩道符，鬼跟着精靈、神隨着鳳凰。兩袖皆塵土

Delicate fishbone junks appear and disappear on circles of red, purple and silver, giving the visitor a feeling of being in some way-out magic hall of mirrors at Zie Yongder's one-man exhibition of recent Hongkong prints and drawings, which opened on Friday at the Sally Jackson Art Gallery, Ocean Terminal. Self-taught, born and resident in Hongkong except for five years in Manila, Zie Yongder has been painting since he was ten. He works with acrylic paint on canvas and uses silk-screen printing, creating a small fragile world of careful curlicued little figures and an alternative recurrent theme of a pagoda and garden.

It is stimulating to see, at last Hongkong itself approached with such delicate attention and enthusiasm and with an eye that looks beneath the surface: his boats drift intricately in formal, fascinating patterns of fine ink masts; his gardens become filled with Bosch animals and figures; several of his prints are bordered with Chinese calendars, a formal design which adds rather than detracts from the central theme. By the printing and reprinting of his three or four main themes he manages to suggest the underlying sameness of this huge city where street after street remains frighteningly, neon-lit anonymous, fleets of junks sailing through centuries.

Hongkong appears as a decorative, formal frieze – in the Chinese tradition, but pared down very carefully and gently to the bones beneath – the boats are essentially masts, the streets scaffolding; one feels Mr Yongder has realised that to take a city as a subject means focusing a microscope, section by section.

SOUTH CHINA MORNING POST 1969 HONGKONG

1967

1968

1974

，每一回伸張兩臂，天就此而裂，傾下一大堆你嘔吐遺下的寒瀨，昇起與黑霧交纏

在一個聚會中，幾位朋友聽見施養德想做藝術家，笑說做藝術家一定會餓死。施養德當下便說：「你們看著吧！我一定會在 Luz Gallery 開畫展。」Luz Gallery 是菲律賓著名的畫廊，只會展出現代十大畫家的畫作，他的這句話當然被朋友視作玩笑之談。然而，施養德在那一年默默地畫了二百多張大畫，有天向父親借來一輛六輪大貨車和兩個工人，便帶上這些畫作直往 Luz Gallery 闖去。

早上九時許，天空下著濛濛細雨，氣氛淒淒慘慘的。畫廊接待的女士告訴施養德掌舵人 Arturo Luz 要開會沒空接見他，施養德還在與女士爭取只要短暫的見面機會時，Arturo Luz 剛巧從畫廊裡走出來，同樣抱歉地跟他表明自己要開會。施養德不甘心機會就這樣溜走，馬上表示只要給他半小時就好。

Arturo Luz臉上寫滿了無奈的神色，時而用手支撐下巴，時而敲一敲額頭，時而嘆口氣。施養德頂著壓力，硬是指揮兩名工人將二百多幅編好號碼的畫作一一展開，排滿了大半個畫廊。「叮噹！」此時門鈴響起。Arturo Luz像鬆了口氣般，馬上對施養德說，「不好意思，我不能接待你了，我的客人到了。」

施養德抬頭一看，現代十大畫家之一、菲律賓首富Ayala家族的Zobel先生正緩緩從門外走進來。他被施養德弄出的大陣仗吸引了注意力，問道：「我可以看看嗎？」施養德當然一口答允。Zobel靜靜地看了一圈，問Arturo Luz：「這些畫作多少錢？賣不賣的？」施養德心中一喜，知道這回中大獎了。

就這樣，這位畫壇新秀一下子打入了藝術界。Zobel不僅收藏了施養德的畫，還幫助他參加菲律賓青年藝術家三人聯展，是施養德成為亞洲第一個Op Art畫家路上的第一個貴人。施養德的這段幸運經歷教許多人感到讚歎，但能讓他獲得這份幸運的，難道不是他的樂觀自信、絕對的實力和堅持不懈的精神嗎？「Zobel有眼光，一眼就看得出我是大師級的天才！畫廊一向只放十大畫家的作品，我是十一大喔！」他仍然以一貫自信滿滿的口吻說道。

要懂得主動製造機會

展覽獲得空前成功後，施養德在父親面前總算吐氣揚眉，他再次挑戰父親的權威，說馬尼拉格局太小，想去紐約發展。「父親在外面跟親朋好友吹噓我怎樣怎樣厲害，但在我面前一句聲都不出，刻薄得要命。」施養德撇了撇嘴，嘴裡說著對這個性格矛盾的老父親的不滿，眼神卻流露出別樣的懷念。

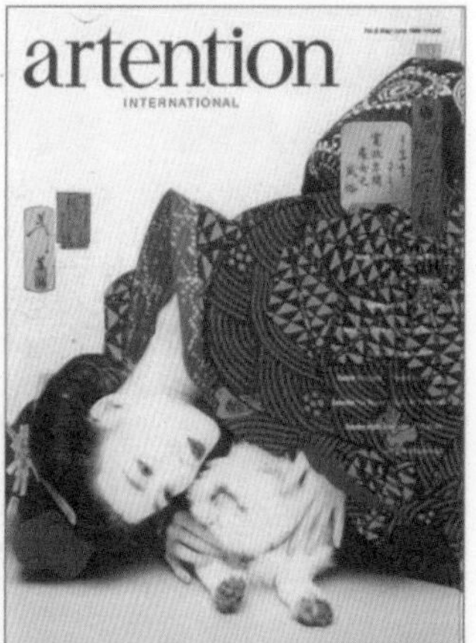

COVER OF ARTENTION. CONCEPT: ALAN ZIE YONGDER

施養德的父親還是揮了揮手，讓兒子去紐約闖蕩，又再留下一句：「你做藝術家就要有藝術家的模樣，別人怎樣你就怎樣，反正有狀況我是不會幫忙的，你自己搞定好了」。於是，施養德收拾好包袱，在去紐約前回了香港探望母親。任誰也想不到，他留在香港開展了另一番生活。「紐約現時最紅是Andy Warhol，如果我當年去了紐約，我一定可以……」言語未竟，誰都知道他想說的是甚麼。

一直順風順水的施養德，在回到香港後遇上了人生中第一個切身的困境。「我原本想在香港賣畫賺些路費去紐約，於是花三個月畫了二十幅畫，放在當時香港唯一的畫廊做個展，最終只賣出一幅。」生活費所剩無幾，施養德開始感到焦急，當朋友提點他英美煙草公司每年都會購買畫作印刷日曆時，他靈機一觸，用一星期畫了一幅香港中上環的街景畫，在建築物上放滿香港地道的標誌、招牌、食物等。

仍然是某個早上，施養德帶著他的畫到達英美煙草公司位於銅鑼灣伊利莎伯大廈的總部，低頭就衝進了一部正在關上的電梯。他看著電梯裡的三個人，臉不紅心不跳地說：「我是一位藝術家，有張畫作想賣給英美煙草公司，請問我應該去哪一層？」那三個人互相對視了一眼，臉上一片驚訝。片刻，其中一人走出電梯，並邀請施養德住腳談話。

那人說：「不好意思，今年的日曆畫剛買了，你明年再來吧。」施養德大失所望，直嚷：「慘了，我著急用錢，要賣了這張畫才生活到呢！」那人遲疑了一會兒，同情地說：「那……可不可以給我看看你的作品？」一看之下，施養德獨特的畫作風格緊緊抓住了那人的眼睛，當場定下要預購他的畫作。施養德拿過那人的卡片一看，那人竟是當時香港最大的廣告公司格蘭廣告的創意總監 Andrew Simpson！

柳暗花明又一村，Andrew Simpson請施養德用他獨創的風格畫一張集合客戶招牌的海報。幾近彈盡糧絕的施養德乘機打蛇隨棍上，問道：「可否先付款給我？」Andrew Simpson呆了一下，哈哈大笑地答應了。「一個人沒錢時是甚麼都可以不顧的。當你要交房租，要吃飯搭車，要做這樣那樣的時候，沒錢真的……」施養德至今仍記得那種因生活困窘而焦頭爛額的心情。此後的他，搖身一變，從畫家變成了廣告人。又再一次，我們看到施養德擁有的不只是運氣，若沒有那份果敢和勇氣，若他沒主動去製造機會，畫壇和廣告界不會有這一號響噹噹的人物。「我作為格蘭廣告的特聘藝術家時，第一次作品就是為香港旅遊協會畫了五張大畫，在東京展出，其中一張被香港藝術館收藏。你們不知道，我真的很厲害……我不會說自己是greatest，我是the best！」一股洋洋得意再次爬上了施養德的眼角，教人忍俊不禁。

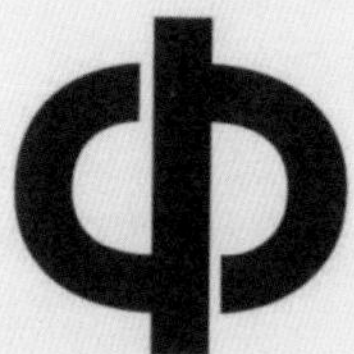

CASH

AN ASSORTMENT OF LOGOS. DESIGN: ALAN ZIE YONGDER. (TOP ROW) LOGO FOR GARDEN BAKERY, AGENCY: CJL ASSOCIATE; LOGO FOR TIME SPACE, A MANAGEMENT COMPANY; LOGO FOR YIP'S H.C. HOLDING, PAINTS MANUFACTURING COMPANY; (SECOND ROW) LOGO FOR TEMPLE D'ART; LOGO FOR CHINA PACIFIC INC., USA; LOGO FOR CITY CULTURE CLUB; (THIRD ROW) LOGO FOR THE HONG KONG ARTIST GUILD; LOGO FOR EAST NET WORK STATION; LOGO FOR HONG KONG PUBUSHING FEDERATION; (BOTTOM ROW) LOGO FOR CELESTRIAL AISA SECURITIES HOLDINGS LIMITED; LOGO FOR CHINA RED, A FASHION COMPANY; LOGO FOR UNITED ASIA ART & CULTURE FINANCE.

做人一定要開心

施養德是畫家，是詩人，是設計師，是廣告人，他還有一個曾經頗為惹人爭議的身分——出版人。「為甚麼我喜歡做出版？其實我是被騙的。」施養德喜歡書香，但更喜歡鈔票的香氣，他聽朋友說書本暢銷的話，賺錢會像印鈔票一樣快，於是一腳陷了進去。

1977年的某個秋日，施養德早了回家，他百無聊賴地躺在床上打開電視，熒幕上正在做當時熱播的肥皂劇《家變》，劇中汪明荃是《清秀雜誌》的主編。「清秀雜誌」這四個字牢牢印在施養德的腦海裡，睡不著的他索性構思了完整的出版計劃，翌日早上就跑到政府報刊註冊處登記了《清秀雜誌》的名字，並一人包辦了編輯、美術設計、攝影、寫作等工作，在短短七日內乘著電視劇的熱潮，出版了同名的《清秀雜誌》，令不少人誤會《清秀雜誌》是電視劇的宣傳品，因而大賣。

施養德坦言，自己是個投機的人，認為甚麼既好玩又賺錢就做甚麼。後來，他陸續將一系列高檔雜誌，例如《Esquire》、《Marie Claire》、《PENTHOUSE》等引入並出版中文版，成立了「養德堂」，曾創下聘請二百人，一個月出版三十二本雜誌的驚人紀錄，涵蓋建築、藝術、生活、旅遊等多方面。天性帶點桀驁的施養德，有人覺得他過於張狂，亦有人說他自戀成狂，他卻對此毫不在乎，向來只在意人生是否「好玩」，也不願承受任何委屈。「那年代的《號外》是一本我認為很有想頭的雜誌，內容尖酸刻薄，非常過癮。但有日看著看著，發現自己竟然成為被批判的對象，將我與當時的巨星比較，質疑我為甚麼那麼自戀……」

施養德對這種莫名奇妙的的針對摸不著頭腦。「我自己創辦的雜誌的確有很多我和明星的合照，我自己過癮罷了，犯著其他人甚麼事呢？於是我找律師狀告對方詆譭，讓他們知道我的厲害！」施養德壞笑了一下，盡顯孩子氣的一面。雙方和解後，他後來還是懷著惺惺相惜的心態，為對方提供了一個對《號外》寶貴而至關重要的建議——改為大本裝。

施養德在養德堂最鼎盛的時候，轉手就把它賣掉。「有人想做，說可以做得比我更加好，那沒問題呀，只要價錢合適就可以。」他有六個人生原則：一，熱情生活，追求生活品質；二，要理性地工作；三，要感性對待友情；四，冷靜地對待政治；五，要有錢消費，沒錢就要努力奮鬥；六，做人一定要開心。

「做人要堅持這幾樣已經足夠。像我這樣，不貪心，不好高騖遠，我又不會想事事都做到多大多頂尖，因為這是沒有可能的。這個世界那麼多人，比我厲害的人太多了……」在訪問的尾聲，施養德終於說了一句謙卑的話。

在視覺享受上獲得前所未有的「偉大」

《號外》在一九八二年四月全面改版革新，以特大的十一吋闊乘十七吋高，在香港每一個報攤搶位置，當時可以說是「獨一無二」

60 年代

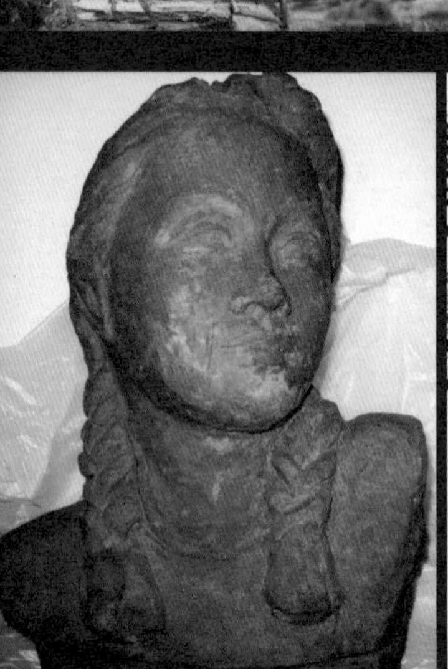

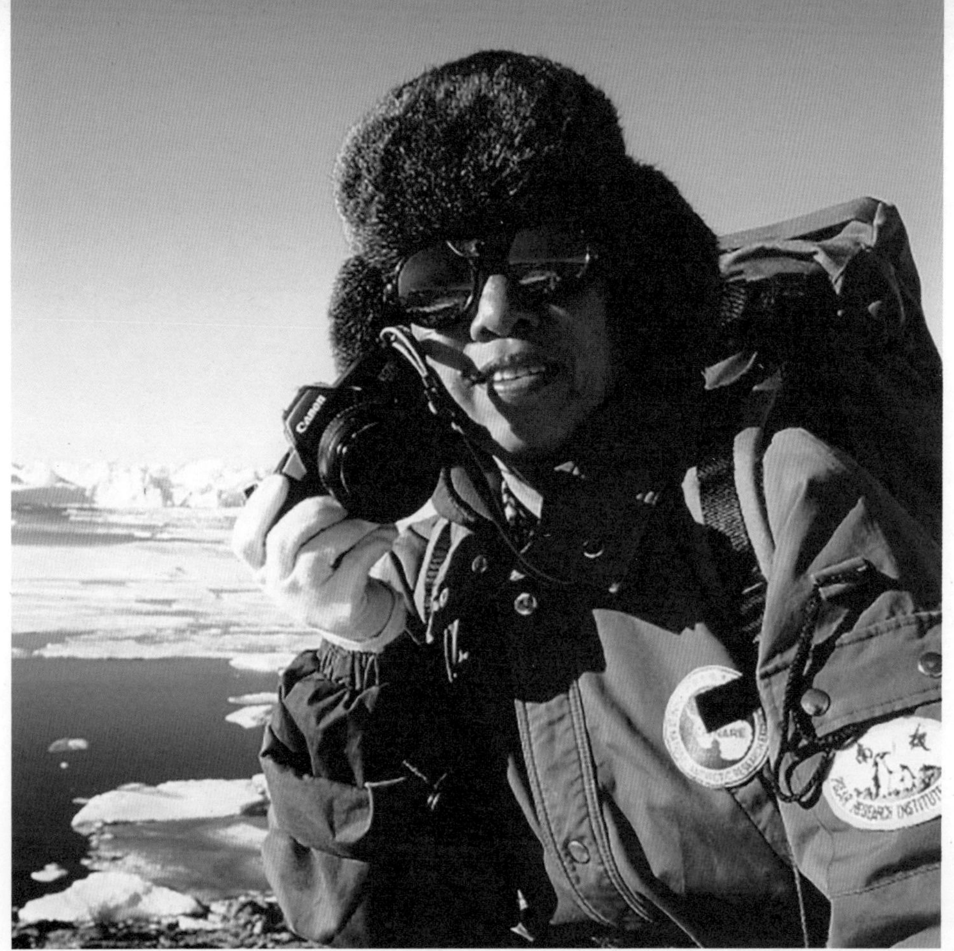

寂寞是最豪華的享受

李樂詩

一頭標誌性的利落短髮，年屆七十八的李樂詩徐徐說起自己年輕時的生活：「廣告人的生活很忙、很多項目要做，而且所有事情都很急。開設計室的那段時間，公司生意很好，不愁生計，又有許多大機構找我設計各類商標，我要不停思考。每次當我離開香港公幹時，飛機門一關，我就非常開心，因為那代表我可以靜靜地坐著至少兩個小時，不必聽公務電話，到達外地也不必理會香港的工作。」

聽她語調輕快地描述著這廣告人都似曾相識的場景，我們才忽然想起，這位以中國第一位勇闖三極（南極、北極、珠穆朗瑪峰）的女性而聞名的探險家，其實同樣出自香港廣告界，心裡不禁升起一股與有榮焉的欣喜。

李樂詩成長於一個平凡、典型的香港家庭，家中有八個弟妹。「我小時候就喜歡看地球儀，覺得地球很神秘，那時已有環遊世界的想法。」喜歡藝術的她十二歲開始學習西洋畫，跟著周公理老師到處去寫生，獨自走遍了大半個香港後，「想到世界各地寫生」的想法越發強烈，「努力儲錢環遊世界」這個念頭從此牢牢存在於她的腦中。

某日，少女時期的李樂詩驚訝地發現，自己喜歡的藝術未必能夠帶她環遊世界。「這門專業可能僅僅夠我餬口呢！」由是，年少的李樂詩雖然滿懷藝術家的理想，卻更知道要放眼將來。她決定，在維持對西洋畫的興趣的同時，學多些在現實社會更具競爭力的藝術才能，於是她選擇了香港理工學院（香港理工大學前身）的設計課程。

「讀設計，那無論是西洋畫、中國畫、木刻、雕塑或其他與藝術相關的工作，我都可學習。」李樂詩在十九歲畢業後，就找到廣告公司的工作，成為全港第一批科班出身的商業設計師、廣告人。「廣告是一門非常鍛鍊人的行業，總要拼了命地趕各種死線，通宵工作更是家常便飯。」她笑說。幾十年過去，廣告從業員還是過著相同的生活。

做廣告要滿足自己 滿足客戶

因為李樂詩心思通透、頭腦靈活，往往能從客戶的漫天需求中一擊即中，滿足客戶所想，廣告公司或公關同事總喜歡帶她一同出席重要的客戶會議。「我就坐在會議中靜聽雙方的討論，客戶表達想法後，再即場將廣告構思畫出來。」省卻了客戶服務主任輾轉複述的過程，加上做事高效率，李樂詩在廣告界工作順利，五年後已自立門戶，成立自己的第一間設計公司，可以更自在地遵循自己的心意做事。更重要的，是她可以加快儲錢的步伐，去實現環遊世界的夢想。

70年代

CONMYCIN
FERCEE
vical-12
price list
tetrachel
col-span

Hong Kong
Singapo
韓国
東洋各地への旅は
CAT
マンダリン

'74

選擇
CHOICE
Miss Universe 1976

孤寂的世界
一個嬌
兩個妙
三個吃不消
四個斷担挑
人口膨脹危機警覺運動
之年華音
Miss Universe 1976

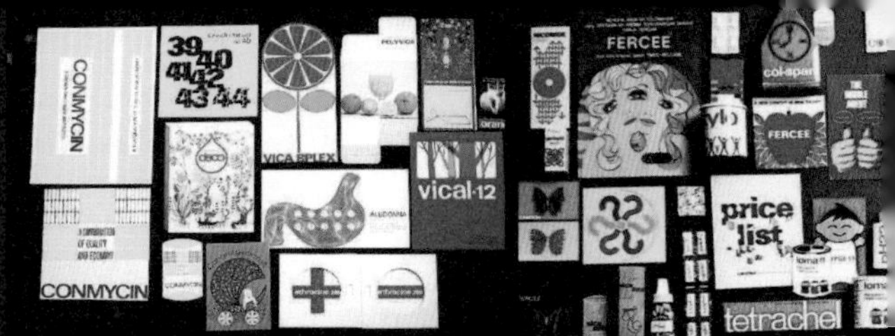

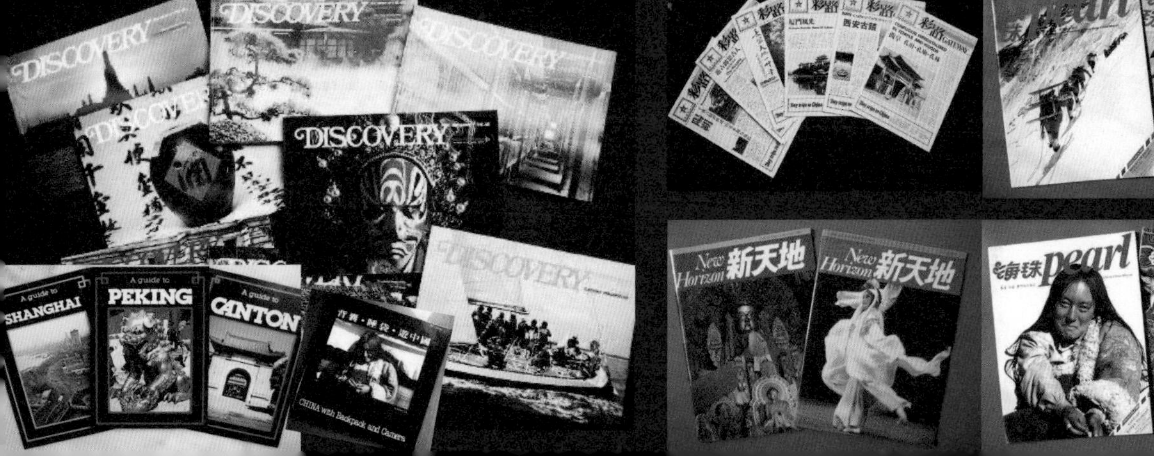

DISCOVERY
A guide to SHANGHAI
A guide to PEKING
A guide to CANTON
CHINA with Backpack and Camera

彩蹈
西安古蹟

pearl

New Horizon 新天地
New Horizon 新天地
pearl
pearl

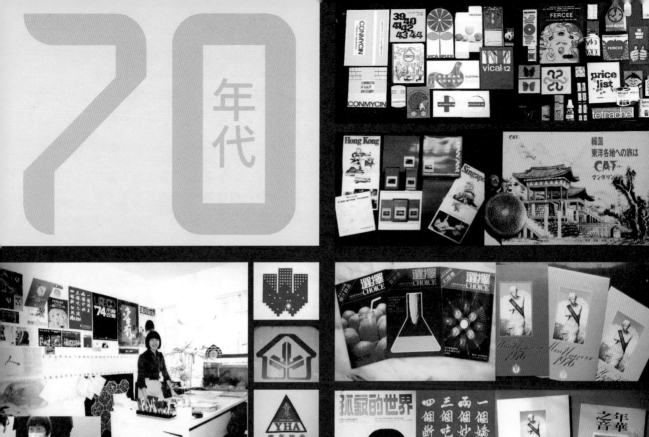

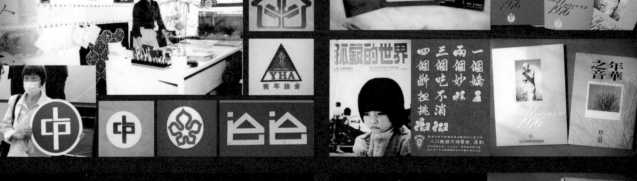

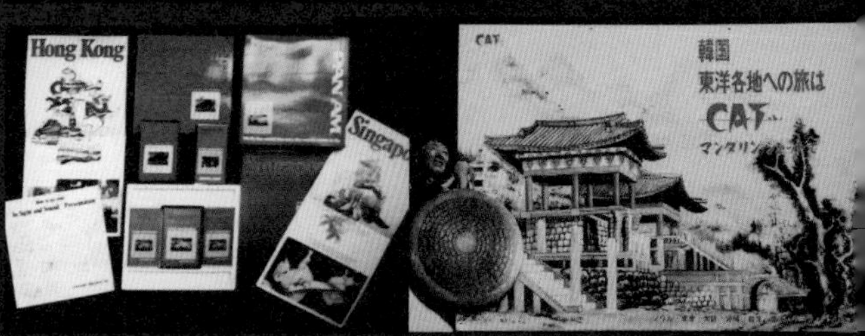

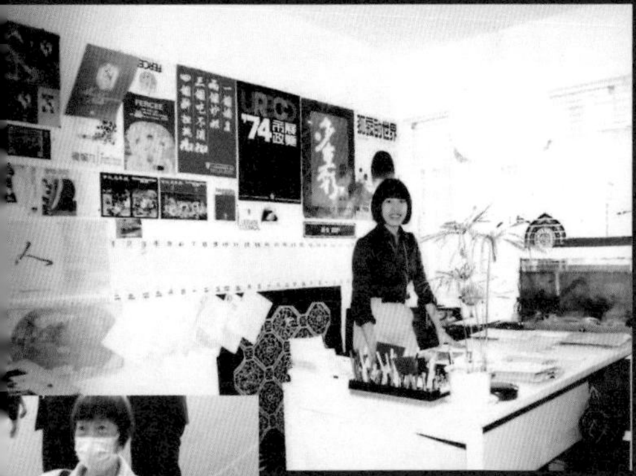

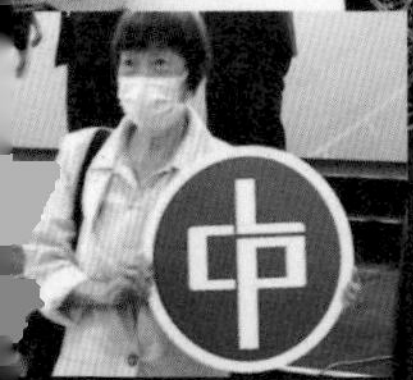

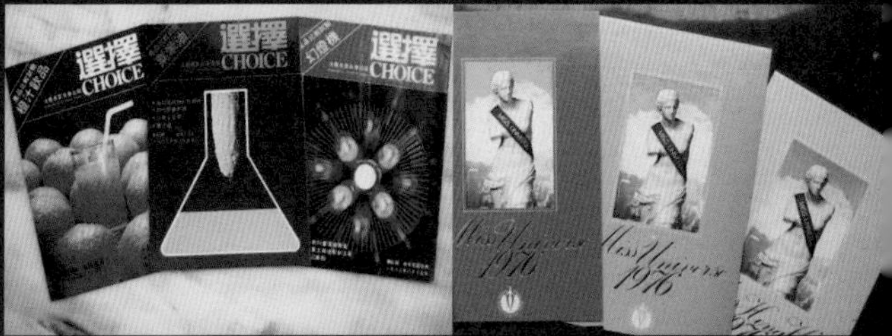

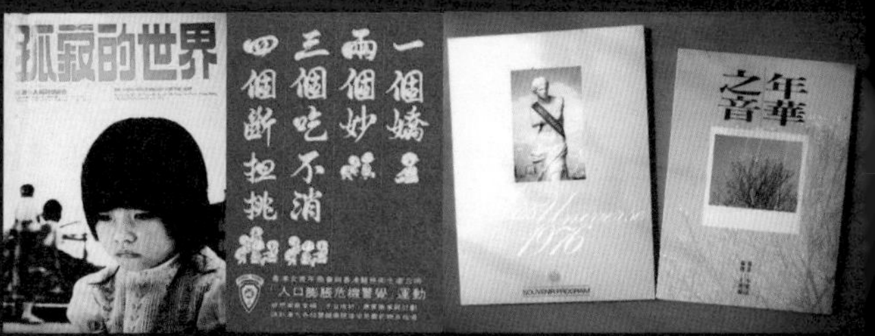

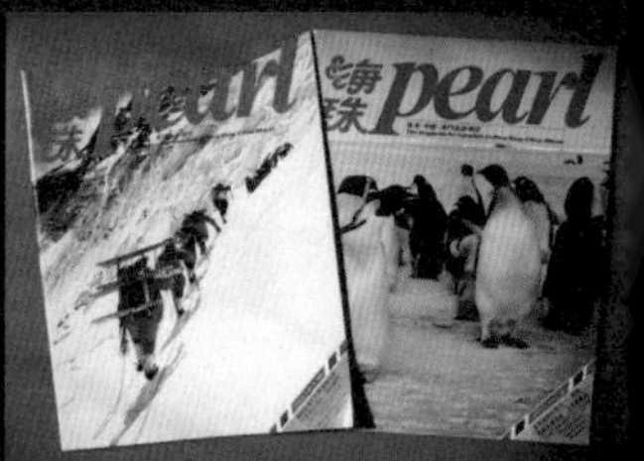

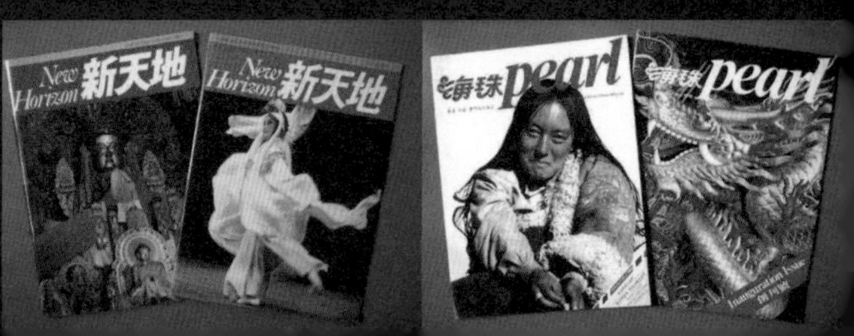

「我對自己要求高，要滿足自己的同時，亦滿足客戶。」自立門戶後，如果是喜歡的項目，加上好的客戶，李樂詩會很快完成工作。相反，如果客戶不好，「我會拖到最後一刻才無奈地把設計交出去。心情跟打工時是很不同的，會比較自我為主。我接項目來做時也並非只看價錢，如果不喜歡，就算價錢吸引我也不想做。」其時在廣告界已闖出名堂的李樂詩，絕對有這份讓客戶心甘情願等待的底氣。

在七十年代，找李樂詩設計商標的價錢較高，當時的市政局、中電、香港賽馬會及海洋公園等大機構都有她的設計。「商業設計就賺多些，慈善機構就看情況，有時甚至不收設計費。」她笑言，若遇上態度無理的客戶，甚至會把價錢再叫高，這種率性令不少廣告人直呼解氣。

作為廣告人期間，因著對環遊世界的熱誠，李樂詩陸續出版了許多與旅遊相關的雜誌，包括1972年出版全港第一本航空雜誌《Discovery Magazine》；1978年遍遊中國神州大地，同時出版全港第一本中國旅遊海上雜誌《海珠》；1979年出版全港第一份陸路旅遊報紙《彩路》等。「我知道自己寫作技巧不夠好，便立即再去進修，在澳門大學讀文史系，又在香港大學校外課程讀新聞系，然後才做出版開始寫作之路。」

李樂詩在廣告界賺取了人生第一桶金後，實踐了自己在三十歲前環遊世界的夢想。此外，她也涉足電影界，為許鞍華的《撞到正》及嚴浩、羅卓瑤、張婉婷等導演擔任美術指導，將旅遊經歷帶進了港產片。人們為李樂詩冠上才女的美稱，她卻說：「我從沒想過自己是不是才女，我只是一步步地去走我的人生路而已。」

人生最好有個時間表

「從小到大，我凡事都一定會有計劃，然後跟著時間表去做事。例如暑假時，我會計劃好早上和中午要做甚麼。早上我一定要去游泳，因為環遊世界一定要先鍛鍊好體魄；然後何時看書，何時做些甚麼……我將自己的人生時間表粗略分為二十年一個。」

在中文大學教授通識課程並以「極地探秘」為課題時，李樂詩總會不厭其煩地跟學生分享人生規劃的經驗。「我會跟就讀大學三年級的學生一起算日子，一年只有三百六十五日，那麼二十年共有七千幾日，但撇除三分一睡覺，三分一吃飯、娛樂、發呆的時間，我們大概只有三分一的時間學習與工作，即代表人生只有二千多天可以學習。在人生的第一個二十年，到底你可以學到多少知識和經驗，去迎接下一個二十年的挑戰呢？」

80 年代

1985, China Antarctic expedition exhibition in Hong Kong
1985年8月在香港之南極展覽

在她心目中，人生的第二個二十年是最複雜的一段時間。「你要經歷追求伴侶、失戀、結婚、生孩子、供樓、供書教學、工作等不同充滿挑戰的階段，如果第一個二十年你不好好準備，將來一定會走得辛苦。所以，在第一個二十年，我們要做好所有方面的準備，包括體能、目標及路線。」

在李樂詩人生剛開始的第三個二十年，她在一次難能可貴的機會下踏足南極，從一片冰天雪地中頓悟人生，從此將餘生貢獻給極地考察。「那是一個機緣。」她回憶道。

李樂詩在上世紀七十年代末環遊中國，拍攝名山大川，採訪不同地方的風土人情，認識了不少出版中人，取得在中國的第一張雜誌社記者證。1985年，當中國南極考察隊在南極建立了第一個科學考察站——中國南極長城站後，中心在機緣下邀請她策劃中國南極考察成果在香港的首次展覽。

用藝術包裝科學

「在環遊世界的過程中，我也曾因為華人的身分遭受過歧視，所以我很希望中國能夠快點強大起來，也想自己可以做一些事略盡綿力。我不是科學家，那麼我就用藝術包裝科學，義務將科學家的貢獻以藝術包裝科學宣傳，讓香港人知道內地的進步。」李樂詩有感展覽的攝影質素不佳，在展覽完結後大膽地向國家海洋局和南極辦公室提出申請，希望有關當局允許她自費跟隨考察隊前往南極拍攝，用鏡頭見證歷史，留下紀錄。

一個月後，中國南極考察隊答應了！1985年10月，李樂詩隨即前往北京接受特訓，包括基本的體能鍛鍊和認識南極等工作任務等，成為中國南極科學家考察隊正式成員及第一位踏足南極的香港女性。

隨著大隊從北京出發，到達彭塔阿雷納斯後，乘坐空軍運輸機到達南極，入眼的盡是白皚皚的無垠冰川，天地一片蒼茫，只見自己的渺小。「我一下子便愛上了這種寧靜。早在我還未開始環遊世界之前，在香港便常常一個人背著背包去爬山，去寺廟等，那時已很喜歡獨處的美好。南極的寧靜對我來說是一種極致的享受，我習慣了孤獨，不怕寂寞，因為我覺得寂寞是最豪華的享受。」

從南極回到香港後，李樂詩想了解北極。1986年7月，李樂詩靜靜整理好背包，帶著相機，一個人踏上北極之旅，初探北極區域。在1993年的第三次北極探險，她終於成功將

90年代

長城站
1985 年 2 月 20 日落成
位置
62°12' 59"S 58°75' 52"W

中國國旗插在北極點上，成為有史以來第一個進入北極圈的中國女性，此後再隨中國考察隊多次往北冰洋考察。

「跟隨中國南極考察隊前往南極考察時，最初是為了記錄，後來我隱隱覺得，南北極的科學考察工作跟地球的未來有極大的聯繫。1990年當我在中國南極中山站時，冰川學家對我說，海灣戰爭機油的污染物，也可飄到了極區，這個認知讓我感到震撼。」

李樂詩拿著相機，跟著考察隊忙前忙後。冰川學家有新發現，她連忙跑過去拍攝；生物學家發現新物種，她又立刻追上前記錄；地質學家採集樣本，她也跟著一同學習⋯⋯「每一個新發現我都緊追不放，就像做廣告一樣，為產品做廣告，你要深入了解產品的每一個特點，才能做出好廣告，不然只會浪費預算。」

1992年，李樂詩跟隨內地科學家登上珠穆朗瑪峰，團隊中有植物學家，有生物學家，有氣象學家，有地質學家，還有登山家。考察隊採集了冰樣化驗，發現海灣戰爭導致油田焚燒後，為地球帶來嚴重的污染問題。「冰樣裡含有大量重金屬，一旦受污染的冰川在溫室效應下融為雪水，會對草木、泥土、河流、人畜產生致命的影響。」李樂詩面色凝重地說。

李樂詩覺得自己要為這個世界做些甚麼。她索性結束一手創立的設計公司，從此投入極地生態和環保事業。「第一代珠穆朗瑪峰探險家給我的照片中，仍有冰川、冰塔林；但我在九十年代上去時，有一半的冰川已消失不見。」

就如當初用藝術包裝科學，李樂詩希望引導年輕人更關注環保議題。她用了十年在中文大學主講「一步一腳印」、「極地探索」課程，吸引許多學生報讀。「現在的年輕人喜歡探索，讓他們到外地交流，便會見到他們的改變。我希望他們知道，我們可以用不同的方法，做能力以內的事情，畢竟全球氣候變化對年輕一代是長遠的挑戰，亦是他們將來要面對和承接的課題。」

作為曾經的廣告人，她希望在有生之年出一分力，繼續用藝術包裝科學，傳達時代的訊息。「現在很多年輕人都十分關注環保議題。我們這一輩做了我們時代的那部分，也是時候將這些經驗都交給年輕一代，幫助他們繼續前進。」

2010
2020

極地博物館基金
POLAR MUSEUM FOUNDATION

南極夢幻
ANTARCTIC FANTASY

三极宣言
THE POLAR DECLARATION
POLAR POWER

極地追蹤
北冰洋

南极追踪
ANTARCTIC TRACKER

沙漠行舟

CHINARE

極地
The Extreme Climate Zones

好玩才不老　老才不好玩

鄧志祥

「寫作是沒法子教的，你需要自己去體會，並非執著你的手去寫就可以。所以，廣告這門專業，其實也是沒法子教的啊。」香港殿堂級文案大師鄧志祥（CC Tang）慢條斯理地說道。聽著他那略帶點玩世不恭、慵懶如舊的聲調，有點閱歷的廣告人不禁失笑，「這麼多年過去，CC Tang還是那個面冷心熱的人啊。」

鄧志祥1980年踏入廣告界，從文案人員做到執行創意總監。他在2005年至2008年於香港理工大學教授廣告及設計專業，2010年至2021年於香港中文大學擔任廣告學碩士導師。認識他的人很難想像，這個總是板著臉的重量級廣告界前輩，明明從前幾乎是行業中情緒化的代表人物，最不耐煩就是與太多人打交道，到底是甚麼原因驅使他兢兢業業地執起教鞭，跑去學院教導一班對廣告充滿憧憬的年輕人呢？

「有師父在廣告業是相當奢侈的事情啊。如果你進入了這一行，有師父肯帶你學習，那一定是非常幸運的事。因為通常一個新人剛踏入廣告業，那就是一個負資產，你甚麼都不懂，甚至是『阻住地球轉』。如果有人肯教你，那個人一定是太過空閒了。」鄧志祥語氣略帶點調侃地說。

在上世紀八、九十年代，即廣告人常掛在口中的黃金年代，廣告圈盛行師父帶徒弟的傳統，但往往是「師父領進門，修行在個人」。「八、九十年代是廣告業的興盛年代，一個人要做幾個人的工作。記得當時沙龍電影製作公司的老闆跟我說過，香港影視宣傳製作等佔亞洲區整整百分之六十五，整個廣告市場都非常繁忙，哪有師父可以完全手把手、專心致志教導新人呢？所以新人往往都要從觀察及實踐中學習。」

現在年輕人雖然比以前容易獲得行業知識，但紙上談兵永遠及不上有人切切實實地教導。也許就是這個原因，儘管對現時廣告業自相殘殺的現象感到失望，鄧志祥仍然帶著一點希望，在十幾年前選擇進入學院與年輕人分享做廣告應有的態度，直至今年年事漸高才離開。

「我並不是人們口中所說的投身教育界那麼偉大，純粹分享經驗罷了。」在鄧志祥眼中，這只是自己作為一名廣告界前輩應該要做的事。就像從前在廣告公司任職時，他認為教導新人、為下屬承擔就是上司應該要做的事。

做ECD不能「大細超」

與鄧志祥同期且相熟的另一位廣告大師吳文芳（Willde Ng）這樣評論他：「我認識的 CC Tang，在工作時會很細心教導年輕人，這在當時是很難得的啊。」許多現時廣告界閃耀的人物如勞雙恩、林桂枝等，都奉鄧志祥為師父級人馬。鄧志祥聽到這裡，仍然擺擺手說：「那時整個行業都很忙碌，老套說句『三人行，必有我師』，你與不同人一起工作，彼此都可以從對方身上有所得著，最重要還是自身的學習和吸收能力吧。」

他反而特別提到吳文芳是自己其中一位導師。「我做ECD（執行創意總監）其實是一件回想起來頗『戇居』的事情，因為我甚麼都不懂。當時在廣告界，可能你文案寫得比較出色，你的廣告作品拍得比較好看，你獲得市場的認同或拿了獎，突然之間就會被老闆召進房間，然後說想升你做ECD 。」鄧志祥坦言，自己聽到老闆的話時嚇了一跳，「我不懂得管理帳目，又不懂得管理班子，服務客人也不太在行，我只是懂得寫文案啊。幸好我當時大膽地去問Willde的意見，他是第一個做跨國公司ECD的華人，他提到的其中一點令我非常受用，至今仍深深記在心中。」

八十年代初，能夠擔任 4A 廣告公司的華人ECD並不多見，兩人惺惺相惜。吳文芳當時跟鄧志祥這樣說：「在廣告公司的創意部門中，有些人會負責較多資源、能夠讓大家發揮創意去爭取獎項的客戶，例如地鐵、電訊盈科那些；但另一些人則負責一些比較民生、工作量大、創意上沒法有太多發揮空間的客戶，例如超級市場等。我們做ECD要記住，千萬不要『大細超』，只關心能夠獲獎的那一隊。如果沒有另一班同事，獲獎那班就沒法心無旁騖去做創意。」那是鄧志祥第一次聽到這種說法，他頓時有種豁然開朗的感覺。上任ECD後，鄧志祥謹記著這點，從不「大細超」，「我不會只和會拿獎的團隊去吃飯玩樂，反而會常常跟另一邊的製作團隊去打甂爐、吃飯、娛樂消遣。」

他跟吳文芳雖為不同廣告公司的ECD，在工作上是競爭對手的關係，兩人私底下卻會互相提點，做好華人ECD的榜樣。在仍未有WhatsApp、Facebook這類型通訊媒體的時代，有一日，鄧志祥用傳真機傳了一張紙給吳文芳，上面寫著做創意總監要注意的幾個事項：第一，別和下屬搶容易獲獎的客戶，否則你會和下屬變成競爭關係；第二，如果團隊拿獎，千萬不要自己衝上去出風頭，應該要讓團隊的所有人上去領獎。

從每一個人身上學習

在鄧志祥的廣告生涯中，另外有一位人物他也特別欣賞。「Kenneth，花名是『大粒瘻』，他是我在奧美時的創意藝術總監，心思非常細密，計劃非常周詳。我做 KCR（九廣鐵路）廣告片時，行業還未開始用powerpoint，要用幻燈機播放幻燈片來演示構思。當時他在演示會場準備了兩套幻燈片和兩部幻燈機，其中一套作後備。那一刻我產生了一種『有這種同事真好』的安心感。你跟每一個人合作、交往，都可以從那人身上學到知識。」

九廣鐵路那條廣告片後來在坊間掀起軒然大波，原因令製作團隊哭笑不得。「民間傳說有靈異事件，那條廣告片的小孩子鏡頭其實是在北京拍的，但因為坊間傳說太厲害，有段時間沙田區、大圍區的學生都不敢上學，我們甚至要上電台澄清呢。」

說到這裡，鄧志祥替當時的創意老闆Ricardo感到難過，「Ricardo是一位很有創意的人，他工作時全程投入，對廣告極具熱情，對我的影響頗大。KCR是他第一條負責的片子，第二條是JOYCE時裝，他在南非拍了一棵樹經歷四季的變化。當時還未有後期製作的技術，我們要在四個季節，前往同一位置拍那棵樹。雖然拍攝團隊叫苦連天，但這個創意拍出來後，效果非常不錯。」

後來，Ricardo還為另一位客戶拍了另一條四季樹的片子。時值九七年前後，許多香港人為未來感到擔憂，紛紛尋找另一條出路。Ricardo這次拍了希臘柏油屋門前一棵樹四季的變化，於片末放了一句 “If change is inevitable, why are we afraid of it?”（如果改變是無可避免的，為何我們要害怕改變？）鄧志祥和團隊都對這條廣告片感到很滿意，「因為廣告語很有意思，能夠引起觀眾共鳴。有時廣告人就是有這種洞察力，一句廣告語，可能無形中反映了那個年代的思想，獲得世界的認同。」可惜的是，這條已拍好只待播出的廣告片，最後被客戶最高當局推翻了。

鄧志祥仍然記得Ricardo當時失望的神情。後來，Ricardo製作的另一條廣告片又因為過於敏感而在最後關頭被客戶禁止播放。「那是一條家品連鎖店的廣告片。一開始的鏡頭頗為震撼，在一個白色的村莊，有個人拿著一罐紅色油漆，油漆一滴滴滴在地上，然後有個小朋友開始髹油，直至整條村莊都變成紅色。」因為創意一再被禁，Ricardo大受打擊之下回了南非，後來不幸英年早逝。「Ricardo在美術和創意方面給我的影響很大，他的故事總是簡單而有深度。」鄧志祥深感惋惜。

海綿效應，遊戲的心

鄧志祥很少接受公眾媒體的訪問，關於他的故事，年輕一代總要在行業大哥大姐的對話或訪問中才略知一二，但如果說黎明為和記電訊拍的「要贏人先要贏自己」、「我係咪好任性？」「係！不過係我揀嘅！」這些廣告金句全是出自鄧志祥的話，大家多會立刻露出恍然大悟的模樣。創作出深入民心廣告金句的鄧志祥，原來並非科班出身。他大學主修藝術，副修音樂，畢業後加入麗的電視當助理編導，後來到政府做公務員，再調職至港台助理節目主任。

「當時負責做政府公益宣傳片，生活實在太沉悶，因緣際會去了奧美做文案，薪金從六千驟降到一千。後來在廣告業體會了一把『魚唔過塘唔肥』的經驗，做幾年換一換公司，薪金才有上升的空間。」鄧志祥笑笑說。

「關於做廣告，Playfulness、Passion、Persistence是我一直以來的態度，中文可以『海綿效應，遊戲的心』這八個字來表達。『海綿效應』，顧名思義是在任何時候，你都要有甚麼都想吸收、甚麼都想認識的想法，將知識儲起來，慢慢就可以建立屬於你的資產。『遊戲的心』，是指工作的時候你會覺得好玩，你會全程投入去享受，不會覺得那是一項『工作』。」如今的時代轉變如此快，鄧志祥坦言，現時已沒人預測得到下一個趨勢會是怎樣，「現在的情況是，當一個新潮流出現時，人們會發出『嘩，廣告原來可以這樣做？』的驚歎，又或者產生『這樣也可以嗎？』的不解。」

話雖如此，他覺得無論將來的廣告是以甚麼形式出現，只要抱持「海綿效應，遊戲的心」為原則，就能夠製作到優質的廣告。「做廣告還有很重要的一點要留意，我們要給觀眾一種令人豁然開朗的感覺，讓觀眾有不同的得著，可以是情感上的、知識上的，可以是催淚的，或有趣的，總之你要有一些東西給予觀眾。」

在廣告界打滾了大半輩子，鄧志祥決定今年停下來，放下教鞭。「一來自己年紀大了；二來時代與以往不同，許多新形式、新知識，應該留給更稱職的人去教呢。好玩才不老，老才不好玩。健康會變，潮流會變，價值觀會變，心態會變，只要忠於自己，人生就是美好的。」

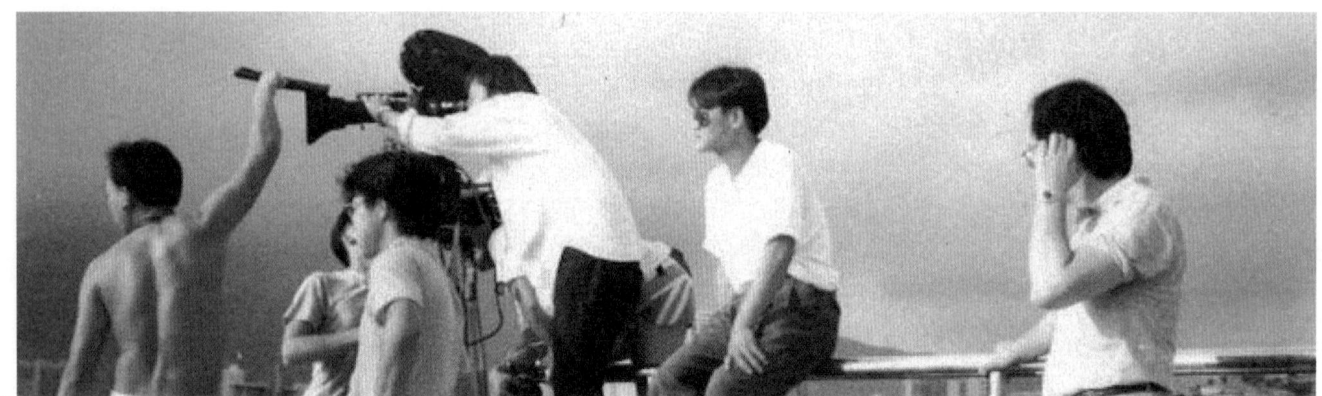

只要有心，不需訣竅
Written decades ago, consider it as dinosaur's POV

第一天當Copywriter，我趕快拿了名片，給大學同學暨女朋友看。她頭也不抬，揚眉問：「什麼？大學畢業去當抄寫員！」這是一般人對Copywriter的理解。（當美術的，會好一點點。至少名片上印的是 Assistant art director，有躋身公司Director級的優越錯覺。）

為什麼拿筆做廣告的，叫 Copywriter；拿箱頭筆的，叫 Art director。現在，每一個人都拿一部laptop，倒不如都叫他們做 Communication designer 吧。反正用文字或視覺圖像，都要一起設計一個溝通方案。溝通是手段，説服是目的，叫他們做Persuader也蠻神氣的。

一個Copywriter的工作，絕不是Copywriter或文案的字面意義可以涵蓋的。他當然要寫，但更要想，而且極需要有文字以外的想法。（好的Writer，一定有敏鋭的視覺圖像能力。）此外，他更需要團隊的説明，作品才會出色。他的團隊，首要是Art director，還有Planner，Media planner，Media buyer，畫房和TV Producer；如果他幸運，還會有一個有交待、有想法的Account executive。（但別奢望，也別指望。）

團隊配合，更勝訣竅。坦白講，我不相信會有訣竅。若然有，那誰都可列一張清單，像去超市般，在貨架上逐樣檢拾，不就滿載而歸？

坊間有售的廣告書、雜誌、期刊多不勝數；有關於文案的、美術的、策略的，縱使不是訣竅，也是經驗之談；更甚者，或是一些大師畢生的心得。有這麼多的工具、參考資料可供借鏡，不見得每一個創意人都能做出好廣告，遑論是出色的廣告。要不然，今天的廣告圈，就應該有無數的David Ogilvy，Bill Bernbach和Leo Burnett般的大師級人馬了。

我認為，做好的廣告，不一定需要訣竅，卻肯定需要有心。這行業需要有心人。

有心人會：本是本、末是末，不會倒置

他不會在接brief時說：「這是一個拿獎的機會，要做一個出色的廣告！」或是說：「要與平凡為敵，提升創意水準，做一個最棒的、贏大獎的廣告！」(這些話，活像廣告公司的管理層，在拿不出什麼辦法來搞好公司時說的虛話。)

有心人會想，「客戶的問題是什麼？是市務的問題？產品的問題？競爭對手引致的問題？消費者興趣轉變的問題？。」提出很多很多的問題，是因為問問題，才會找到答案，並將品牌和客戶的需要放在第一位，從客戶的角度去思考。

有心人會：踢足九十分鐘

一場九十分鐘的球賽，就要踢足九十分鐘，絕不欺場。沒有人會事先知道，那一分鐘才會進球；但每一個球員都清楚，不踢好自己的位置，就一定不會進球。做創意，其實像踢一場足球。九十分鐘的賽事，都在跑來跑去，沒到最後一分鐘，誰也不知道會不會進球，或者是哪一分鐘才會進球。重點在於，努力在自己的崗位上把關，跑動，整體配合，才有機會在關鍵的一刻打門，進球。創意人員的進球，就是作品，能達到客戶的需要，在市場引起鬨動，產生行銷效應。得到業界的認同，拿一個獎，就是bonus。

你要問自己，有沒有在自己的崗位上努力？你是發動機，推動前進；還是，你的乘客，在看風景？

當有心人都碰巧聚在一起，做好的廣告就會事半功倍。他們之間的互動和互相激勵，就會成為很大的推動力。（非常懷念1980年到1993年的奧美。）

有心人會：人做我不做，殺出新血路

逼供AE，拷問產品，直到有新發現、新洞察，足以發展與眾不同的廣告策略、執行出色廣告方案，才會甘休。這種心態，像極了當年軟硬天師的口號：「人做我不做，殺出新血路。」重複走別的品牌走過的路，廣告預算就白花了。

下列的三張設稿，嘗試簡單圖解什麼叫做殺出新血路。假設你接的brief是要趕快幫客戶推出一部人有我又有的、備有抽濕功能的空調。要快，因為有季節性；要快，因為競爭對手都有了。

第一張設稿，買一送一，客戶沒問題，可以虛應一下的做法。不過競爭對手都朝這方向走。

第二張，還是買一送一的訴求，但執行上聰明了。同一方向，步伐較佳，但為什麼消費者要在那麼多的選擇中選你呢？

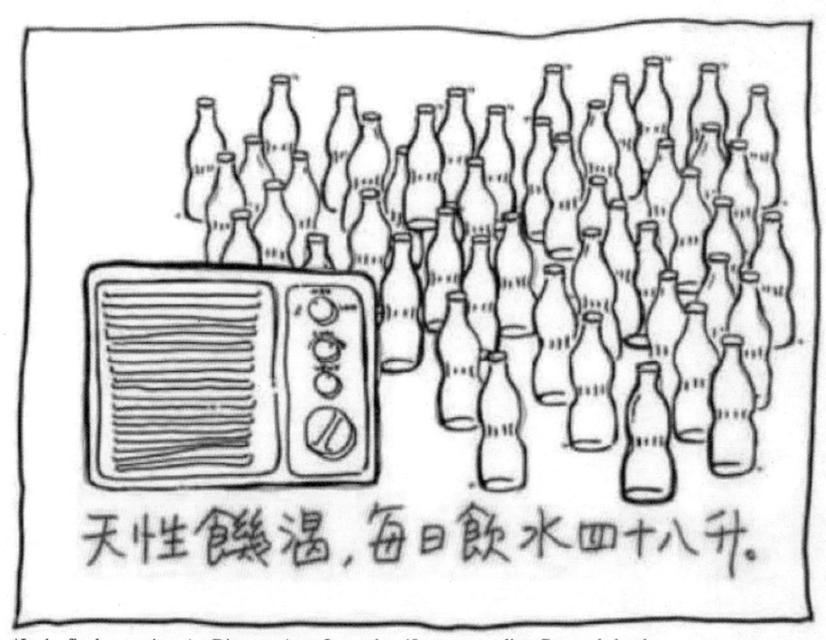

*In the final execution, Art Director, Anna Lam, shot 48 empty one-litre Coca-cola bottles.

第三張，給了消費者一個選它的理由：強勁的抽濕功能。有心人在看型錄的時候，發現到這部空調的抽濕功能強度是，每小時可以從空氣中抽掉兩公升的水分。單單花時間去發現這點，已經蠻有勁，再用點心思，就是一個有衝擊力的廣告。

一句話, John Hegarty教我的。

“Everything is product demonstration, but wrap it with emotion.”

智者：

「這世界看似繁星多樣，
其實只有二種人。」

剛開始步入社會工作的我：

「這世界非黑即白，
我是屬於聰明的人。」

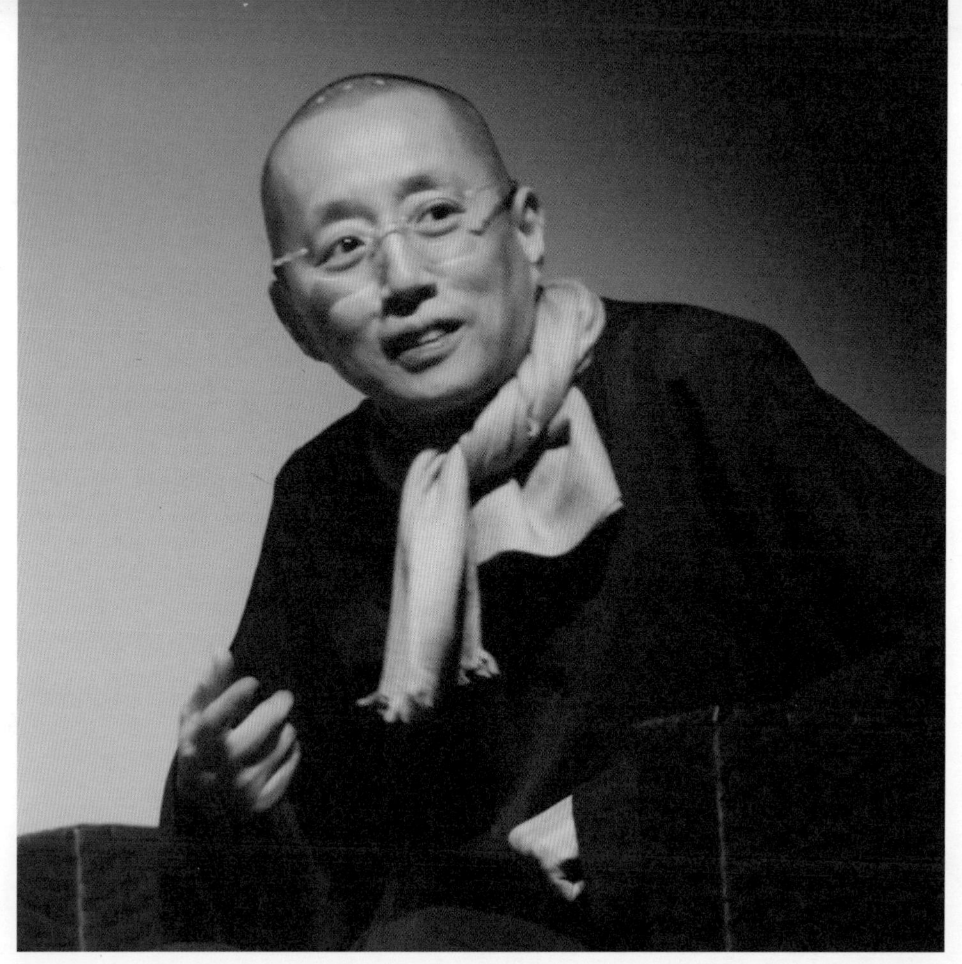

了一法師

愛一個人是艱難的，但愛一個人是我們快樂的泉源，而憎恨一個人，是會毀滅我們的。

「每一個人的身體裡都有幾頭老虎和幾頭大象。老虎是百獸之王，是強者，是弱肉強食的代表；大象同樣具強大的防禦力和殺傷力，是可以在陸地上稱霸的存在，但牠奉行的是『人不犯我，我不犯人』的規條。大象有足夠的力量去對抗老虎，如果老虎攻擊大象，大象無一絲懼怕，絕對會奉陪到底，但大象永遠都不會主動去傷害老虎。所以，我們每個人都要具備大象的力量，但不需要害怕老虎。」了一法師語調快速，用最簡單的故事，告訴了我們一則意味深長的人生啟示。

許多人都說，了一法師是一位入世的出家人。大家喜歡聽她講經，因為她言辭幽默風趣，還能夠運用普羅大眾生活中的大小事，將正信佛法講得淺顯易明。讓我們想不到的是，原來她也曾經是媒體人，見盡光怪陸離的社會百態。

曾經與了一法師共事的廣告人笑著問她，廣告界經驗對傳揚佛法有用處嗎？了一法師回答道：「讓我更加明白共鳴的重要。你知道影視方面的廣告，畫面是非常重要的。做製片時，你必須跟各方人員有共鳴，掌握到大家想製造的畫面，進而才能了解大家的要求。這一行大家都知道，很多時候要去到拍攝現場時，才能真正決定到下一個步驟要做甚麼。」

一直在摸索和學習

信徒眼中的了一法師，是一位快言快語、性情爽快的佛門中人；而廣告人認識的了一法師，更是一位是非黑白分明、性格剛烈的人。當這位曾在五光十色的廣告媒體業打滾，敢怒敢言的女子，突然遁入空門時，不少廣告人都覺得詫異且好奇，是哪一個瞬間讓她頓悟了人生？

「我不敢說自己頓悟了。由我出來社會工作到現在，我可以很誠實地跟大家說，我還是處於摸索和學習的過程，是真的。」一直以來，了一法師都覺得人間的事非黑即白，沒有中間的灰色地帶，但當她出來工作，卻發現事實並非如此。「很多人和事都在黑與白之間，我覺得不對的事，聽別人說了，又會覺得言之有理，但他們是否完全說服了我呢？並沒有，我心中的問題仍然存在。」

上世紀七十年代，了一法師畢業後從加拿大回港的第一年，前後共換了四份工作，當中有年輕人的年少氣盛、對現實的懵懂和不解，而更多的，是她對原則的執著。

「第一份工作，我在酒店擔任採購人員，月薪八千港元，一年有十六個月薪金，每半年就有兩三個月的分紅。有天，同事們病的病，出差的出差，只有我在公司。老闆遞了另一部門一張十多萬元的貨運收據叫我簽收，我提出要親眼看到貨物才簽，老闆卻說貨物已入倉，毋須再看。我覺得這個做法不合規矩，拒絕簽名。老闆說要不就簽，要不就離開，我在一時衝動之下就辭了職。」

了一法師很快便找到另一間酒店的採購工作，三次面試後酒店通知她上去簽約。「簽約那天，老闆跟我說：『你在前公司的事情我也清楚，將來你會面對同樣的問題，如果你不

活在黑白對錯的兩極

困惑的我：

「在黑白之間原來是有個灰。」

智者：

「再多的困惑，

也是只有二種人。」

改變你的處理方法，我不會跟你簽約。』我又在衝動之下一走了之。但後來我心底裡也很感激這位老闆，他跟我非親非故，其實是以前輩的身分去提醒後輩。」了一法師笑說，當時自己身邊的朋友紛紛勸喻她不要太執著。

後來，在朋友的介紹下，了一法師去電視台做節目助理。有天電視台的大型綜藝節目直播籌款活動，英語流利的了一法師負責接待外籍善長。她站在一旁，聽著節目主持人興奮地宣布外籍善長捐了一筆巨款，然後雙方在鏡頭前移交寫著巨款數字的大型支票道具。

「善長步下舞台後，爽快地將真正的支票遞給我轉交電視台就掉頭走了。我看到支票上的銀碼與支票道具上的相差甚遠，立刻跟行政部反映，但行政部的人根本不理睬我。然後我去問監製、導演，他們說：『你知道甚麼是娛樂事業嗎？娛樂事業即是大家高興就夠了，你不用那麼認真。』我反駁說銀碼沒理由差那麼遠，他們說這樣才可以激發觀眾打電話捐款的意慾。他們的說法好像有道理，但我總覺得這樣不對。跟朋友傾談時，朋友又說是我的問題。」

有個做廣告製作的人看到了一法師一臉不解的模樣，說：「你那麼多問題，過來我這邊吧，我的公司適合你。」於是，了一法師終於踏入了廣告製作行業。在那間廣告公司，她看到同事們上班時為不同的意見鬧得不可開交，下班後卻可以毫無芥蒂打成一片，「這種對事不對人、講求原則的工作文化，讓我產生了一種感覺：終於有一份我不再有問題的工作。」但好景不常，問題又出現了。「即使是拍一個沒有絲毫難度的廣告，沒有演員、沒有動物，團隊也要故意拖上二十多個小時才拍好。我問同事原因，同事說『客戶付了那麼多錢，如果你太快拍好，他們會覺得白花了錢，會以為你拍得隨便的。』」了一法師死心不息，在跟另一個行內著名的攝影師團隊合作時，又問了同一個問題，但又得到類似的答案。

「後來，我遇到一個集幾藝於一身、幾乎可說是完美的導演。在面試過程中，我們探討過對生命的看法，當時他說最尊崇的導演是黑澤明，因為黑澤明最厲害是拍馬，但在他的拍攝過程中，沒有一匹馬或一個小生命，會因為故事情節要牠死亡而死亡。」了一法師決定追隨這位名導演，做他的副導演。「當時很開心。在過去的經歷中，幾乎所有我覺得有問題的地方，旁人都反過來說是我的問題。這次應該是對的吧？」

現實是殘酷的。「當時有部由天王天后做主角的電影，其中一幕是拍男主角抓到野兔，

慶功宴的歡樂
仍填不滿那疑惑的空洞，問道：

「我是貪心的人？」

智者：

「再多的色彩，
也是只有二種人。」

男主角只需說一句『師父，我找到食物了』的對白，鏡頭就完成。然後當日他們真的打死了一隻兔子，給男主角提著演戲。我問為甚麼要打死兔子，其實可以找獸醫為兔子打麻醉針。導演回答說：『拍攝的每分每秒都很珍貴，現在製作費如流水般花了出去，你還在這裡跟我探討為甚麼要打死兔子？你有問題吧？』」昔日跟導演對生命的探討還言猶在耳，了一法師的信念瞬間崩坍。

「到那一刻，我才發現我仍然找不到我的答案。」

讓心靈得到平安

了一法師帶著滿腔的不明白，繼續走著她的人生路。直至與她感情深厚的大姊因血癌逝世，在大姊出殯前一天，她夢見了大姊。「姐姐大我十七年，自小栽培我長大，賺錢送我去加拿大讀書，她過世時才四十多歲。在夢中，姐姐說這是最後一次送禮物給我，問我想要甚麼。我說我想變得聰明點，我覺得不對的事情，在人家眼中卻都是我不對，但別人並沒有說服我，那可能因為我很愚笨，所以我想聰明點。姐姐只是說了一句：『只是這樣而已？』然後『哦』了一聲就算了。」

這個夢成為了一法師的心結，她發了瘋般找人解夢。「直至有天我聽到一卷錄音帶，有一位法師講《楞嚴經》，其中一章講及『清淨明誨』，裡面就有我在找的答案。我對自己說，我要去找這位法師，跟隨他出家。」幾經波折下，了一法師聯絡到這位法師，她立刻辭去工作，並在一個公開場合見到法師。「法師聽完我的自白，著我翌日去精舍找他詳談。第二天，法師一見到我就說：『你先不要說話，聽我說。』然後，法師說：『我想還俗。』」

了一法師最終沒有跟隨這位法師學佛，但她永遠都感激他的講經令自己茅塞頓開。隨後，她前往台灣佛教學院，在僧團裡生活了六年，再赴印度大覺寺接受比丘尼戒，嚴守出家人應具有的戒律與條件，正式成為出家人。回港後，她努力推廣正信佛法——從尊敬、崇拜菩薩的果德，持正知、正見，學習其菩薩的慈悲及智慧。

了一法師說，自己這回終於找到生命的真諦。

「直至你真的完全醒悟，你就知道世間一切如夢幻，如泡影，如雷電。我們現在每個人都像活在夢中，夢中我們會哭、會憤怒、會開心，醒來便知道那是夢，而現在只是睜著眼在做夢。取名『了一』，因為對很多人來說，『一』是個開始。如果想找生命的真諦，就要由一開始。」

尋覓真諦（虛心下問）：

「您說的二種人，
到底是那二種？」

智者：

「迷」與「悟」

了一法師笑言自己在尋找生命的真諦時走了很多冤枉路，最後因緣際會遇到佛法。「年輕人在尋覓人生路的過程中，做任何事都好，應該從歷史開始了解，因為從歷史的過程中，前人的事能令自己最快成長。以國家興衰為例，每個國家都是由人而興，由人而衰的。你可以細心去看，甚麼人擁有魄力、毅力，可以得到巨大的成就，最後又是因為甚麼事或甚麼失敗的策略而牆倒眾人推？」

問了一法師如何鼓勵對人生感到茫然的眾生，她調皮地笑了笑，說：「我當然會鼓勵大家讀一讀佛經，當中的《心經》是最簡單、最短的。也不一定讀佛經啦，基督教、天主教也好，現在網絡媒體那麼方便，可以在不同平台例如YouTube聽一聽神父、牧師講義，心靈找到依歸處，讓自己心裡得到平安。」

人們接著問她，讀佛經是否等於學習放下？「你擁有一件東西時，要先學習怎樣去擁有，要知道擁有隨之而來的『獎品』是『無常』。但普遍的人在擁有時是不懂得如何去擁有的，只是單純地去享受。所以，當擁有的東西被剝奪或失去，就會感到痛苦。再深入點說，『擁有』是一個概念，當你明白這概念是如何形成的，你就知道你的『擁有』都是空的。」了一法師說。

放下即自在。

顏色的合成，是因為不同的色彩和合而成，

眼睛可以看到顏色的顯現，是因為光，

讓我們能夠看到光和色合成的現象，

那是心，也是根源。

迷者沉溺現象，悟者回到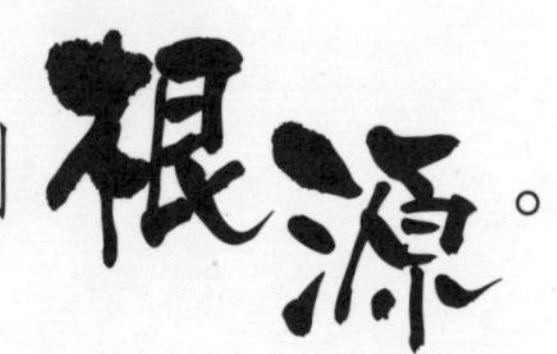。

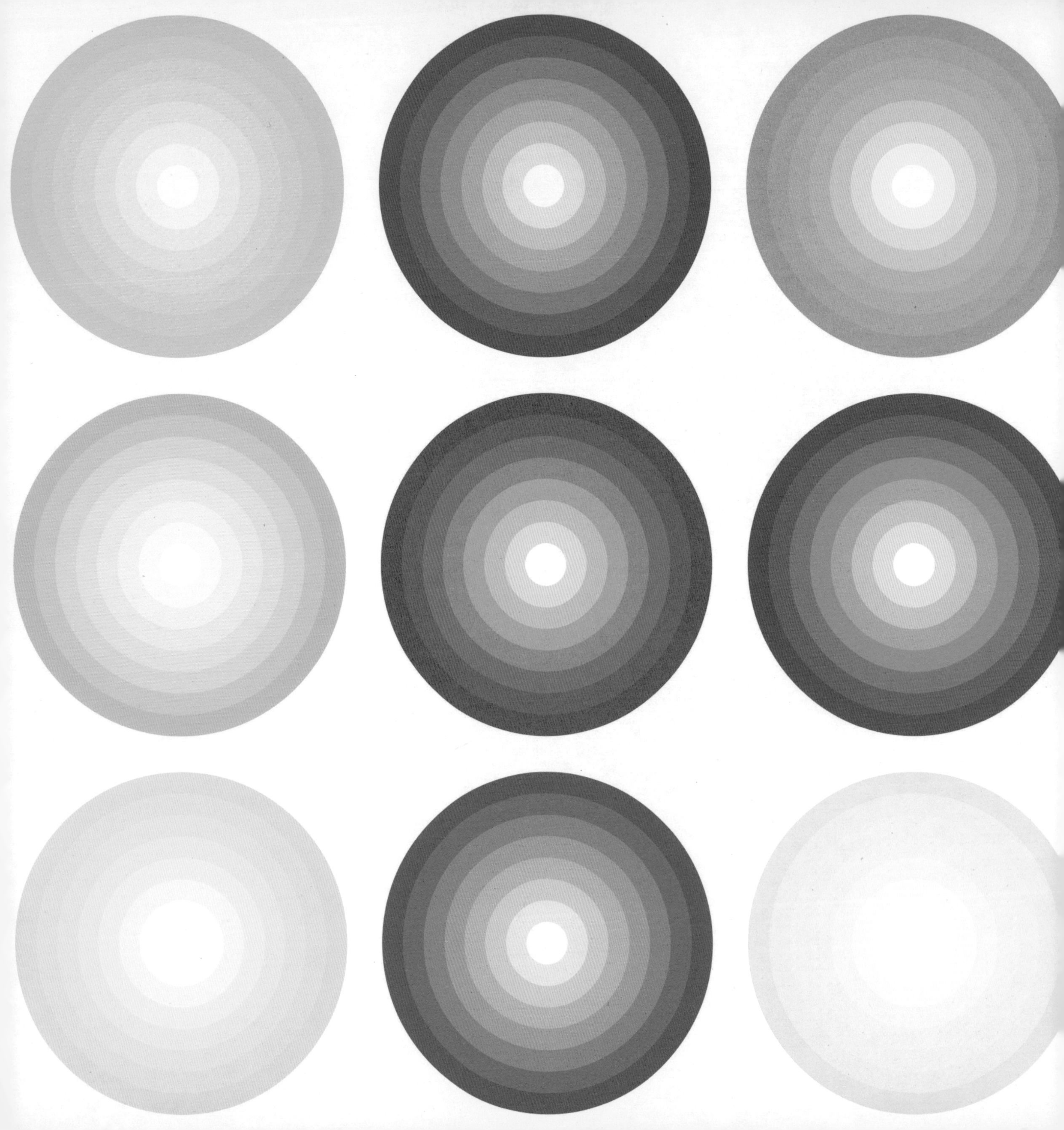

細心做大事　宏觀尚微察

鄧鉅榮

成為當今活躍多媒體創作人／攝影師／導演，第一個要多謝的，應該是自小就對他無限包容的父親。

幼讀《閒情記趣》:「余憶童稚時，能張目對日，明察秋毫，見藐小微物，必細察其紋理，故時有物外之趣……」又讀《大學》:「物有本末，事有終始。知所先後，則近道矣。」人生的啟蒙，甚有共鳴，即與古人通電，啟發了一個百厭頑童奇幻成長之路。

尋根究竟

「童年時的我對世界事物充滿好奇，是一個問題兒童，尋根究竟，求知若渴，我們從何而來？又會去邊？收音機點解會有聲音？時鐘跟時間有咩關係？因何花開花落？洋娃娃眼睛會眨仲會叫？相機點解會影到相？滿天星斗！甚麼東西都拿上手玩，然後都拆開解構研究個徹底，探個究竟。家人都習以為常，從拆解的過程中，自得其趣，確實了解到很多新奇的知識，但不是每件物件拆解後都能回復原狀，其中父親那時價值好幾百元的相機都無奈成為了犧牲品。」鄧鉅榮懷緬地憶述。生於 1961 年，從小就手執相機，人物蛇蟲風景四處拍。「由拆解相機了解照片如何生成，到學習沖印照片的過程都滿是味兒，樂在其中。」

大開眼界

踏出社會後第一份工作是建築平水測量，每天下班後就分別到當時的正形設計學院（HK Chingying Institute of Visual Arts）及影藝攝影學校（Fotocine School of Photography）接受專業設計及攝影學習，在此遇上很多業界精英悉心教導，其中一位更是他第一位人生導師高志強(Alfred Ko)，亦是其第一位伯樂，引領他入行及隨後事業發展的開始。

時為 1980 年，高志強接下一個拍攝《紫禁城宮殿》圖冊的任務，拍攝有關北京紫禁城宮殿故宮博物館的建築，為期一個多月，鄧鉅榮當然把握珍貴機會自動請纓擔任助手，參與拍攝。個多月的拍攝，每天凌晨四時起床拍至日落西山，過程相當艱巨，但令鄧鉅榮豁然開朗，視野大開，獲益良多，是一個很好的開始。

鄧鉅榮回港後繼續擔任高志強攝影助手，直至1984年成立自己攝影工作室，時年二十三歲，從事廣告、人物、時尚等專業攝影活動，《號外》特約攝影師，1994年加入Moviola參與多媒體拍攝及廣告導演工作，時尚美藝觸覺敏鋭，記錄當下人風物象。1990年獲香港設計師協會（HKDA）攝影金獎，1993年紐約美術指導會（ADC）最佳攝影金獎，1994年紐約攝影地區新聞（PDN）金獎，1995年香港專業攝影師公會（HKIPP）最佳作品金獎，1996年香港廣告商會（HK4As）攝影金獎及Mobius Award 等等。

觀世入微

「攝影重點在於如何看，如何细心觀察，不論人與物，在拍攝之先，我們必須培養一種安靜、觀世入微、宏觀微察的態度，仰觀海闊天空，細察毫末之微。」鄧鉅榮拍的人物尤有味道，往往能夠捕捉到人物神韻，但他自言雖然很喜歡拍攝人物，卻從沒刻意局限於某一類型，隨性而為，無論拍攝甚麼東西，皆以人為本，萬物有情，追求物我兩忘的境界。希望顯揚物質的生命，讓影像自己説話，每當看到一些感動內心的人情世事便將它拍下來與人分享。但其實拍攝過程中會牽涉很多影響影像結果的因素，包括技術、人和環境。要學習即使面對一些無常不穩的因素時仍然可以欣然面對自如。

自有法度

他的鏡頭似乎有種魔力，不知不覺就讓人剎那放下，展露出最自然的模樣。「攝影其實是一種溝通過程。不論環境、氣氛、眼神、言語及至精神心靈層次。」鄧鉅榮能夠令人盡量流露真我，往往能夠令你從他的對話中思考人生，忘卻鏡頭存在。

他總會無意間拋下一個發人深省的提問，令人當頭棒喝。從他為攝影展命名和撰寫描述過程中，我們總會感受到他為人處世自有他的法度。如他的《如去：如來》項目，令人聯想到《金剛經》的「如來者，無所從來亦無所去」；《物流 · 勿留》展覽，以環境為題，描述中更以「何日拈花」，問世間物慾橫流，何時休止、徹悟。

觀照自己

「邀請被拍者到我攝影工作室，在簡單白色背景前，讓他們自在地分享，對話同時，為他們拍攝照片、人像短片及語錄，最後請他們面對鏡頭，對十年後的自己講一番話。十年後，我會將這段片再給被拍者看。」鄧鉅榮將項目命名為《如去：如來》，表面意思是被拍者在鏡頭前來來去去的過程，至於背後是否還有其他意思，就等待觀眾自己去深入探索、感受好了。

「當我向被拍者提出『對十年後的自己講一番話』這個題目時，被拍者的反應讓我想到，我們總是要與別人溝通，向世界對話，但在此之前，更醒覺到我們首先要知道如何面對自己，但面對自己從來不是一件容易的事，需要很大的勇氣。所以我邀請被拍者嘗試面對現在的自己，同時隔空面對十年後在不同時空的自己。」在拍攝的過程中因為人物環境的碰撞有所頓悟，這也是攝影令人深深著迷的地方。

觸發感悟

在這個手機拍攝功能日漸精進，人人都可以成為攝影師的年代，有人擔心攝影的專業門檻越來越低，傳統攝影技術會被時代淘汰。但鄧鉅榮就有不同看法：「我們必須要接受時代進步，我們身處的大環境自然會因而產生不同的生活模式和流行元素。手機功能日漸強大應是好事，我們完全不需要擔心深度技術上的問題，只要懂得用指尖隨意輕按就是。但手機拍攝也跟傳統拍攝一樣，取景角度和捕捉抓拍時機還是最重要，無論如何，這只是我們洞悉世情的叩門磚，花石草木皆可為劍。」

「手機方便了群眾拍攝，令大眾覺得攝影是件日常的平常事，從而令攝影這行為變得更為普及。但同時間你看，現在越來越多年輕人反而不滿足於簡單的數碼拍攝方式，追本尋源，特意去學習如何用菲林拍攝。」隨著時代的變遷，現代人拍照的目的較以往廣泛，不止於藝術形式，美學標準也有所不同。

鄧鉅榮無疑是一個感性的人，堅信只要心存正向善念，透過作品可以觸動人心。他同時亦提到：「廣告對群眾的影響非常大。我們在宣傳新產品時，一句口號、一個形象，一個意識形態或一個行動，內裡都蘊含著一些價值觀和信念。因此，我們在協助銷售產品的同時，應不忘藉此發放正念。」

堅守信念

「我只是從人生經歷的過程中，利用自己綿微的知識，盡量去發揮，盡力而為。2016年鄧鉅榮監製了一齣紀錄片《結 CRUX》，講述曾被籲為「亞洲攀石王」、多屆「全國攀岩錦標賽」冠軍及世界排名第八位的香港攀石運動員黎志偉，2011 年因車禍雙腳癱瘓後經歷過挫折與低潮，五年後在一眾親朋好友的支持及協助下，眾志成城，坐在輪椅上重新登上獅子山頂，以解心結的過程。「面對挑戰的時候，堅守信念是我們理所當然抱持的態度，更重要的是你要相信自己做得到。細心成大事，把事情做到最好。」鄧鉅榮借用《結 CRUX》紀錄片，寄語我們面對種種挑戰時，要堅守信念。

真我異彩

鄧鉅榮的創作議題大都是懷著對人情世事的關懷，正向人間美善，即使在新冠疫情肆虐全球情況下，有感而發，展開了一個名為《新觀 · 世音》(New Horizon) 的攝影裝置藝術項目，同時進行另一富啟發性的多媒體創作《息色》(Colour of Breath)。

在其最新作品《新觀 · 世音》中，鄧鉅榮訪問拍攝了超過五百雙眼睛，拍下身邊不同人物在口罩下的眼神，並各自表述大家在新冠疫情下的感受與心聲。「當下疫劫蔓延，全球人人『受惠』，不管你是誰，都無一倖免。生活因此而改變，天天蒙面，口罩已經成為我們的日常。縱然世情如此，生活也得如常地過。《新觀 · 世音》想叩問的只是當我們彼此凝眸相對時，到底是你望人？抑或人望你？我們在觀照他人的同時，更加要觀照自己，人我不二，梵我一如，自能心安自在。」

刻下，鄧鉅榮正通過與不同範疇的創作人合作，炮製他另一影響深遠和廣泛的多媒體創作項目《息色》，「千色幻化，生生不息。我們習以為常的顏色，究竟本質為何？我相信那應當是一種生命能量。古印度有氣脈七輪之說，揭示生命所對應不同顏色的頻譜。生命在於一呼一吸之間，氣脈七輪展現宇宙生命循環不息的能量流動，生命體的能量各有不同，所以每人都有自己本色的光環與頻譜。各自獨特存在又相互牽引。大家若能須臾放下對外物環境的妄想執著，再感悟一下因緣和合的自身本色，當能綻放真我異彩！」

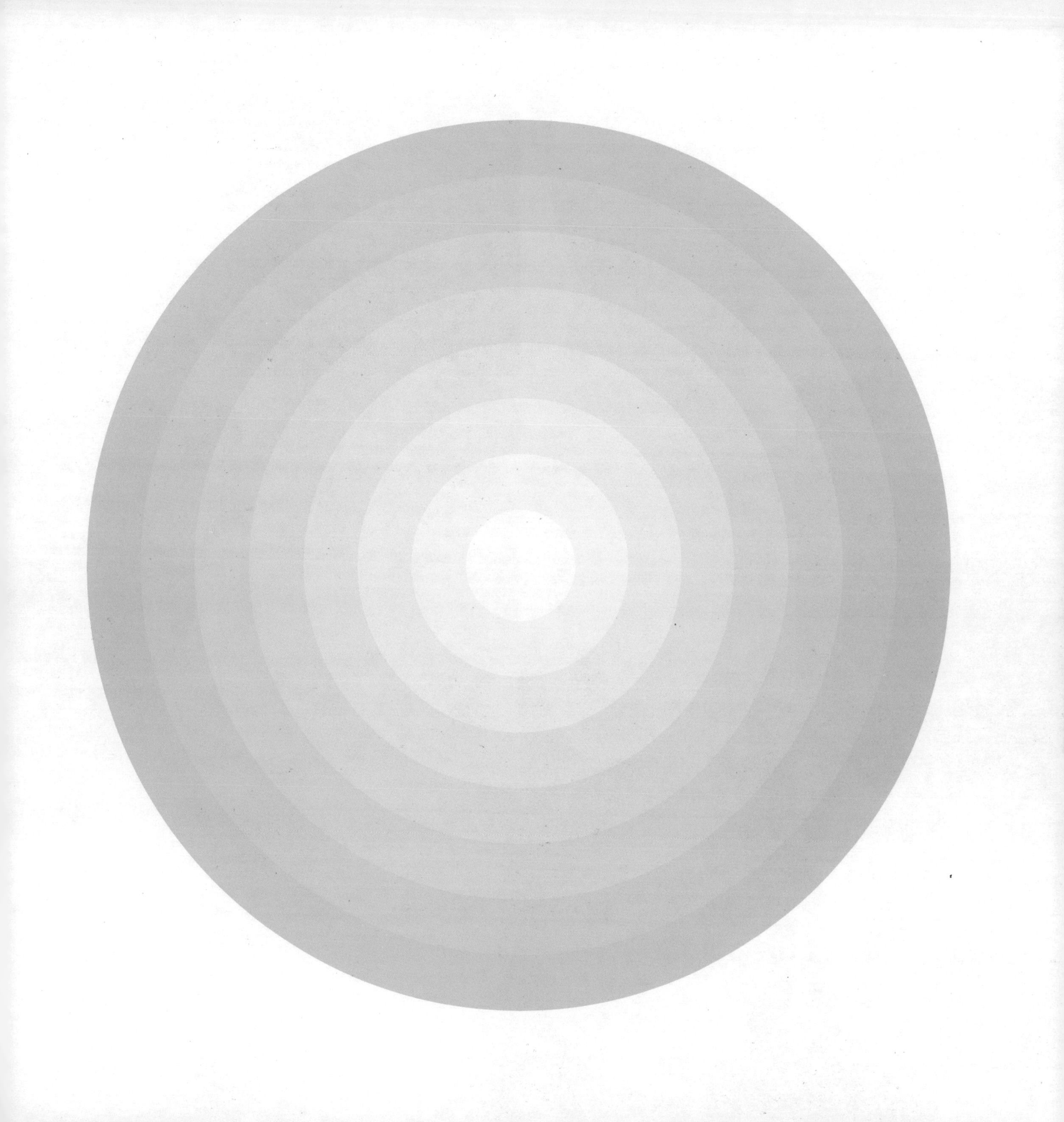

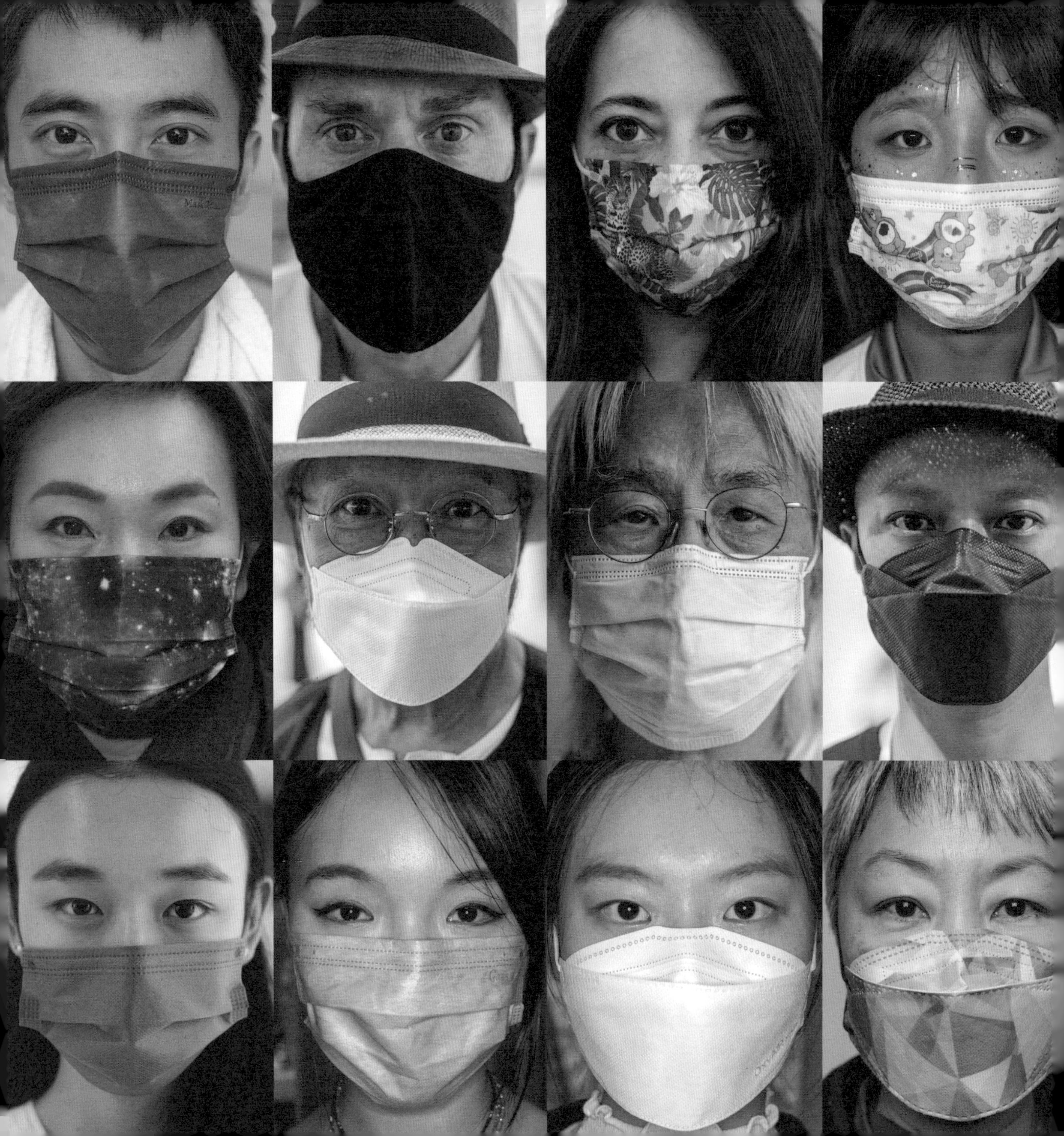

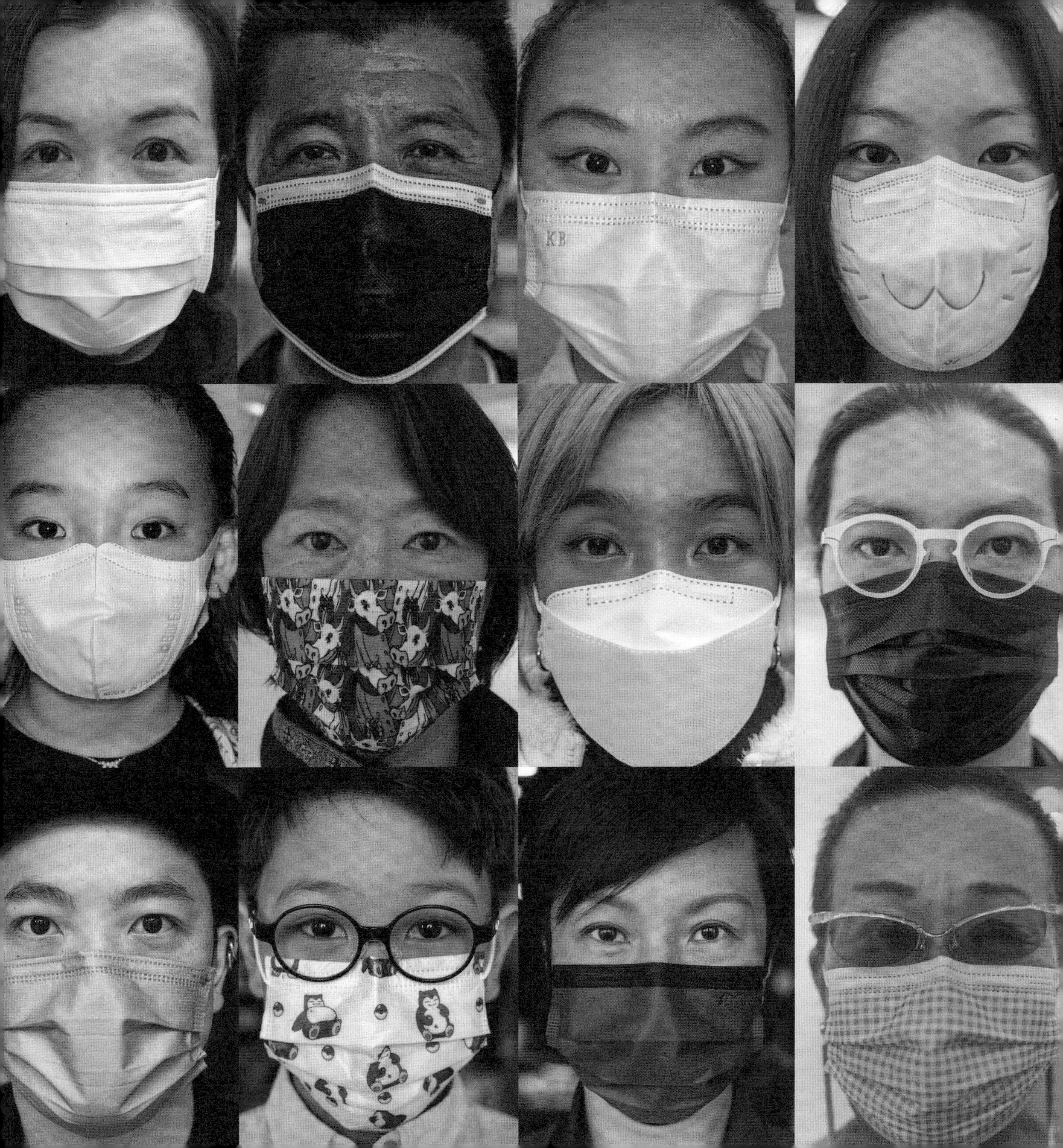
KB

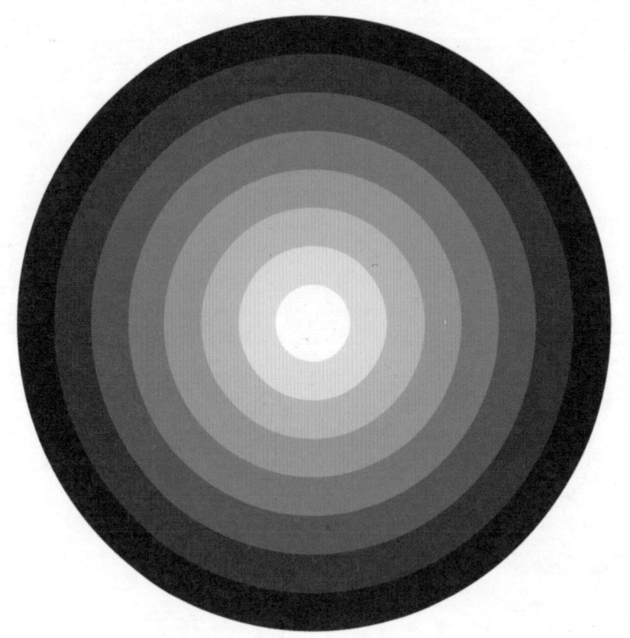

是故空中無色，
一切表象，隨緣而生。
因緣未際而不得見，
色彩本来就隱含於無形之中，
猶如呼吸，本然地存在，
因緣和合，時空相應，
陽光、水露、空氣，
跟觀者形成一種微妙而獨特的關係時，
千色萬彩，光照琉璃，
清透明澈，示現眼前。

「去年六月開始，現正在持續進行的項目《息色》(Colour of Breath)，希望在這時代能為生活添上一點色彩。顏色正如呼吸一樣本然存在，只是我們不在意。一呼一吸之間，凝止的刹那就是息。有呼吸就有生命，有生命就有愛。顏色代表著本我、情感、希望、愛、慈悲、呼吸和能量，就像自然宇宙的脈搏。

每個人都應該有自己的光環，自我本色，自己的夢想。

你的光環、顏色、夢想是甚麼？

一切從原色開始，古印度的氣脈七輪概念，是人體的能量中心，無間地旋轉和呼吸著，保持開放和對應的狀態，上下相通。從底輪的紅色到頂輪的紫色，覆蓋了整個光譜，所有顏色都包含在白色光頻中，它們會在適當的時刻和條件下呈現。

數位生成的色環，每種顏色從外到內心有七級密度，中心點是相同的白色，代表最亮處的所有顏色都是相同的。內外如一，呼吸自如。每種顏色在極致時應該同樣是無色的，只有兩極的純黑或純白，他們輾轉穿越時空體驗人生的旅程，讓生命充滿色彩。」

春秋歲月，時光荏苒，百厭頑童童心依舊，孜孜不倦，心懷善念，洞察世情，一息尚存，永不言休。

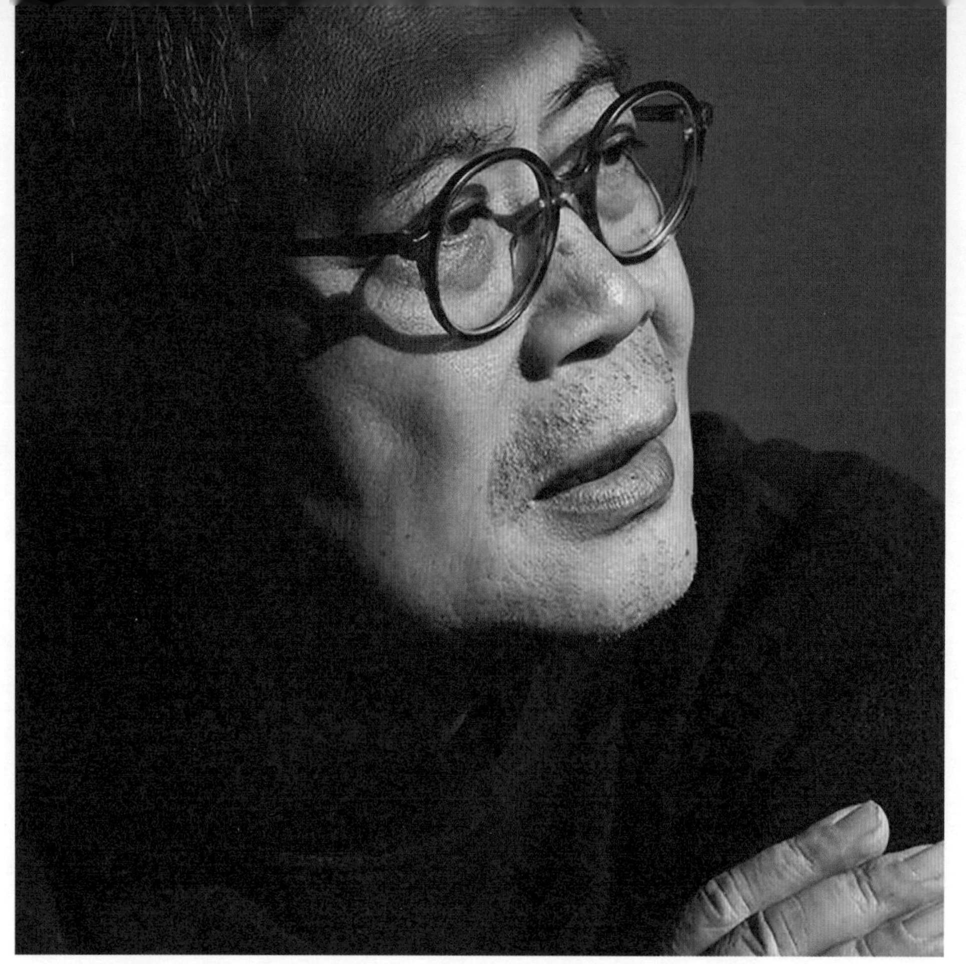

阮大勇 為興趣而做到最好　一定有出頭天

1957年，16歲的阮大勇穿著一身解放裝，提著皮箱子，隻身從上海坐火車到廣州。在廣州休息了一晚後，第二天一早，他又趕緊買票出發，到深圳再轉乘另一列火車，最後終於到達尖沙咀天星碼頭的火車站。阮大勇牢牢記著父親所說的自己家在香港島，下了火車後就費勁地提著皮箱子，跟隨人流坐上往香港島的天星小輪，就這樣與在火車站等候他的父親錯過。

下船後，阮大勇呆呆地站在這片陌生的土地上，聽著耳邊抑揚頓挫的異地語言，穿梭如鯽的人潮來來往往，年少的他第一次產生了茫然若失，不知何去何從的感覺。這時，一個唐裝打扮、頭戴帽子的男人也許看到了少年困窘的模樣，主動趨前攀談。男子嘴巴一開一合唸著阮大勇聽不懂的廣東話，阮大勇情急之下將寫著住家地址的小紙張遞給他。那人一臉明瞭地點點頭，然後召來一輛的士，陪著阮大勇坐車到北角皇都戲院附近，再付了的士錢，把他送到二樓家門口。

「我還記得繼母連聲多謝那人，遞了二十元給他。」這天，電影海報教父阮大勇徐徐說著自己第一天到達香港的經歷，他形容那就像電影裡的某個重要情節，即使六十多年過去，畫面依然鮮明得讓人難以忘懷。

「初到香港時，自己非常不習慣，甚至一度想回上海。因為言語不通，我那時連買東西都不知道要怎樣跟人溝通；加上晚上要去夜校補習英文，那段日子心理上很難過。」阮大勇坦言自己不喜歡讀書，「本來因為在內地初中畢業升不上高中，又不好意思待在家甚麼都不做，所以才來香港找父親，看看有甚麼可以做。」

IMAGINE THERE'S NO HEAVEN IT'S EASY IF
TRY NO HELL BELOW US ABOVE US ONLY SKY
ALL THE PEOPLE LIVING FOR
IMAGINE THERE'S NO COUN
IT ISN'T HARD TO DO NOT
TO KILL OR DIE FOR AND
RELIGION TOO IMAGINE ALL
PEOPLE LIVING LIFE IN
YOU MAY SAY I'M A DR
EAMER BUT
NOT ONLY
I HOPE SOM
DAY YOU'LL
JOIN US AND
WORLD
BE AS
IMAGINE....

少年阮大勇在家裡待了四個月，因為父親認為畫畫無法維持生計，他最終妥協，在父親朋友介紹下去荃灣中央紗廠工作。後來他做過永華片場佈景助理，也曾在朗文出版社畫教科書插圖，直至1966年加入格蘭廣告公司，一手畫技得到更大的鍛鍊與發揮，人生從此掀開了新的篇章。

畫畫沒有秘訣　唯勤力而已

「畫畫的技能也許是有點遺傳的。我爸爸寫得一手好書法，也懂得畫畫。大概四、五歲時，跟家人看完大戲回家後，我就在桌上、牆壁上亂畫一通；上學後畫畫的成績在班上也是數一數二的，不過那時學的是鉛筆畫。」除了畫畫的天分，阮大勇笑說自己的近視也是遺傳的。「我的近視遺傳自爺爺。我第一次配眼鏡已是六百度！小時候上課總要坐在第一行，後來有天晚上過馬路時視線更模糊，覺得太危險才跑去配眼鏡，然後就一直加深至一千二百度左右，直至老年做了白內障手術，近視才得以消除。」因為年輕時視力不好，阮大勇一向很少寫生，專畫人物形象。

他的插畫顏色鮮艷而不媚俗，筆下人物神韻兼備，許多人都邀請這位被奉為神級插畫大師的前輩分享成功心得和畫畫技巧，阮大勇卻這樣說：「我畫畫是沒有任何秘訣的，而且我也不懂得教。我的兒子學畫畫，那時他也是自己去上不同的課程，我一點也不懂得教他呢。如果你問我關於顏色或構圖那些，我也不知道怎麼講解自己的想法，也許是看得多名畫，自然而然吸收了，然後就變成自己一種風格了吧？」

「很多人都說我畫電影明星的眼神尤其捕捉得好，那只是因為我畫得多罷了。我在格蘭廣告工作時，每天都畫，畫得多，技巧自然就熟習。其實無論甚麼行業都好，天分固然重要，後天鍛鍊也不可或缺。只有先天而沒有後天努力，也是不行的。」

他認為，在格蘭廣告公司工作的九年給了自己很好的訓練。「我在格蘭時，公司有很多美國寄過來的參考書。那些年，我並不是看到喜歡的風格就刻意去模仿或臨摹，而是一直看，看很多很多，把看過的東西都放在腦裡，然後在長期浸淫和吸收下，融合在一起，轉化成自己的畫風。所以若要說我的畫風最受誰影響，我認為是美國插畫書。」

阮大勇是一個飲水思源的人，他在格蘭廣告從繪圖員做至美術總監，對公司的感情非常深厚。「這間公司對我人生的幫助很大，我一面上班，一面學習，留下的都是美好的回憶。」他記得自己第一天帶作品去面試時，因為不懂得英語，格蘭廣告安排了翻譯人員陪伴在側，當時的創意總監Andrew Simpson問他：「你想做甚麼職位呢？」對廣告業一無所知的阮大勇回道：「我不知道我可以做甚麼，你想我做甚麼我就做甚麼吧！」Andrew Simpson看過他的作品後，就拍板說：「那你就先做繪圖員吧。」於是，阮大勇開始了廣告設計和繪畫草圖的工作。

1975年，格蘭廣告被堂煌廣告（Thompson, Wong, Kiernan & CJL Ltd.）收購，阮大勇心裡鬱鬱寡歡，「我們那個年代的人，對公司都有很強的歸屬感，我視格蘭為自己的家，所以她被收購時，雖然新老闆 Peter Thompson 想我留下來，但我心裡始終不得勁。當時施養德先生開了自己的公司 Z Production，我便轉職去 Z Production 了。」

坦然接受時代的變遷

阮大勇在Z Production畫了自己插畫生涯中的第一張電影海報《天才與白痴》，隨後他陸陸續續為香港電影畫下不少別樹一幟的海報，代表作品除了許氏兄弟的《天才與白痴》和《半斤八両》，還有李小龍的《猛龍過江》、《死亡遊戲》、《精武門》、《唐山大兄》等。

「李小龍系列的草稿其實不是我設計的，我只是負責畫出來而已。我的朋友 Peter Chan 是廣告公司創意總監，那四張草稿過關後，他才找我畫正稿的。」阮大勇的老實也是行業內出名的，他總是埋頭苦幹，能不說話就不說話。「當時還算年輕，我白天做正職，晚上和假日就做外快畫電影海報。通常是星期一至五晚吃過飯，由八點多畫到凌晨一點左右，星期六日就畫全日。如果工作比較趕的話，一個星期可以畫好一張海報。」

有人統計過，阮大勇畫過的電影海報超過二百張。若只能選一張，他說自己最喜歡的還是初期畫的《半斤八両》，或者是因為那張海報承載了他人生的一點突破。「我的人生是很奇怪的，幾乎每樣事情都是被動的，除了《半斤八両》這張海報，它是我自己爭取回來的。」

《天才與白痴》後，阮大勇對畫電影海報產生了濃厚的興趣。1976年，他見到許氏兄弟拍了新電影《半斤八両》，性格內向的他因為實在太想畫這張海報，拉著同事便去了許氏兄弟公司。因為《天才與白痴》電影海報的迴響很好，阮大勇順利取得《半斤八両》的工作。「雖然《半斤八両》畫起來不難，但傾注了我許多熱情和心血。」

他提到當時的一則小趣事，「嘉禾老闆認為《半斤八両》海報上要有一把秤，一邊載著許

監製
鄒文懷

編劇導演
許冠文

嘉禾·許氏 聯合攝製

領銜主演
許冠文
許冠傑

客串主演
朱牧

主演
許冠英
吳耀漢
石 堅
趙雅芝
盧慧芝

The Private Eyes

半斤八兩

冠傑，一邊載著許冠文。我覺得『畫公仔畫出腸』不太好所以反對，最後許冠傑支持我的看法，海報可以照我意思去畫。」

阮大勇笑說，年輕時自己很害羞，很少有這麼大膽表達自己的時刻。「常常有人見過我後，會說我的畫鮮明誇張，跟我的個性不同。其實我就是現時大家所說的宅男，宅在家畫畫，緊張時就會出手汗。就算後來做到美術總監，因為我英語不靈光，我也從來都不跟客戶開會，總之多人的場合都盡量避免出席。這幾年是因為年紀大了，多年的磨鍊，加上跟著 2016 年那套紀錄片去見識過世面，所以比以前外向了一點點。

「我一向的態度都是如果我有一百斤力氣，只會找要用八十斤力氣的工作，難聽點說是不上進，我要準時下班的。不過我大多數海報的設計草圖都是一次就過關，最多修改一點點。這也得益於格蘭給我的磨鍊，因為廣告公司的工作需要我專注設計及繪畫草圖，無形中吸收了很多廣告因子，我覺得自己懂得捕捉人物的特徵，以及知道怎樣的設計可以吸引觀眾的注意力，那是因為我在畫電影海報前，已經累積了九年的廣告經驗。」

阮大勇是香港第一個以西洋插畫方式繪畫電影海報的人。「粵語片時代其實也出現過卡通式的電影海報，但風格就偏向中國傳統畫風，西洋畫風應該是由我開始的，也有人說這叫香港風格，我也不知道算不算是。」他輕輕地笑出聲，帶著一點靦腆。他的人物插畫偏向西洋畫風，頭大身小的特色卻是來自中國畫的視覺元素。「年輕時不懂欣賞中國畫，覺得比例不對，總是頭大身小，又或者山小人大，後來才慢慢了解這是中國文化上的不同。」

1992 年，阮大勇舉家移民紐西蘭，其時手繪電影海報的潮流開始慢慢走下坡，他也暫停畫畫的事業，將全副身心放在家庭生活上。直至 2007 年回流香港後，阮大勇重拾畫筆，並坦然接受時代的變遷，「現在電影海報對電影的作用跟我們那個年代不同。在八、九十年代，貼在大街小巷的電影海報是最重要的宣傳渠道，現時我們則多用手機、平板電腦看電影海報。」

2016 年，在導演許思維的邀請下，阮大勇答應接受他的訪問，將其電影海報生涯拍成紀錄片《海報師：阮大勇的插畫藝術》。影片入選香港國際電影節，新加坡華語電影節和西班牙維克亞洲電影節，並榮獲香港電影金像獎專業精神獎。紀錄片令許多年輕插畫師認識到阮大勇這位叱咤一時的教父級插畫大師，深深為之折服。

2016 香港藝術中心 ifva 影像媒體節
2017 香港國際電影節 HKIFF
2017 香港金像獎
2017 西班牙Vic維克亞洲電影節
2017 新加坡華語電影節 SCFF
THE POSTERIST
海報師
阮大勇的插畫藝術
友情導演 鍾鎮濤 祁文傑 張同祖 張煒 周少康
莊澄 馬榮成 林家樂 林祥焜 黃耀強 鄧達軒 李香蘭
特別演出 許懷欣 許冠文 製作 老許記 導演 許思維
2017.04.08 載譽歸來
尋找一代宗師 見證香港傳奇
集體回憶 跨代感恩
真實紀錄電影

「其實現在很多年輕的插畫師都很有才華，雖然在這個大環境下，競爭比我所在的年代大得很，但我覺得在甚麼時代背景下，插畫都有存在的必要。最重要是你要為自己的興趣而做，發揮你的才華，那你的生活就會開心。只要盡力去做，做到自己最滿意為止，你一定會有出頭天。」阮大勇溫厚的笑容裡，飽含著人生深邃的智慧。

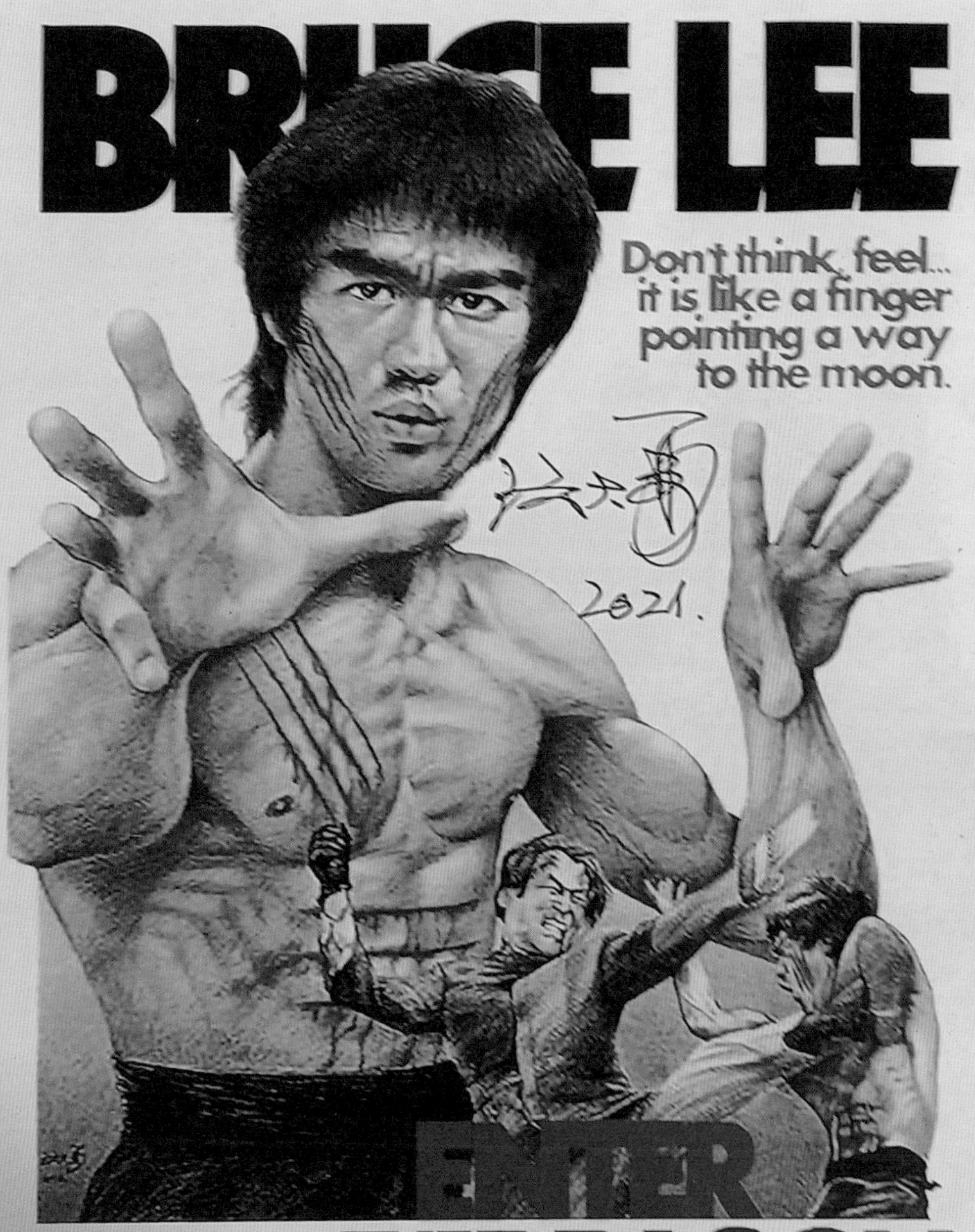
BRUCE LEE
Don't think, feel...
it is like a finger
pointing a way
to the moon.
2021.
ENTER
THE DRAGON
PRODUCED BY WARNER BROS
ASSOCIATION WITH GOLDEN HARVEST AND
LEE'S CONCORD PRODUCTION COMPANY
BRUCE LEE in "ENTER THE DRAGON"
ROBERT CLOUSE & BRUCE LEE RAYMOND CHOW, FRED WEINTRAUB & PAUL HELLER
MICHAEL ALLIN & BRUCE LEE LALO SCHIFRIN
BRUCE LEE, JOHN SAXON, AHNA CAPRI, ROBERT WALL, SHIH KIEN, JIM KELLY, SAMMO HUNG & BOLO YEUNG

雷強水族亍

LUI KEUNG

AQUARIUM

陳謇
要做個好人 做個領導 做個例子

陳謇(Tan Khiang)還在香港 M&C Saatchi 工作時,因為有些客戶要進軍上海市場,他和幾個拍檔覺得這是開拓內地市場的好時機,於是便飛去倫敦總部跟 Maurice Saatchi 提議在上海開公司。Maurice Saatchi 卻不贊成,說當年還是 Saatchi & Saatchi 的時候已經嘗試過,但最終虧損離場,更說:「如果你們要開,我只可以提供七萬英鎊,要不要就隨便你們。」

於是，陳謇和拍檔就拿著這七萬英鎊，開了M&C Saatchi上海。上海辦公室從一開始只能聘請一個人，到兩個人，再變四個人，做著做著增加到二十多人，接到可口可樂等大客戶的項目後，慢慢吸引了越來越多的國際客戶。「如是者，之後我們又拿著一筆為數不多的初始資金創辦了M&C Saatchi 台灣。」陳謇緩緩地說道，露出心滿意足的笑容。

陳謇是新加坡廣告人，1988年移師香港開拓事業版圖，先後加入The Ball Partnership、M&C Saatchi 等廣告公司。在 M&C Saatchi 時，他帶領著自己的班子進軍上海和台灣，打下一片江山。這位行內少有的集亞洲四地廣告經驗於一身的老行尊，二十七歲來到香港時，連一句廣東話也不懂得說，而今三十幾年過去，他最終決定將腳步停留在香港。

新加坡的廣告養分

「我在新加坡做了六年廣告，Linda Locke 帶我入行。當時新加坡的平面廣告比電視廣告蓬勃，客戶放在電視廣告的預算不多。其時有獵頭公司幫香港廣告公司尋找平面設計專才，因為我想做多點電視廣告，便決定來香港了！」二十七歲正是年輕人的事業搏殺期，陳謇也不例外。

八、九十年代，新加坡平面廣告非常出色，尤其是報紙廣告，創意五花八門。「新加坡廣告受英國、美國、澳洲等西方文化影響甚大，行內人都會特別留意及緊貼西方潮流文化和廣告設計手法，加上大部分學校都是以英語教授，因此新加坡的平面廣告設計，尤其在英文字體這一範疇當時更是玩得出神入化。」陳謇回憶說，當年新加坡只有《聯合早報》和《星洲日報》兩份中文報紙，整個廣告市場的中文文案只有三四個，在廣告行業比賽中，往往以英文項目奪獎的居多，而獲獎的中文廣告專才來來去去也是那僅有的幾位。

明

問及新加坡的成長經歷給了陳謇怎樣的廣告養分，他第一樣想起的竟然是當兵的體驗。服役是新加坡公民的義務，所有年滿十八歲的新加坡男性公民和第二代男性永久居民都要接受為期九個星期的基礎軍事訓練，畢業後分配到不同軍事單位服役兩年，之後每年必須回營受訓十四天，確保體檢合格，直至年滿四十歲退役，軍官則五十歲退役。「當兵受訓會令你更加明白團隊合作的重要，而且身體質素也較強。我第一間廣告公司就做很多國家機關的工作，當時我的個人履歷作品集在香港同行中是非常特別的，因為上面羅列著軍火公司、坦克、機關槍、炸彈等作品。」

他還參與了許多新加坡的國家宣傳片廣告，可以將相關經驗帶到香港及內地。「總統要出訪日本，我們就做一個平面廣告，在日本當地的媒體上投放。這些經驗讓我處理類似項目時更加得心應手，例如當我來到香港時，就曾替香港會展製作面向全世界的英文宣傳廣告。放到近年的內地市場來看，內地版圖宏大，每個省分都想吸引更多的人才或資金，如果我們先人一步懂得做國家、城市旅遊的項目，機會一定會比其他人多。」

於恆常中不斷創新

許多像陳謇這樣的國際人才，在八、九十年代紛紛被香港廣告市場吸引。陳謇覺得香港市場比新加坡大，而且還是進入內地市場重要的樞紐，因此當時幾乎沒怎麼考慮就決定放手一搏。「最初入職，大半個創意部都是外國人，我們做的都是外國企業客戶。那時我住在灣仔，搭電車回銅鑼灣，單是這樣已教我非常興奮。第一天的午飯，同事帶我去了許多廣告人光顧的皇后餐廳！」回想起第一天在香港上班的心情，陳謇仍然十分懷念。

「當時新加坡市場較小，在香港我可以接觸的客戶更加國際化，而且也比較多機會四處出差。因為我不是香港本地人，加上我是商科出身，並非創意專業，很多時在工作上反而可以為客戶及團隊帶來不同的觀點，大家都會喜歡這種新鮮感。」陳謇說，九十年代初身邊頗多新加坡廣告人來香港打拼，現在自己認識的大約只剩下五六個。「很多原本在香港的新加坡廣告人在十幾年前都去了北京、上海，不過現在內地也開始不需要來自外國的廣告專才。」他續感歎道，內地的廣告行業隨著經濟發展急速進步得很快。

「1988年，我剛到香港就有一個上海的項目要做。我們製作團隊入住當時上海第一間五星級酒店華亭喜來登賓館，那時許多衣著樸素的老百姓都會特意到酒店外面，圍觀那部升降機上上落落，發出驚歎聲。」當日在升降機內看著地面一張張好奇的臉孔的時候，他也沒想到，二、三十年後的上海會成為亞洲廣告創意人都爭先恐後進駐的地方。

土

「上海市場是我們這代人一直看著成長的地方，近十幾年吸引了許多馬來西亞、新加坡、台灣、韓國的製作公司進駐，以及成千上萬的內地廣告精英人才。」有一年，陳謇和幾位廣告大師同去吉林擔任某個廣告比賽的評判，「那個比賽有大約一萬名就讀創意專業的學生參加，包括廣告、動畫等。假設當中有百分之十的人表現出色，那已經是一千人了，而內地一年有六百萬大學生，可想而知他們的人才庫有多龐大。」

儘管內地市場如此吸引，陳謇還是將事業重心放在香港，2003年創辦了自己的廣告製作公司，近年被稱為地產廣告專家。「一開始我們的定位其實是製作公司，並非以廣告製作為主，後來有發展商客戶說廣告公司滿足不了他們的製作要求，知道我們也是廣告出身，便叫我們試做一個。當相熟的客戶代表離開舊公司，去其他發展商公司就職時，我們的發展商客戶就又是一個變兩個，兩個變四個，自然而然地增加了。」

香港的樓盤看似大同小異，廣告可以怎樣做？「香港的樓盤都是或以豪宅為賣點，或以地點便利等，但每個發展商都會強調想要獨一無二的創新。細心去分析的話，每個發展商其實都有自己明顯的品牌DNA，所以首要是考慮他們的定位。例如新世界走藝術風格，信和走居家風格，定了大方向，再根據市民置業最關注的地方，例如地點、樓價和交通等去創新。」

陳謇粗略計算過，自己公司做過的樓盤廣告至少逾百個，對於樓盤或建築相關的知識，如今的他可以說是信手拈來。「廣告是可以讓你學習到五花八門知識的行業，因為你會接觸來自不同行業的客戶。例如你做銀行客戶，首先就要去了解銀行的產品特色，賣奶粉、賣車都要熟悉產品相關資訊。所以，廣告人其實總是不斷地學習到新知識。」

他強調，好奇心對於廣告人非常重要。「我們要不斷問，不斷學，同時也要珍惜每一個學習的機會，因為我們總是可以接觸到一般市民無法觸及的行業。我記得以前我還去過工廠學做麵包呢！廣告帶給你的日子，每日都是新鮮的。」

不要輕視每一個小項目

廣告行業是現代不少年輕人夢寐以求的工作，而現時文化及創意媒體專業涵蓋多個領域，年輕人要踏入廣告一行並不困難。不過在八、九十年代，廣告相關課程偏向冷門，有些人在踏出社會後才發現原來自己喜歡廣告，但已錯過修讀相關科目的機會，又缺乏門路入行，只能望門興嘆。

KITEC
林

陳謇曾經聯同廣告中人在香港廣告商會 HK4As 創辦專為在職人士而設的廣告學院，招收對廣告行業有興趣卻不得其門而入的人士。「學院提供二百個學額，有興趣就讀的人士要寫信申請，第一年大約有一千人申請。整個課程為期三個月，由各廣告公司的ECD（執行創意總監）輪流教授，學生大概總共要交五個正式的廣告企劃，而經過各ECD商討後，最好成績的頭三名會獲得在廣告公司工作的名額。」陳謇記得，當時的學生來自各行各業，甚至有人本來做醫生，但為了追廣告夢而來就讀。

「現在要入行比以前簡單得多。不過時代進步得很快，廣告市場更是瞬息萬變，我們應該做好現在的事情，計劃未來時不要好高騖遠。以前會說五年計劃甚至十年計劃，現在則可能兩三年就要重新審視一下自己的人生規劃。」他特別想跟剛入行的年輕人說，大製作當然讓人趨之若鶩，但做廣告應有的態度是，不要輕視每一個小項目。「項目再細小，那些過程也在不斷幫你累積經驗。聚沙成塔，有天你回望時，就會發現原來自己學到的知識那麼多。」

他認為，廣告人還要懂得如何發掘自己的多元化潛能。「我聘請員工時，特別想知道應徵者是否是個願意學習的人。做導演的，可以嘗試寫文案；做文案的，會不會原來有拍攝的天分呢？所以我總會為員工提供多元化的課程，讓有興趣學習更多的人主動報名。」

面對網絡媒體發展的日新月異，陳謇笑說並不擔心會被市場淘汰。「時代怎樣變遷也好，做廣告的概念和創意原理一樣，只是載體有所不同。多點接觸年輕人的世界，當你在教導年輕人時，他們其實也在教授你時代的新知識。長江後浪推前浪，作為前輩，謹守做個好人、做個領導、做個例子的宗旨，那就無愧於心。」

殊

OUTDOOR
PRODUCTS

THE JOCKEY CLUB
SINCE 1750

BMW

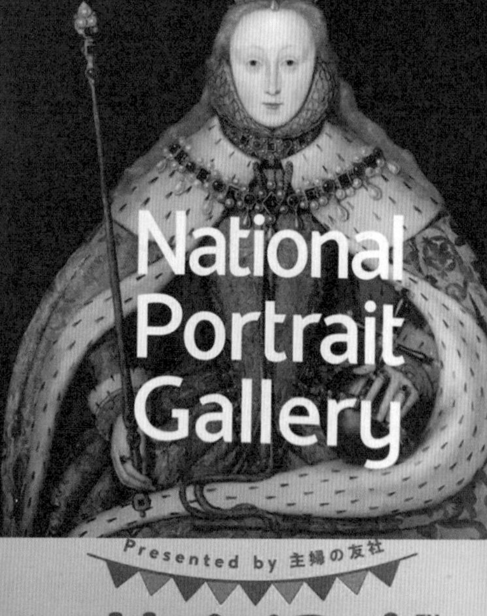
National
Portrait
Gallery

PUBLIC
UNDERGROUND
SUBWAY

HEY
DUGGEE
嗨！道奇

Presented by 主婦の友社
萌宝妈咪™

陳華俊

每個人都有自己的 IP

Discover yourself

「多年以來，我有了許多永遠不需要打 Botox 的明星。」

陳華俊（Ivan Chan）並非純正的廣告人，他甚至沒有進入過任何一間正式的廣告公司，但他從事了三十多年的 IP 授權代理行業，與廣告密不可分。「IP 是最近幾年才流行的叫法，指的是 Intellectual Property（知識產權）授權，過去我們叫自己做品牌授權代理，這樣一說大家通常就會明白得多。」陳華俊笑說。

IP 授權，意思是創作者把自己作品的使用權授予他人。創作者是授權商（Licensor），另一方角色則為被授權商（Licensee）。陳華俊是 IP 授權代理商（Licensing Agent），顧名思義，他會首先取得創作者作品的代理權，然後再將作品授予另一方使用。

普羅大眾對 IP 授權的認識，總是停留在肖像、卡通人物形象或歌曲等貼近生活的層面，例如只有獲得某位明星或卡通人物的授權，商家才可以利用那個形象為自家產品做推廣，或者推出跨品牌合作的新產品。不過，IP 授權的營運當然不是我們表面看來這麼簡單。

何謂 IP 授權？

「IP 授權範圍非常廣泛，例如我們公司營運的 IP 除小豬佩奇、藍精靈、姆明家族等卡通人物，還包括學前動畫、生活時尚、體育及足球俱樂部品牌。」甚至廣告人常常接觸的 Pantone 顏色，原來也是陳華俊手中的 IP 授權代理項目之一。

Pantone的商業模式主要分為三類。第一是售賣標準色票，這是世界各地設計師都在共用的色彩語言；第二是色彩諮詢和定制服務，Pantone會為客戶挑選出最適合自己行業、產品特色的顏色，為該品牌定制的顏色，亦不會被刊載於配色系統色票中。例如珠寶品牌Tiffany & Co和Pantone合作定製的顏色是Pantone 1837，即大家都十分熟悉的Tiffany Blue；第三就是陳華俊在做的品牌 IP 授權，讓不同品牌可以全球潮流界都熟悉的Pantone色票圖案作為基本元素推出產品，例如Pantone色系的行李箱、雨傘等。

陳華俊指出，作為 IP 授權代理，並不是單純地付出一個金額去取得某個 IP 的代理權，然後再將作品使用權授予其他品牌就可以賺取佣金。「首先你要有全盤的計劃，證明你可以為 IP 提升知名度，開拓更大的市場，然後才有機會取得它的代理權。取得代理權後，你要持續做好 IP 的市場營銷策略，確保 IP 可以為被授權商帶來利益。所以，IP 授權商和被授權商之間的關係其實是相輔相成的。」

另外，值得一提的是，IP 並不只會運用於商業項目，陳華俊就用旗下代理的 IP 藍精靈與聯合國兒童基金會合作，向小朋友宣揚可持續發展的理念。聯合國全體成員國在2015年通過了可持續發展目標（Sustainable Development Goals，簡稱SDG），當中有十七項永續發展目標，包括消除貧窮、終止飢餓、良好健康與社會福利等。「藍精靈是

Color of the Year 2019
PANTONE®
Living Coral
16-1546

Color of the Year 2018
PANTONE®
Ultra Violet
18-3838

Color of the Year 2020
PANTONE®
Classic Blue
19-4052

Color of the Year 2017
PANTONE®
Greenery
15-0343

PANTONE UNIVERSE®

比利時的卡通人物IP，有很多活潑的角色和故事，很多小朋友都喜歡。我們用藍精靈製作了動畫，吸引小朋友從動畫中認識這十七項理念。」今年中國和比利時建交五十周年，藍精靈更成為聯合兩國的吉祥物。

「香港賽馬會近期用我們代理的Mr. Men & Little Miss（奇先生妙小姐）做了個電車項目。Mr. Men & Little Miss共有九十三個人物角色，賽馬會選了其中八個，去提升公眾對自閉症學童的認識及接納。」所以，無論是商業或非牟利機構，都可以運用不同的IP，去發揮它們自己的能力和影響力。

廣告手法千變萬化

打造一個成功的IP需要用上不同的廣告手法，而用IP去為產品做宣傳亦是被授權商重要的廣告手法，因此陳華俊雖然不在廣告圈，但他長期都在做廣告人的角色，透過不同渠道向公眾宣傳不同IP及被授權商的產品。

「無論是打造一個IP，或用IP作為廣告手法去宣傳一個產品，兩者的共通點是千變萬化，沒有極限。例如我可以將衣服鞋襪、杯子、信用卡作為宣傳某個IP的載體，甚至出版一系列的書籍，建立一個主題公園去宣傳這個IP；而被授權商又可以用天馬行空的想法去運用這個IP，例如銀行可以用某個IP出一張聯營信用卡，商場可以用某個IP去建一個打卡點等。」

成功的IP授權代理商，能夠為IP授權商打開潛在的市場，陳華俊過往就幫不少IP開闢了新天地，卡通人物IP如北京奧運福娃、憤怒鳥、小豬佩奇、藍精靈等，電視IP如探索頻道（Discovery Channel），體育IP如皇家馬德里、阿仙奴、曼城、國際米蘭等足球俱樂部。

「管理IP授權的第一步，就是要為你的IP增加曝光率。假如某IP授權商希望將主要業務放在內地，我們就要想盡辦法在內地做宣傳。例如五年前我們取得小豬佩奇這個IP，聯絡了內地各方影視媒體，不但在中央電視台上播放，同時亦在坊間有影響力的影片平台如愛奇藝、優酷、騰訊、西瓜視頻等，我們幫小豬佩奇累積到五千億點播率，曝光率算不錯。」除了影片平台和抖音、微信、微博等線上媒體，陳華俊強調線下宣傳一樣非常重要，「一年做過百場商場活動，線上線下都要有曝光率。」

exercise

chatting

cooking

being silly

music

LEARNING

dancing

SPLASHING

sunny days

另外，FIFA世界杯足球賽也是陳華俊其中一個特別有趣的體育IP。「2002年世界杯由韓國、日本共同主辦，A至D之賽場位於南韓，E至H則位於日本。因為歷史因素，FIFA將這年的世界杯 IP 交給日本或韓國都不理想，於是他們就找個中間人，即我們香港公司去代理所有與世界杯相關的產品，一做就做了二十多年。」他亦特別提到奧運福娃這個 IP，「2008年有幸取得北京奧運吉祥卡通人物福娃的全球品牌授權，當時我們就針對唐人街去做宣傳，因為海外華人對於中國舉辦奧運這個國際盛事都感到十分驕傲和自豪。」

陳華俊提到 IP 授權產業和廣告公司之間的合作關係。「現在的被授權商最重視的就是那個 IP 是否能為自己的產品帶來流量；同樣也，有流量的 IP 自然能夠得到更多被授權商的青睞，帶動被授權商的產品銷路，例如把 Hello Kitty 印在杯子上，那款杯子就會立刻好賣得多。但我們要了解的是，每一個打響了名堂的 IP 都有自己的底蘊，有很強的 DNA。如何去運作 IP ？和做廣告一樣，不可以死板，要為市場投入創新的元素。」

陳華俊還有一個教不少廣告人都佩服不已的創舉——他是第一個聯同跨國連鎖快餐店推出兒童套餐小玩具的人。「肯德基推出兒童餐的初衷，是希望從小培養顧客的忠誠度。我們那時為肯德基設計了一隻叫做『Chickee』的小雞，然後用這隻小雞做了很多小玩具。還有家樂氏粟米片，我們當時也設計了很多小玩具放在包裝盒裡面，以前這種生意模式不叫 IP 授權代理，叫做禮品代理。」

近年來，IP 授權產業發展越趨成熟，已是老行尊的陳華俊回望過去一路走來的日子，別有一番體會。「一般而言，IP 授權代理的收費是被授權商每賣出一件產品，我們就收一件的佣金。在我過往的經驗中，日本的授權產業非常嚴謹可靠。假設日本的被授權商用某個 IP 生產了二千零三十四件衣服，他們就老老實實一分不差地給你二千零三十四件衣服的IP授權費用。但在另外一些國家，可能只是報二千件，甚至一千八百件。」陳華俊說。

創造自己的 IP

廣告人有時會遇到一個令人非常無奈、現實的情況——用出色的創意為客戶打開了市場，但客戶在建立品牌後，就拋棄廣告公司，內部消化一切廣告宣傳事宜。「這也是 IP 授權代理商經常遇到的事。做得不好，客戶當然會放棄你；做得好，客戶學習了你的方法就自己去做。所以我常常說，我們要創造自己的 IP。」陳華俊一臉從容地說。

探索频道

Discovery

EXPLORE YOUR WORLD

「我做 IP 最清楚的一個事實就是，別人創造的 IP 永遠都不會完全屬於我，除非我有能力100% 買下它。未來幾年，我打算去創造自己的 IP，其中一個是『兒童出版』。我們公司現時每年在內地出版大約二千萬本童書，除了原創作品，當然還有運用不同 IP 去做的童書，例如和 BBC 地球（BBC Earth）合作的系列。」

「創造屬於自己的學前教育 IP」是陳華俊另一樣希望做到的事。「我自己十分崇尚 Fun Learning（趣味學習）。小朋友在輕鬆愉快的狀態下，吸收能力會大大提升，自然會學到很多不同的知識。」他想到有次跟一位芬蘭女士同車前往內地開會，女士年僅六歲的女兒致電媽媽，主動詢問媽媽自己可否看書。「芬蘭的小朋友在六歲前都是玩樂、互動，不必強制性要學認字，這樣反而令小朋友喜歡上閱讀。我覺得這種教育理念很好，讓小朋友寓學習於玩樂之中，卡通人物 IP 會是不錯的媒介。」

教師在芬蘭是一個備受尊崇的專業，陳華俊在研究芬蘭怎樣培訓教師時，腦裡忽然又冒出另一個主意：不如試試用這套方法去培訓家長，這樣小孩子就可以愉快學習了！「我和拍檔有一個『Hero Parents（英雄父母）』的概念，盡量給予家長多些方法與孩子互動，讓父母成為孩子心目中的英雄。例如從每個家庭都有的電視機入手，設計一些讓家長和小朋友可以在大屏幕上互動的小遊戲，放下手上的小屏幕（手機）。」

如果計劃成功，這套培訓家長的方法，又會成為陳華俊自己的另一個 IP。「我覺得每個人都有自己的 IP，Discover yourself（發掘自己），去嘗試不同的可能性，人生會精彩得多！」他篤定地點了點頭說。

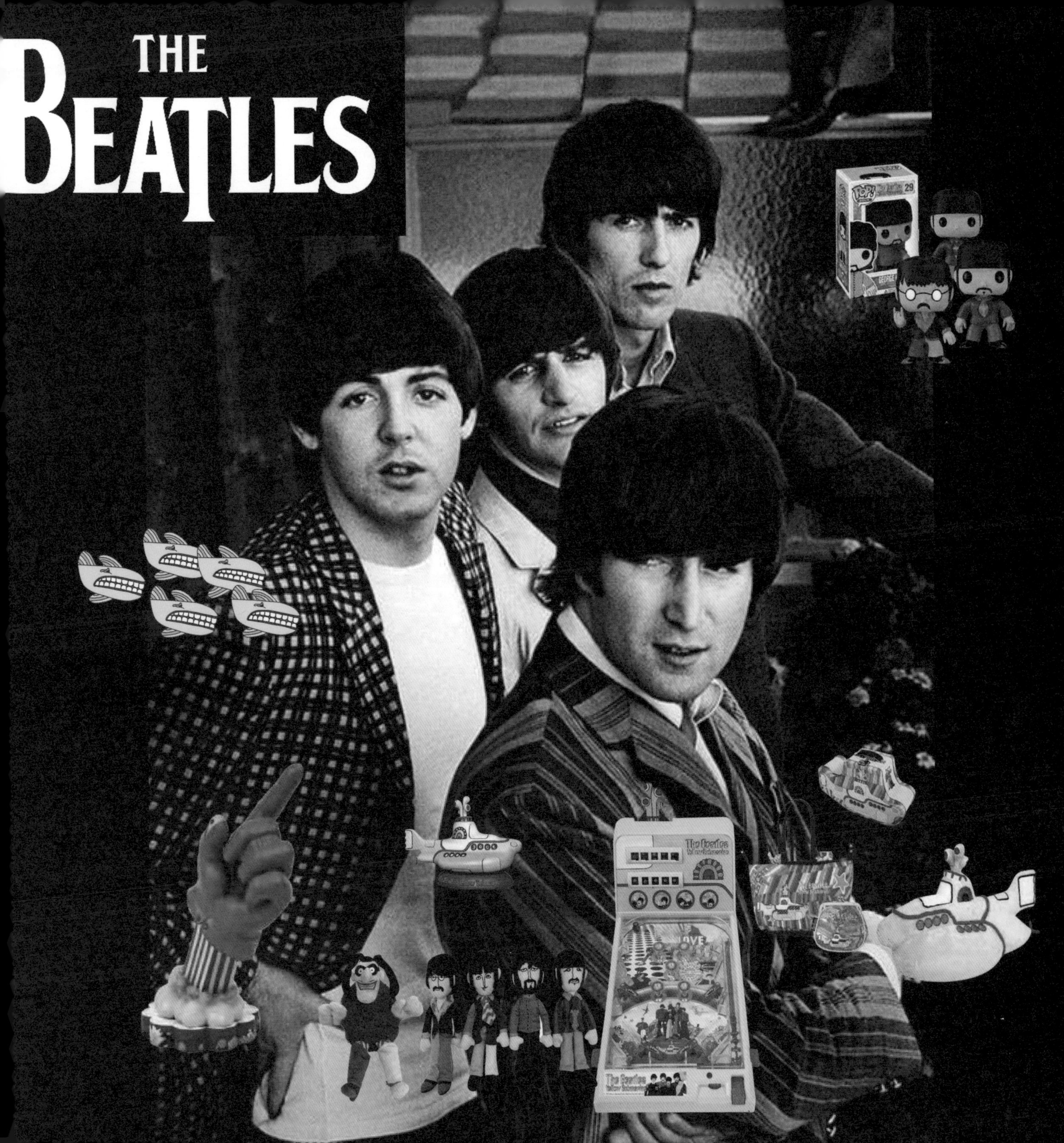
THE
BEATLES

賽後檢討

吳文芳

我要代表大家說老實話了。

假設我是一名音樂家、藝術家或演員，或者只想做個比別人更有創意的人，誰不會夢想著自己可以脫穎而出，得到社會的尊敬，創作空間更加宏大、更自由自在？但要怎樣才做得到呢？

標準答案是：擁有一技之長。

可悲的是，卓越只是一項自我要求，距離成功還是很遠的。有誰可以將卓越變成停不下來的堅持？甚麼時候要開始這個停不下來？又甚麼原因才可以停下來呢？

有誰可以像披頭四樂隊那般純粹靠創意天才就爬上頂峰，為自己創造特別的生命軌跡，存在於千萬人的腦海中幾十年，一起《Imagine》一起感慨《Something》，一起懷念《Yesterday》，永遠希望世界懂得《All You Need is Love》？

他們的成功跟我們這本書內的十八個英雄兄弟姐妹是否也有相像的地方呢？我們都深信，順利跟成功並不會在第一天就出現。早年，披頭四聯繫的每一間唱片公司都拒絕了他們，某公司代表說：「男孩們，你們去不了多遠的。」

披頭四是怎樣改變自己的命運的？

有人分析說，是他們的才華遇到了early champions。我嘗試在網上找尋適合的中文翻譯，但沒一個比較貼切，最後決定自己土炮製造一個叫法——「早期伯樂」。

成功的人都會有一兩個「早期伯樂」。沒有人能夠預測披頭四的成功會橫跨六十年，「早期伯樂」有的只能是一個「感覺」。

披頭四的「早期伯樂」是二十七歲的布萊恩·愛普斯坦（Brian Epstein），一個不折不扣狂熱而忠誠於披頭四的樂隊經理人。《紐約時報》作家戴維·布魯克斯（David Brooks）說，任何有創意的人，一定要有基本的某些素質再去混合一些魅力，才會讓一兩個人願意無條件去賞識和為自己辯護。披頭四就有這樣一個義無反顧的年輕經理人，和兩個在EMI唱片公司工作的仰慕者，在他們苦苦的央求下，唱片公司才肯給披頭四一個大家都不看好的小合同。當《Love Me Do》於1962年底發行時，唱片公司幾乎沒有提供任何支持。可是，在這三個人的努力下，他們成功製造了利物浦球迷支持這首歌的浪潮。從一到十，從十到百，從百到千，即時擴大了這首歌的接受能力。利物浦成為了今天叫「社交媒體」的擴大器，成為了「早期伯樂」2.0。

我們都有自己的「早期伯樂」，有了「早期伯樂」，才會有大批「後期伯樂」的出現。Grace Atkinson是我「早後期伯樂」，沒有她的出現，我會是一個完全不一樣的我。根據我的揣測，紀文鳳的「早期伯樂」該是謝宏中。那我又會好奇地問，謝宏中的「早期伯樂」又是誰呢？

法國思想家雷內•吉拉德（René Girard）寫道：「人是不知道該渴望甚麼的生物，為了下定渴望甚麼的一個決心，他們會求助於別人。」

一個社會中，最偉大的事情就是有能力去創造自己的文化。有人創造故事、創造符號、創造假設、創造標誌性的藝術，甚至乎創造先知和用意義組成新的景觀，然後讓大家去生活在這個景觀中。這是建築，是時裝，是了一大師的佛理，是李樂詩的南極，文化並不存在於單一的一個頭腦中，而是存在於一個頭腦網絡中。在六十年代，數百萬人抓住了披頭四和他們的音樂，因為他們有能力如此出色地體現了當時集體意識的夢想和價值觀。他們成為了慾望的建築師，塑造人們想要傾聽和體驗的起落。

我們這一群人，都比自己想像中更無法控制自己對自己的要求，對事業的全力以赴，對於知名度和影響力的在意。或者我們會問一下：「我的『早期伯樂』是誰呢？」「如果他們沒有出現，我會更開心嗎？」我想起了在節目中和靳叔談到的點線面。「早期伯樂」是點，兩個點是線，線多了就是面，面多了就是立體的空間，也就是群體，也就是Followers。

經常反問自己是創意人永遠的特徵，有心想幫助別人是另外一個普遍的行為，做個「早期伯樂」就是這個《乜都有哲學》節目中的哲學。

時間跟著青春都跑走了，回顧一下我的腳印，是否有人會和我有點像？

W是我，S是Spencer Wong。

W：我們某些footprint很不同，有些又有點像，最像是大家都很坐不定。每樣東西都在經過一段時間後，就又站起來，去做其他的事情，你見證我過去三十年都是這樣的行為。

因為我轉來轉去，失去了朋友，習慣了，還有了享受沒有朋友的樂趣。我看著你，你破了我的紀錄，做了創意，當了導演，做了兩間跨國際的廣告公司的老闆，好玩吧？

S：當導演前，我在M&C Saatchi工作，離開後去了你那裡，有兩三年的時間，像朋友又不像朋友般一起做不同的東西，這二十多年看回頭，那兩三年是很大的衝擊，產生很大的感染力。因為在我當導演前，事業發展的速度很快，三年做CD，有點如日中天的感覺。從事廣告creative的目標都好像達到了，心中有點悶，所以就去做導演。做了導演才發覺，其實我接片也不算少，但得著並非是TV製作上的東西，而是和你的交往。發現你拍攝一條片子也好，一個海報的設計也好，不斷地去drive一些新的東西，有時候我會覺得「哇！沒可能吧？」你很固執地相信自己可以去找出新範疇。覺得你的固執好玩，但不是很聰明。

這兩三年我看到許多空間。廣告做到悶時，就發覺空間很窄，太容易自我滿足。但原來並不如此，原來這個世界可以不斷地求變，不斷drive新東西。那三年令我發覺到做導演反而限制了我，離開你後，又重新在廣告公司利用學到的新經驗出招，這個經驗就是：沒有system。李小龍哲學説到，你要反應快，才可以應付突變，你根本沒有時間去組織任何一個format。講就容易，沒有經驗的人會以為這是危險的，但有經驗的人就會知道其實將經驗融化到應用上，放在任何情況下都可以產生新的解決方案。

W：最初沒能邀請你到電台接受「盤問」，來發表你的看法，今天邀請你做這個訪談，想你刺激我來為這本書做個結論。為甚麼我會好端端去做電台節目？我們以前說過「romantic thinking」這個字，我覺最romantic就是freedom。當人做一件事不是為了收穫，不是為了金錢、名譽等等就是自由。你如何看廣告呢？此時此刻。

S：我此刻還在廣告公司工作，只不過很多人對廣告的定義或做法我並不認同。你也知道我一直都不斷在變，譬如之前在McCann一切都非常好，但你也知道美國大公司，口頭上說自由，但也有一定的限制，很快就覺得自己管理公司的營運、管理人事上的方式都違反了自己的原則。並非管不來，問題是我似乎要因為「為做好一間公司」這理念就要被迫規限其他人要去負責一些並不能romantic的工作，這樣的工作需求覺得很辛苦，好像叫大家坐牢一樣。到了某一刻，我回想自己做廣告最開心的時刻是在M&C，因為管理層的英國佬雖然也要求公司要賺錢，但只要交到數，中間如何經營都不會理會你，可以自由發揮，這樣的自由性的確令我開心。我現在就是如此做廣告的，所以，我有很多空間可以讓自己去自由發揮。

W：你聽不聽客戶的brief呢？

S：廿幾年來已經「訓練」得我很懶，都不用他們給我的brief。我會聽他們說話，但不聽他們的brief，他們說完之後，我們回到公司後才重新消化。

W：我想sell你一個idea，去取替以前傳統的做法。以前都是客戶先有產品才來brief我們，道出他們的需求，然後居高臨下地去判斷你的想法有多錯，「你們做的只符合了我們要求的38%呀！」現在，我認為程序應該調轉，應該是由我們先洞悉了市場，再去設計或者發明產品，加上對媒體和數據的認知，混合地去運用，這樣很大機會我們會比客戶更加明確地知道如何去塑造產品的性格，它該有的價值、功能，去面對競爭對手、消費者等。如此一來，我們不再是agency，我們從頭到尾是partner，一個全面的、R&D的身分。最後客戶擁有一個好品牌，我們擁有一個成功案例。

S：對，這也是我目前在探討的，在努力的。這兩年香港很多人離開了他們的工作崗位，特別是在客戶那邊。有經驗的客戶少了，有膽識的就更是可遇不可求。事實上很多客戶對著他們的產品都不知道該怎麼去做，我開始部署只跟客戶那邊的CEO或做決策的人開會，相對而言，他們反而沒有那麼多的包袱。客戶的CEO大部分都是financial出身，他們的目的就是利用任何方法令產品可賺取最高、最快的利潤。相反，如果我們接觸的是中層的marketing人員，第一，他們沒有足夠的培訓去知道該做甚麼；第二，他們不敢面對別人沒有做過的創意，他們擔心的是上司會怎樣去看待他的決定。為了安全，他們就會基於他們所認識的去做決定，所有的可能都被縮窄了。

W：你會如何繼續生存呢？他們有那麼多的顧忌。

S：只能比他們想像中完成得更好，讓他們對創意有多一點信心。

W：你可能會令他們有更多的不安全感？

S：我直接跳過他們，只和CEO對談。老闆OK了，他們就感覺安全了。

W：去年韓國釜山有個廣告節，原本邀請我去，疫情下不能出發，便拍了一個video給他們播放。我說到，Martin Sorrell離開WPP後，新CEO十分驕傲地接受訪問，表示在二百多間分店裡，平均工作人員年齡不超過三十歲。我在video中說道，回想起來，如果我還在JWT打工，無論我有多厲害，三十歲那年絕對不是我對公司最有貢獻的一年。但如果在WPP新CEO的眼中，三十歲似乎已經要退休了。我有兩個女兒，一個去年剛剛三十歲，另一個二十二歲，剛剛大學畢業，她只能有八年時間去為她的事業奮鬥。這怎麼可能呢？為甚麼廣告公司的生意額一路下降？因為聘請一個不滿三十歲的年輕人，或者只能和一個畢業不久的市場產品經理開會，CEO不會見你，於是大家就猜謎語般去策劃，看不到大藍圖地忙來忙去。

S：或者年輕人比較容易被掌控，也容易贏了一場戰役，輸了一場戰爭。

W：目前香港的廣告全部差不多，因為大家沒有經驗去做一條跟其他人不同的創意，甚至要跟隨別人的手法，這違反了我入行時定下的原則。怎麼辦？

S：Creativity這個字，政府也在大力宣揚，但當甚麼東西都要creative的時候，社會就已經不再creative啦。我覺得creative被濫用了。這個字似乎變成跟fashion一樣的存在，穿某件衣服就等於是creative，紋了一條手臂就是creative。Advertising這個字其實是有一種adverts的意味，即反動、突破，一種要去改良的含意，而並非永遠不變。Creative不可能會不變，不會停在一個地方。在廣告圈裡，我十年拿下所有獎項，那代表著甚麼？你再拿都不會令自己增長進益的時候，還會好玩嗎？拿獎應該有鼓勵的成分。Creative應該是長遠的，不斷去挑戰和改變，包括自己。我拿獎是我要挑戰自己，就連我不想拿獎也是一個挑戰。違反大家都喜歡的事情是不容易的，去突破大家習慣的，非常難。坐好一張凳子，要離開其實很辛苦。你和我都是坐不定的人。

W：我貪心，一生一世只能有五個十年去做不同的東西，如果用了四十九年去做同一件事，我會錯過很多事物。我不肯錯過其他的，我會坐立不安。最驕傲的是我以graphic designer出身，然後做了廣告美指，因為廣告的薪金高很多，然後開始不喜歡art direction愛上了concept，又開始慢慢喜歡了文字。我出版了三本書，也挺驕傲的。每一段旅程完成後又去想下一個步驟，再加上這個嘗試。我想做多久，端看甚麼時候是我的last day。Spencer 你手上有那麼多新東西，你會如何package現在這間公司呢？

S：我調轉方向，大公司的那套，我不做。大公司會有unit，我就不會，全部混在一起做。我相信，身邊出現的事物都一定有它的原因，分別只是那個時刻我們意識到多少。所有東西出現在我們的身邊，包括business、人、connection，我都會先將他們jam在一起，相信某個connection會出現。如果我做下去發覺所有的東西都和我jam不出東西的話，我會丟開它不做。有頭緒的才放進pool中，我鼓勵大家自由，非常多的自由，去培養判斷能力的自信。我不喜歡大團隊，公司保持不超過二十人，有需要就外判。無論項目大小，我都是以甚麼都做來開始的。我會要求大家在這個過程中，一起學習戴上不同眼鏡，尋找idea的碰撞。

W：公司財政上你如何管理呢？

S：絕對健康。我在1997年走去讀business，兩年的MBA很有幫助，起碼做事時知道底線。

W：世界上有沒有一間creatvie shop是你想copy的？

S：之前有，現在沒有。之前日本的Tug Boat是很好的，只有四個人，做了許多不同的項目，他們的關鍵是放棄計算金錢，大家都獨當一面。任誰接到一個項目，有時候自己做，有時候兩個人，三個人，或者四個人一起做，做了多少錢，扣掉成本後，賺了多少錢，放進個大pool裡面，年底再分。

W：你會試試嗎？

S：在試，但要有結構一點，要有系統。我近來在做NFT，我想將NFT變成廣告工具。我覺得NFT可以成為一個比社交媒體更具力量的媒介。我要做出一個model，過程中，發覺原來好多廣告理念都可以套用在NFT上。

W：NFT我聽得多，但吸收不到。

S：其實最終目的都是商業價值上的考慮，我們不用投資的角度，轉用廣告的角度。廣告本身就是一個商業價值。

W：NFT世界裡有branding嗎？

S：一定有。在NFT世界，誰買甚麼，喜愛甚麼，就像social media一樣，身處一個等待淘汰和進步的階段。Social media有FB，有Google，有Instagram。大家都摩拳擦掌地在等待。我非常享受這個經驗，我希望可以實質地幫一些NFT artist去做branding及IP的NFT。

W：世上有廣告agency，有digital agency，有NFT agency 嗎？

S：開始有。美國有一兩間，估計未來一兩年會有很多。

W：你會極力推廣？

S：會。我有經驗，有膽識；很多人有經驗而無膽識。

W：如何說服客戶？

S：NFT產品不需要先付出金錢，做完後你再給我名字，成功售出後，你由我去決定捐錢或賺錢，反正我是跟你分成。這個產品無本生利。現時並沒有一條既定方式去計算NFT產生的收益，有時會突然很高，但我會令你知道這個渠道不止令你獲得利益增長，branding也會有所裨益，而且是跨國界、跨年齡、跨範疇的。

W：IP你又怎樣看？

S：NFT本身已有認證，再做IP就非常容易。沒人會覺得你造假，也毋須去查知識產權，因為網上已一目了然。你做的產品所有人都會知道，網上有紀錄。

廣告世界的NFT，成功與否看你怎樣「執包袱」，「執」你廣告上的經驗、所有東西。這方面年輕人會做得很好，「執」好就放上NFT，「執」得快，便會走得前一些，進入藍海。我雖然在做 NFT，但我其實也並非完全明白NFT的世界。

我之前用兩年去讀blockchain，其實現時NFT也是由blockchain演變出來，但也不必用blockchain了。如果要拆解歷史，那是很長的故事。但可以肯定的是，將來只會越來越user friendly，目前只需知道一個概念：NFT不需使用token。

W：作為做communication、做NFT、做branding、做廣告的人，你認為最重要的是甚麼？

S：好奇心一定要不斷出現，花多些時間繼續走下去，繼續好奇，而且要夠膽否決自己。Creative產生得最快的瞬間，一是走投無路時，一是玩得最開心的時候。

W：你如何看待 idea？

S：之前JWT有本書叫《A Technique for Producing Ideas》，James Webb Young寫的。教了我一樣東西，「最好不要遵循別人要你做的方式，要利用自己的方法。搜集所有資料，包括不是書本上面的，可以是身邊的人在做的一件事，電視上的一個畫面或小時候的一個回憶。讓它們在我們的腦袋中游來盪去，不停去想，弄到自己有點失常的情況下去睡個覺。」

W：我自己的習慣中，第二天早上四五點鐘，突然醒來就大叫一聲：「有料到」。

S：我心有所想的時候，我會「嗌交（吵架）」。和同事、和老婆吵，之後坐下來，身體反應會令我想出新東西。我觀察自己，原來我生命要創作就要不斷經過掙扎的過程，才會有成績，如果過得太舒服，人就太懶。

W：有時心理緊張時想不出東西，但緊張完之後，又可以唏哩嘩啦地想到好東西。

S：我以前跟Ronnie合作的時候，天天都吵。我們定下規矩，要吵隨便吵，但要吵到有個結果出現。我現在還會和別人吵，吵完後會逼到一個解決方案出來，才是重要。

W：你會不會總是稱讚自己？

S：不會。我成長時，學習是掉轉方向的，先克服最弱的地方，感覺才會舒服些，因為我沒有安全感。譬如一開始時，我讀藝術出身卻去做文案，但跟art director討論的時候，又會發覺「咦，為甚麼他會比我厲害？」，於是我又會特意花時間去研究art direction。後來我又問自己：「導演為甚麼會改掉我的creative？」我不忿氣，就跑去做導演。做了導演後，我心情平和了很多。

W：做導演其實是在操控一盤生意，將未成形的東西形象化、實物化。

S：要用project management及做生意的心態。之後我回到大agency，再用這個想法去工作，就好做很多了。廣告公司不應該當大公司般去管理，應該當project management去經營。這個洞悉幫了我很多。

W：你覺得現在的年輕人如何？

S：現在的年輕人好慘。難在自由度不多，環境限制多多。整體問題出自這個時代的教育，表面似乎很現代化，其實非常過時。所謂現代化只是一些系統上的東西，實際上在學校裡，在廣告公司裡，並沒有人教導他們如何得到創作真正的自由。年輕人一定要找到方法表達自己，去釋放自己創作的自由，和如何保護自己的自由，自由一放棄就不會回來的。

做創作的人一定要有ego，怎樣將ego發揮而令你變得更強，這非常重要。有ego是好事，會促使你不斷向前走。人生好像跑馬拉松，你途中會遇到志同道合的朋友，但時間一到，你們都會各自繼續向前走，這是自然定律。好像一棵樹開花結果總有不同過程。要將生命推到最高，就要在不同階段放下很多東西，才可以向前。你得到的東西會越來越少，但也越來越精。

我們兩人都不懂得如何去賺大錢，但一定會有足夠的零用錢令我們可以放下一些東西。要做最自己的自己，就像刨鉛筆時，很多鉛筆粉末會被放棄，人生就是如此，無論是事物或者人，都要有這個心理準備。朋友可以取長補短，例如我同Nick合作，兩人性格完全不同，但我在他身上學到了許多我沒有的東西。

回家途中，我想來想去，與Spencer的談話是否給了我2023年到2033年一個很牢固的憧憬? 繼續努力去做我人生中終極的任何一個project？我自我安慰，「應該可以！」我的公司（thinkingwithoutthinking）可能要重新啟動了。

感謝我的好運氣，竟然可以和二十個有豐富人生經驗的姐姐妹妹哥哥弟弟一起，走過二十多個星期三，在香港電台做節目享受了一段好時光，感謝大家，感謝港台年輕貌美的團隊。

嘉賓選曲

紀文鳳
- 一生何求
- Heal the World
- 但願人長久

勞雙恩
- 前程錦繡(日)
- 客從何處來
- 活出愛

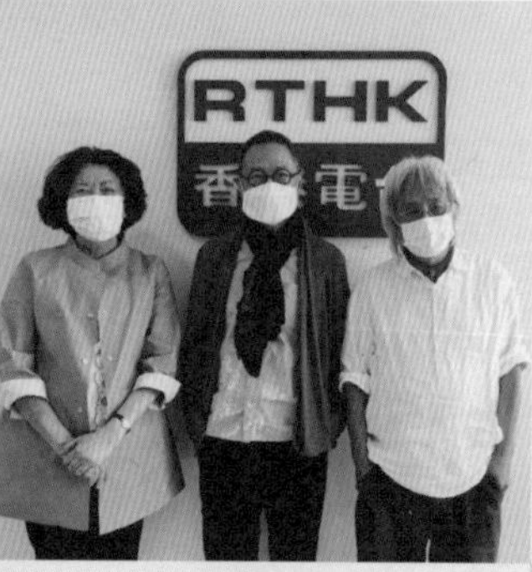

劉小康
- Time in a Bottle
- I Got a Name
- I'll Have to Say I Love You in a Song

謝宏中
- 幾多愁

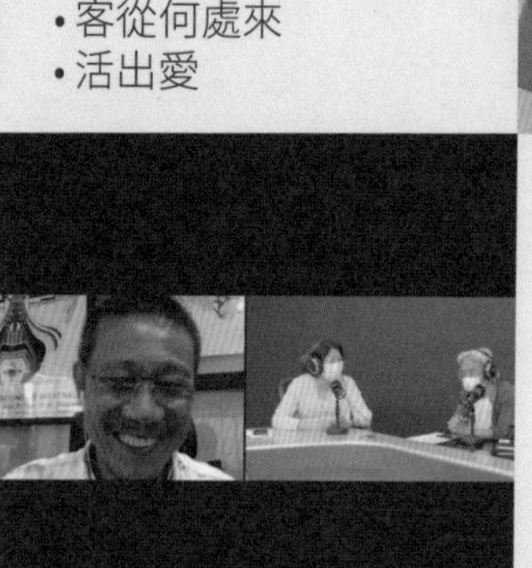

陳幼堅
- 傾城

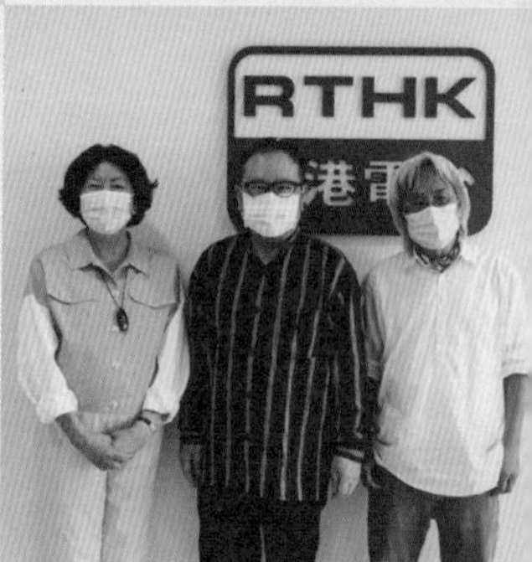

倫潔瑩
- 呼吸有害
- Rolling in the Deep
- Old Town Road

黃炳培(又一山人)
- Imagine
- 永不放棄
- We Shall Overcome

靳埭強
- 小太陽
- 鐵塔凌雲
- 始終有你

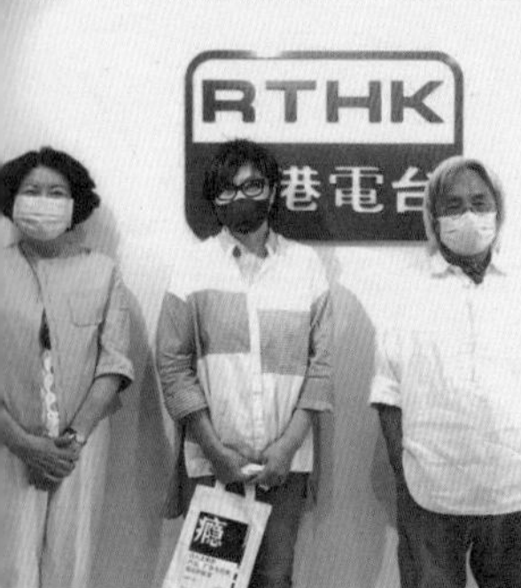

Uncle Ray
- What a Wonderful World
- Yesterday Once More
- All My Loving

何媛文
- Sailing
- 歡顏
- 祝福

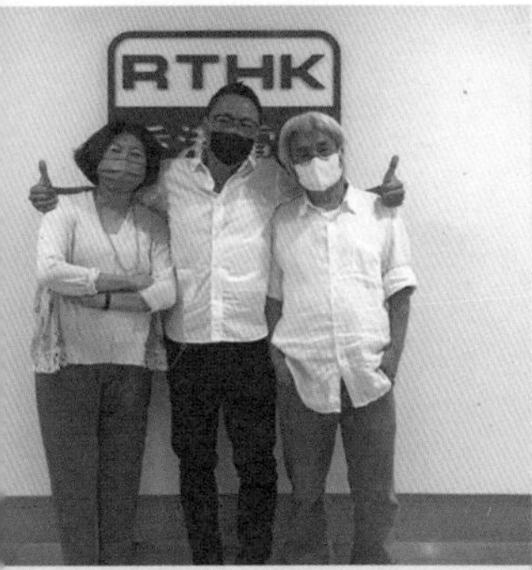

施養德

鄧志祥
- 一人之境
- Come Down Jesus
- Teach Your Children

吳鋒霖
- Night Fever
- 前程錦繡
- God Father (Theme Music)

李樂詩
- 漫漫前路
- 滄海一聲笑
- 踏雪尋梅

了一法師
- 被遺忘的時光
- 人生何處不相逢
- 順流逆流

阮大勇
- 前塵
- 當愛已成往事
- What A Wonderful World

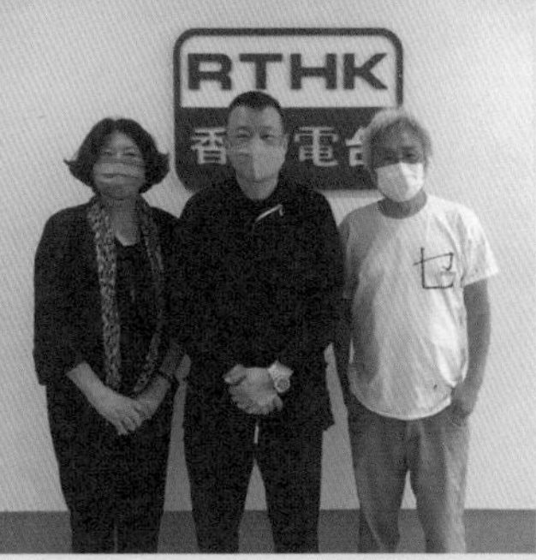

陳華俊
- The Imperial March (Darth Vader's Theme)
- 莫再悲
- 滄海一聲笑

鄧鉅榮
- The Photographer
- Time
- 高山
- 故事代言人
- Black Magic Woman

陳謇
- Imagine
- Working on a Dream
- The Sound of Silence

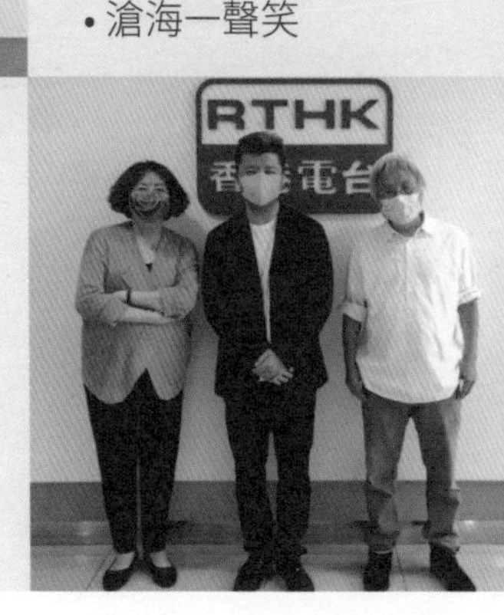

吳文芳+紀文鳳
- 喜歡妳
- Something
- 沉默是金

書　　名　七都有哲學

編　　者　紀文鳳、吳文芳
撰　　文　陳桂芬

責任編輯　羅文懿
書籍設計　陳偉忠

出　　版　三聯書店（香港）有限公司
香港北角英皇道 499 號北角工業大廈 20 樓
Joint Publishing (H.K.) Co., Ltd.
20/F., North Point Industrial Building,
499 King's Road, North Point, Hong Kong
香港發行　香港聯合書刊物流有限公司
香港新界荃灣德士古道 220–248 號 16 樓
印　　刷　美雅印刷製本有限公司
香港九龍觀塘榮業街 6 號 4 樓 A 室
版　　次　2022 年 7 月香港第一版第一次印刷
規　　格　特 12 開（228.6 mm × 228.6 mm）228 面
國際書號　ISBN 978-962-04-4997-0

三聯書店
http://jointpublishing.com

JPBooks.Plus
http://jpbooks.plus